顧隨

赵林涛 顾之京 校注

致周汝昌书信集

中華書局

图书在版编目（CIP）数据

顾随致周汝昌书信集/赵林涛,顾之京校注. —北京:中华书
局,2021.12
　ISBN 978-7-101-15516-7

　Ⅰ.顾…　Ⅱ.①赵…②顾…　Ⅲ.书信集–中国–当代
Ⅳ.I267.5

中国版本图书馆 CIP 数据核字（2021）第 255291 号

书　　名	顾随致周汝昌书信集
校 注 者	赵林涛　顾之京
责任编辑	李世文
出版发行	中华书局
	（北京市丰台区太平桥西里 38 号　100073）
	http://www.zhbc.com.cn
	E-mail:zhbc@zhbc.com.cn
印　　刷	北京瑞古冠中印刷厂
版　　次	2021 年 12 月北京第 1 版
	2021 年 12 月北京第 1 次印刷
规　　格	开本/880×1230 毫米　1/32
	印张 11　插页 9　字数 200 千字
印　　数	1-3000 册
国际书号	ISBN 978-7-101-15516-7
定　　价	78.00 元

顾随先生一九四三年夏在北平南官坊口寓所

一九四二年七月二十七日函（首页）

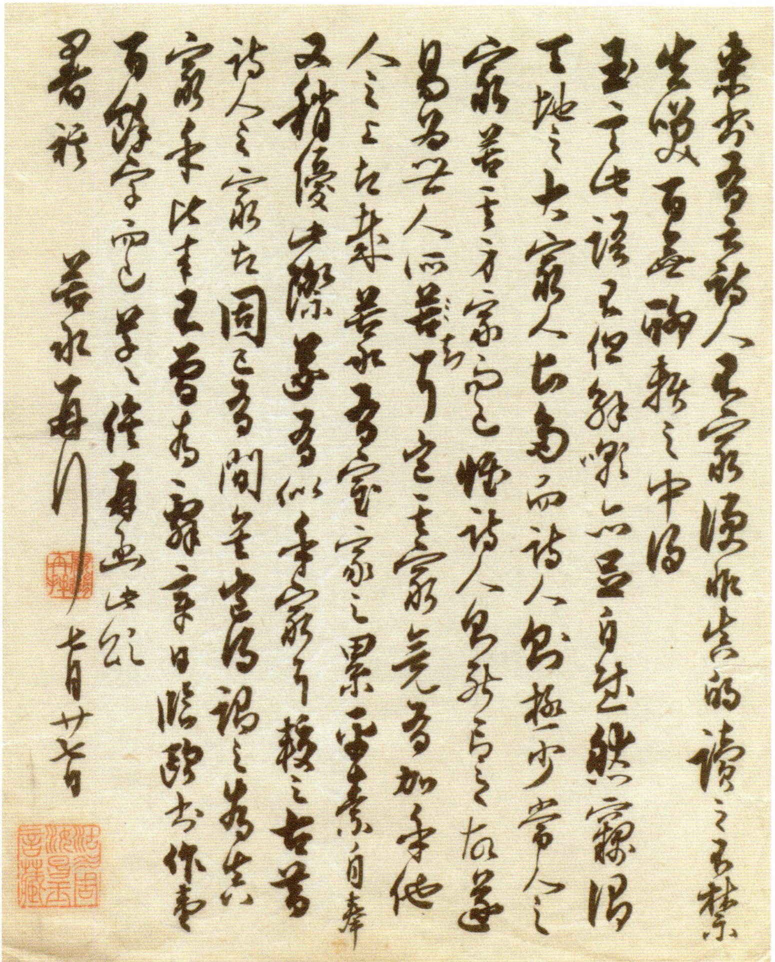

一九四二年七月二十七日函（次页）

玉言有書來問近況賦五絕句報之

萬方一繫更何之如此衰軀好下幃怕讀

稼軒長句老懷無緒自傷悲

一帶青山怯莫陰寒煙裏艸倍蕭森經

羊不過城西路何限淒涼病鶴心

知我唯餘三子時書札問何如坐看白

日堂々去獨抱冬心到歲除

寒風捲地撰高枝吾廬发々尚可支我

有一言君信否謀生宗好是吟詩

抱得朱弦未肯彈一天霜月滿關千憐

君獨向寒燈底却注蟲魚至夜闌

三月以來久未作書忙耳病耳嬾身無

他故也又目力六至不濟燈下作此等字

已覺費事衰殘如此如何可說

黄水 卅一年小除夕

青萍囑未竟一作竟々 語々又自枨触之也
古七猶诗凡卅 好事而古々古后壬午春末
汚堂书丹年
囂々子白

一九四二年十二月三十日函

玉言道兄英鑒　林風樽襄至永可

耐日来雖板為時暖而時、勞俗事

廖帥口信少不知不和使人終日

怏怏以何以慰十節日所作書至匕

當来寄奉職是之故

速、、、鄭　曰百就任滬暨南大

學希夷授上週後程赴津海道

南下方今是處才難如

五言与真王、不、多以自慰也此祝

此禮

高至港二百另另守年

丙此扮子十月十五号

一九四七年十月十五日函

一九四七年十月十五日函所附诗作

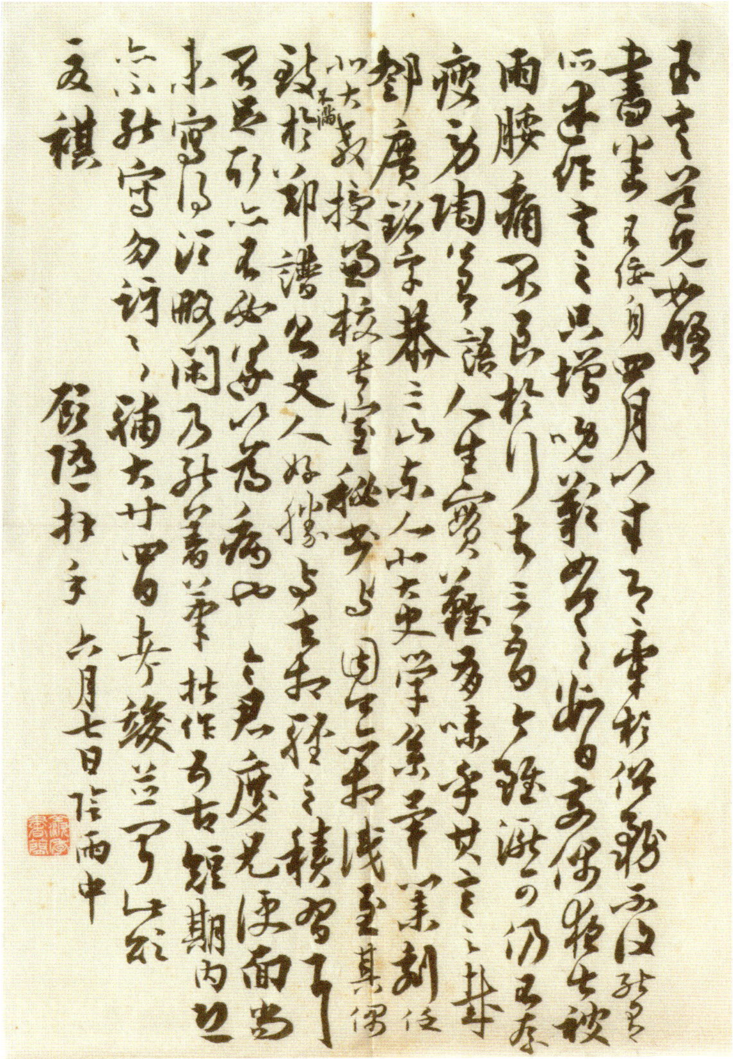

一九四八年六月七日函（首页）

射魚郤人於紅夢樓出板之後曾有七詩

見寄述堂老數和之而村人復為長句四

韻題七詩凌回再和作

巳鼓城市替山林許子千秋萬古心青鳥不

後雲外至紅樓呉含夢中舜少年閒世花

經眼卜五當鹽酒澎劇追想望江樓下路

夷ゝ一樹古猶今

射魚郤人元唱

小綴

殷譽幽閟心夢真那版凝人說數契彼後

大匠尊懷抱陰時花獨見生年源唉酒重

劃寫容已得南威論來用無窮待古今

適閒作函時不揽和谢之意亦且不自知

其和作果在河時作函既竟困坐無俚

玉言元喝遍產案頤諷誦之下如多靈

感援牽伸紙免命威備隨手錄出附函

寄蜀商中自云疲甚今乃自启其疲痕

玉言拈此試下一語同日鐙下要人來告

飯中草ゝ詫卹

一九五三年十二月廿五日 述堂錄

一九五三年十二月二日～二十五日函（次页）

木蘭花慢

得命新六月廿三日書歡喜感歎得未
曾有不可無詞以紀之也

石頭非實玉便大觀上靈名甚撲朔迷離
驚嬌聲馬蛇聲窕釵橫西城試畫驚蛇趾尚
朱樓碧元撰飯稜煊些奴才家世屋階
激落階層　燕京人海有人莫辛若著
分明去天尺五聽臣入褒語夏雷鳴下土
書成慶慧地欠四龍門史滿高密簽經
從教大嘆唉聲一似蟈蠡

昨午得書便思以詞紀之而情緒激昂
思想不能集中未敢率余孤負佳題
下午睡起若飲浚拈管伸紙已得斷句
仍未成篇今晨五時醒來攤被默吟竟
爾潛就起束錄出姝惟心逐漸修改
迄午時多若可觀羅錄之
吟改想不發感頻攢眉可原稿一盡
拼上令
命新見之如觀老馬忞馳驟但沉湎
頤也五四年六月二十七日糟堂

一九五四年六月二十七日函

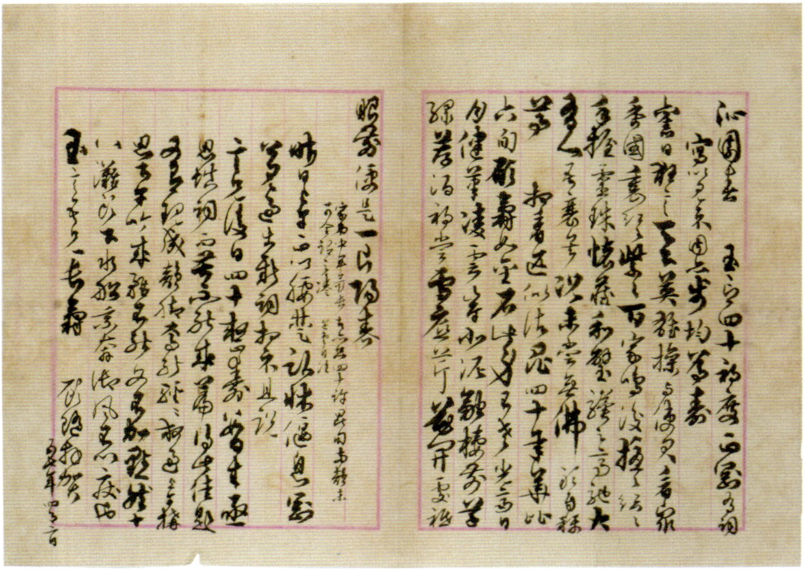

一九五七年四月二日函（首页）

一九五七年四月二日函（次页）

美季书简

顾随再拜

苦水去病

苦水四十后作

存悔去病

偻驼盦

美季五十后作

顾随

苦水填词

书信中的部分顾随印章

目　录

序

面对这一册苦水先生之书信集，思绪万千。要把我所要说的话大略梳整一下，那也得一部专著，此时此刻，写此短序，焉能尽其万一，而且我提起笔来也不知该从哪一点哪一面谈起为是。一句话，我的回忆和感想内容既繁复又零乱。

我从一九四一年之年底冒昧写信给先生，因不知地址只好把信寄到辅仁大学，没想到次年之春便接到了先生的复函，从此以后直到先生谢世，除去政治运动和先生患病等特殊缘故之外，我和先生的通讯未尝停断。每接先生一封赐函，皆如获珍宝，经过"浩劫"，许多名流大儒的手札，如涵芬楼主人张元济，如中西贯通文史大师钱锺书诸位先生的赐函手迹皆遭散佚，唯独苦水先生的这一批珍札奇迹般地保全下来，此中似有天意，非偶然也。我所谓天意，大略如佛家所言，冥冥之中自有因缘，似不可解而实以历史条件之所安排也，连我自己也不敢相信这是事实。古人尝云：求师难，寻徒也不易。先生把平生一大部分时间心血花费在了给我写这样的信札，可以说明先生门墙桃李遍天下，确更无第二人能得到先生这般的赐予，这是第一层。

接着我就又想，先生写给我的这些珍札，说是为了我个人，自然不差，然而这批珍贵文献的真正价值却远远超越了我们师生二人之间的种种情缘和文学艺术，乃至中华大文化的多个方面的相互启发讨论，这一点，如果是我个人有意的夸大，那自然是我的言过其实，但我总认为早晚会有具眼有识之士认可我的那种估量。今天的读者也许很难想象产生这批书札往还的时候的真情实况，我们师生二人的国境、家境、物境、心境，都是什么样的？那恐怕也同后人读"二十四史"那样陌生而新奇，甚至不敢置信了。

一九四二年年底，我给先生寄去一信致以问候，不久先生就写赐五首绝句来，其末一首云：

抱得朱弦未肯弹，一天霜月满阑干。怜君独向寒窗底，却注虫鱼至夜阑。

至今每一读诵，还是万感中来。

我得到羡季师赋五绝句相赠，感慰难名，亦用五章报之，其中二首云：

一回书至百回看，冉冉风烟岁已寒。除却赠诗才几字，若行读不到衰残。

谋生最好是吟诗（师句），诗里真心几个知。旷代更无郑笺手，飞卿终古柱填词。（时方作温庭筠《菩萨蛮》注。）

　　我"注虫鱼"的深夜是什么照明的工具？就是一盏小油灯，古云"一灯如豆"，真实不虚，那点微弱的灯光只有黄豆大小，而我伏身在一张炕桌上，写那细如蝇头的小字。有一回，父亲见我还未休息，进屋来见我那种情景，只说了一句话："你这么写，不就把眼弄坏了吗？"说完感叹而去。回想起来，我那时不是不知爱惜目力，而是无从爱惜目力——以致今日我的双目坏到如此地步，而为先生的遗札写这样拙陋的序言，除了我的文化水平之外，我的眼睛也与我的心灵一样。说是万感中来，自问这种言辞与一般常见的陈言套语是没有上述时代经历的人能够容易体会的。

　　先生书札中所涉诸般学问丰富精彩不可胜言，本应随我管见，略加讲疏，惜乎衰残年迈，目不见字，手不成书，谨能以此数行芜词表我微悃，心所难安，复何待言，幸方家读者谅而恕之。

　　小诗云：

　　　　先生书札与谁亲，惭愧村童得保珍。岂独三生私有幸，中华文化待传人。

　　　　　　　　　　戊子夏至后授业周汝昌拜撰

凡　例

一、本书所辑书信悉据手稿整理，原用繁体字书写，整理后统一改用简体字，并按现代书信格式排版。部分书信据文意酌分段落。

二、所有书信皆予编年，按时间先后排次。作者习用公元纪年，表示日期之数字均依照手迹，不做改动。

三、书信中所涉及的私人化信息，如行迹、作品、师友、弟子、家人等难为人知者，尽可能做了注释；而其他如背景、引文等则一般不出注。

四、随信常有"另纸抄呈"、"另纸录奉"之诗词作品，或一信而多日写成者，一信之中又有"再鉴"、"三鉴"者，为清晰起见，适以（一）（二）……分割排序。

五、书于信笺页眉或边角之附言、小注均移入正文中，为避繁琐，不做一一说明。

六、书信中难以释读之字，以□标示。据文意所补之字，以〔　〕标示。书信残缺不全者，以【前缺】、【后缺】说明。

一九四二年

（十五通）

春①

两书均由校中转交收到。意者兄或来旧京就学，当可面谈；又病躯不耐久坐，故迟迟未复，谅之，谅之！大作词稿及笔记均妥为保存，勿念。春来课事益忙，累于生计，无可如何。间一为诗，久不作词矣，《鹧鸪天》一章尚是去年之作也。

> 不是消魂是断魂。漫流双泪说离分。更无巫峡堪行雨，始信萧郎是路人。 情脉脉，忆真真。危阑几度凭残曛。可怜望断高城外，只有西山倚暮云。

比来辅大有十一小时课，中大②有四小时，又女青年会③开一补习班，二小时，身心交疲，为人为己，两无好处，如何可说！玉言④兄

苦水

①1941年12月8日，太平洋战争爆发，燕京大学旋被日军封闭。时就读于燕大西语系的周汝昌返回家乡天津，并开始与老师顾随通信。由于不知顾随在北平城内的地址，信件起初寄由顾随任教的辅仁大学转交。此书是顾随致周汝昌的第一通回函。
②中大，中国大学。
③女青年会，北平基督教女青年会。
④周汝昌（1918—2012），字玉言，亦作禹言、雨檐。

四月七日①

中宵梦醒，所怀万端，不复成眠，枕上口占

不到西郊已三月，城中草树又春风。祭獭谁信彼苍醉，叹凤岂真吾道穷。陋巷箪瓢原自乐，小儒铅椠竟何功。扁舟径渡骇天浪，只在横江一笑中。

大 城

大城从古悭春风，亦有小桃弄娇红。海棠未开梨花谢，丁香散馥明月中。蜚廉挟威走砂石，羲和沉彩天如墨。人人抱此惜花心，可怜欲惜惜不得。净业湖畔多垂杨，初春已作鹅儿黄。三月飞絮覆水面，百尺柔条拖地长。吁嗟乎丁香白雪桃红雨，垂杨袅袅犹自舞。江南草长乱莺飞，北国春光贱如土。

快件与和词二章今晨接到。推崇过当，愧悚，愧悚！大作清新有馀而沉着稍差，此半系天性半系工夫，宜取稼轩词研读之；不过辛集瑕瑜杂糅，切宜分别观之，不可不慎。

比来各校放春假，稍清闲，故能速复，以后课忙，或致迟答，尚希勿以此为嫌。作字甚草草，亦乞原谅。匆匆。

玉言兄

顾谦②

---

①据周汝昌《苏辛词说》钞校后记，此信作于旧历"壬午二月廿二日"，即阳历1942年4月7日。

②顾谦（1915—1967），号六吉，顾随同父异母弟。辅仁大学美术专修科毕业，先后在济南齐鲁中学、教师进修学院等处任教。

　　谦乃家六吉弟名，顷方作书致家弟，此处竟成笔误，兹亦不复改也，一笑。

四月二十二日①

玉言兄史席:

上次函面"同立"②误署"同和",直是偶然,兄来教云云未免求之过深矣,所以不曾涂抹者,则以有碍观瞻故耳。"祭鹑"二字甚牵强,刻拟改"祭"为"鬲",仍嫌不稳也,其详请检《词源》"鹑首"条下。结二语暗用黄山谷诗"坐对真成被花恼,出门一笑大江横"二句之意。③净业湖在故都什刹海之北,俗所谓后海者也。"四十后作"一章,乃倩人所刻。自愧手拙,除作字外,更无一能,然拙书亦至丑。拙词"危阑几度凭残曛"④之"凭"字系承"残曛"而言,故尚不甚牵强,然此等句子,实亦不佳。草草,馀另详。

顾随再拜　廿二日上午

大作暂存弟处,得暇再改定也。又及。

浣溪纱

城北城南一片尘。人天无处不昏昏。可怜花月要清新。　　药苦堪同谁玩味,心寒不解自温存。又成虚度一番春。

自着袈裟爱闭关。楞严一卷懒重翻。任教春去复春

---

①《浣溪纱》四首皆1942年所作,后辑入《倦驼庵词稿》,附录于1944年春印行之《濡露词》后。

②周汝昌当时的通信处是"天津咸水沽同立木厂"。

③以上所论为1942年4月7日随函所寄《中宵梦醒,所怀万端,不复成眠,枕上口占》诗中句。

④1942年春随函所寄《鹧鸪天》词中句。

还。　　南浦送君才几日，东家窥玉已三年。嫌佗新月似眉弯。

久别依然似暂离。当春携手凤城西。碧云缥缈柳花飞。　　一片心随流水远，四围山学翠眉低。不成又是隔年期。

临江仙

上得层楼穷远目，中原一发青山。当年信誓要贞坚。千秋明汉月，百二屹秦关。　　梦里神游无不可，镜中改尽朱颜。安心未藉野狐禅。此身犹好在，争敢怨华颠。

浣溪纱

但得无风即好天。缊袍犹自着吴棉。花飞絮舞近春阑。　　庵结千峰人世外，草深一丈法堂前。衲僧未敢认衰残。

日来课事至忙，时时奔走风沙中，遂患针眼，不能多作字。"辛集"已选出廿首，本拟录目寄去，亦遂不可能，须俟下函矣。春假中得小词数章，选抄寄奉玉言学兄。苦水，廿二日灯下。

拙词不敢望宋贤，若宋贤集中亦殊少苦水此一番意境也。然否？

五月十五日^①

　　日日忙于上课、改卷，又素性躁急，每有小不如意事，内心便不能平和，迟迟作复，职是之故，谅之，谅之！草草未尽所怀。此颂

玉言兄著祺

顾随再拜　五月十五日

---

①此函编年难确断，兹据内容（与上下文之关联）、语气及笔迹置之此处。

五月十八日①

（一）

《稼轩词最》目录　　　苦水拟选②

一、贺新郎·赋琵琶（凤尾龙香拨）　　　　　　卷一

二、念奴娇·重九席上（龙山何处）　　　　　　卷二

三、沁园春·灵山齐庵赋（叠嶂西驰）　　　　　卷二

四、满江红·稼轩居士花下与郑使君惜别

（莫折荼蘼）　　　　　　　　　　　　　　　　卷四

五、水龙吟·登建康赏心亭（楚天千里清秋）　　卷五

六、八声甘州·夜读李广传（故将军饮罢夜

归来）　　　　　　　　　　　　　　　　　　　卷六

七、汉宫春·立春（春已归来）　　　　　　　　卷六

八、祝英台近·晚春（宝钗分）　　　　　　　　卷七

九、江神子（宝钗飞凤鬓惊鸾）　　　　　　　　卷七

十、破阵子·为陈同甫赋壮词（醉里挑灯看剑）　卷八

---

①据1942年5月19日书中所言"日昨寄去一书并《稼轩词最》目录、梅溪词五首，想已见之"，知此《稼轩词最》目录及抄"梅溪词五首"乃寄于5月18日。据自识，《稼轩词最》目录抄于1942年4月，"梅溪词五首"亦在4月至5月18日之间。

②选词所据系1933年辛社重印之《稼轩长短句》（刘公纯倡议，郑因百校勘）。此目与《稼轩词说》定稿有出入，定稿中无《临江仙》（金谷无烟宫树绿）、《鹧鸪天·代人赋》（晚日寒鸦一片愁）、《鹧鸪天》（有甚闲愁可皱眉），而易之以《感皇恩》（案上数编书）、《青玉案》（东风夜放花千树）、《清平乐》（溪回沙浅）三首。

　　右精选稼轩词凡廿章。词中之辛，诗中之杜也。一变前此之蕴藉恬淡，而为飞动变化，却亦自有其新底蕴藉恬淡在。世之人于诗则尊杜为正统，于词则斥辛为外道，可谓盲人摸象也已。杜或失之拙，辛多失之率，读者观过知仁，勿求全而责备焉可；学之不善而得其病，则不可。善乎后村之言曰："公所为词，大声镗鞳，小声铿鍧，横绝六合，扫空万古。其秾丽绵密者，亦不在小晏秦郎之下。"铿鍧镗鞳者，吾之所谓飞动变化者也。世人所认为铿鍧镗鞳者，皆稼轩之糟粕也。无已，其于秾丽绵密求之乎，吾之所谓新底蕴藉恬淡也。莘园①且为吾抄之，吾将细为之

_____

① 滕茂椿（1919—2020），号莘园、心圆，燕京大学经济系1938级学生，顾随弟子，师生过从甚密。

说。卅一年四月苦水识。

已由莘园抄一过。苦水。

（二）

做冷欺花，将烟困柳，千里偷催春暮。尽日冥迷，愁里欲飞还住。惊粉重、蝶宿西园，喜泥润、燕归南浦。最妙他、佳约风流，钿车不到杜陵路。　沉沉江上望极，还被春潮晚急，难寻官渡。隐约遥峰，和泪谢娘眉妩。临断岸、新绿生时，是落红、带愁流处。记当日、门掩梨花，翦灯深夜语。（《绮罗香》）

软波拖碧蒲芽短。画桥外、花晴柳暖。今年自是清明晚。便觉芳情较懒。　春波瘦、东风翦翦。过花坞、香吹醉面。归来立马斜阳岸。隔岸歌声一片。（《杏花天》）

草稍春回细腻，柳梢绿转苗条。旧游重到合魂销。棹横春水渡，人凭赤阑桥。　归梦有时曾见，新愁不肯相饶。酒香红被夜苕苕。莫交无用月，来照可怜宵。（《临江仙》）

愁与西风俱有约，年年同赴清秋。旧游帘幕记扬州。一灯人著梦，双燕月当楼。　罗带鸳鸯尘暗澹，更须整顿风流。天涯万一见温柔。瘦应因此瘦，羞亦为郎羞。（《临江仙》）

独卧秋窗桂未香。怕雨点飘凉。玉人只在楚云旁。也著泪、过昏黄。　西风今夜梧桐冷，断无梦、到鸳鸯。

秋钲二十五声长。请各自，奈思量。(《燕归梁》)

精选梅溪词五首，灯下写寄玉言兄一看。苦水。

五月十九日

日昨寄去一书并《稼轩词最》目录、梅溪词五首，想已见之。比来课事仍忙，所幸贱躯较之去年为健，又眠食之佳为五年来所未有，私心颇自喜也。填得小词二章，另纸录呈一看。心少馀裕，写作俱不能佳，如何可说。大作亦于日前寄还，大体尚好，小有更易，聊为他山之助而已。暑假将近，而假期两月中之生活费尚无着落，缘在辅大、中大两校俱系兼任讲师名义，假中无薪也。私意欲到津门讲学，收得些许束脩，或可略资挹注，惟讲学之地既不易觅得，而听讲者人数之多寡亦殊无把握。平生作事向来一如信天翁，丁兹叔季，事事必须自家筹画进行，便觉如着败絮走入荆棘中，处处有滞碍。兄素性亦落落寡合，津门旧日校友想素无往来，恐亦未能先为道地耳。临颖不胜惶惭之至。此致
玉言兄史席

苦水上言　五月十九日

临江仙

出游见有叫卖樱桃者，纳兰容若词曰"深巷卖樱桃，雨馀红更娇"，因用其意赋小艳词一章。

阶下翩翩红药，当窗绿展芭蕉。雨晴残日压林梢。一声来小巷，四月卖樱桃。　记得当年樊素，朱唇况是蛮腰。歌阑舞罢总魂消。重来携手地，忍泪过虹桥。

鹧鸪天

琴树花开有作

琴树花开是夏初。圆荷叶小水平湖。愁边往事知多少，春色还人定有无。　　才止酒，又摊书。先生作计已全疏。卅年学得屠龙技，惭愧旌旗拥万夫。

卅一年初夏所作小词二首，俱不佳，写奉玉言兄一看。

去病①未定草

---

① 去病，顾随别署之一。

五月二十六日

玉言兄史席：

前得手书并《水调歌头》《莺啼序》各一章，尚未复，顷又奉来札，敬悉一是。连日仍忙，辅大四年级生已开始毕业考试，日内须阅卷及看论文，恐暇时益少也。腰脊又时时作楚。昨得家六吉弟书云，教书生涯等于讨饭，然更有人欲讨饭而不得云云。念元代有九儒十丐之说，盖读书人之与讨饭相去不过一间，由来已久，不禁失笑。

兄论《读词偶得》①与余见多合。余与平伯先生有同学之谊，又相识已久，然总觉彼此不能融洽。"吾友之一"云云者，乃是沈启无之言，而非苦水之言也。

《莺啼序》极见工力，然涩调大篇，除走南宋一路外更无他途，韵文一唱三叹之美遂不复可寻，苦水平生未敢轻试者以是故耳。若就词论词，大作可谓完璧。《水调歌头》结二语悠然不尽，深得宕字诀，惜"莫非来时"四字于律不合，须另拟耳。

前寄拙词二章俱不佳。《鹧鸪天》结句诚如尊评，俟心情稍平静当改作。胸中有书可，作词时却不可卖弄他；胸中书来奔赴腕下可，若搜寻他却又不可。苦水《鹧鸪天》结句②是搜寻来地，所以不佳。"未藉"③之"未"字或当改"不"字，然"不"字犯复，

---

① 《读词偶得》，俞平伯著，开明书店1934年11月初版。

② 即1942年5月19日所寄《鹧鸪天·琴树花开有作》中"惭愧旌旗拥万夫"一句。

③ "未藉"二字出于1942年4月22日抄寄之《临江仙》（上得层楼穷远目）词下片第三句"安心未藉野狐禅"。

又"未"字语气音节上俱较和调，故终用之。

假中赴津之行恐终难实现，多病之躯饮食起居俱需人照料，又每值伏日常常生病，五年以来年年如此，内子亦亟泥余行也，生活费恐仍当举债耳。草草，此颂

吟祺

        顾随再拜 五月廿六日灯下

近来觉得作词人须多读唐人诗，不知兄亦同此感想否？

稼轩之掉书袋确是病，然仍有虽掉书袋不害为佳作之章。友人郑因百曾有稼轩词详注之作，亦曾付油印作为教本[①]，旧校友陈东生有一部，惜不知其在津住址，如兄欲一看，弟可代为探听陈君通信处也。（文人之读书究与考据家有别，吾兄当了此意耳。）文学修养在作人与读书是不刊之论，当共勉之。

拙作《临江仙》"况是"[②]二字亦几更琢磨，意谓此一人既是樱唇而又柳腰，兼小蛮与樊素之美，若改"相伴"，恐使读者又疑为二人耳。忙中不曾填词，昨得五律一首，亦不佳，兹不录。草草又尽一页纸，心头作跳矣，馀俟再函。苦水又白，同日灯下。

---

  ①郑骞（1906—1991），字因百，信中时或称之为"郑公"、"因公"，所作《稼轩长短句校注》，1939年曾于燕京大学油印。

  ②"况是"二字见诸1942年5月19日所寄《临江仙》（阶下翻翻红药）词中"朱唇况是蛮腰"句，系化用白居易"樱桃樊素口，杨柳小蛮腰"诗句。

六月四日

（一）

　　书悉。论用典及南宋词并评拙作"况是"两字，语语中肯，实得我心。近词数章，笔意清新，尤为可喜。如此猛晋，真乃畏友，苦水遂不敢以一日之长自居矣，呵呵！禅宗古德曰："见与师齐，减师半德；见过于师，方可承受。"然哉，然哉！仍忙，再过十日便闲矣。比稍健，勿念。此颂

玉言吾兄夏祺

苦水拜手　六月四日

　　诗十首另纸录奉，未知以为何如。然苦水之书法与诗法，自今岁春间起便似有小长进，兄当不以余言为夸。郑注辛词是油印本，仍当于津门校友处求之，小斋无其书也。再，前次所寄上两词俱不佳，屡屡修改，终不惬心，拟删之，兄以为何如？草草又尽一页纸。苦水。

（二）

追和尹默师[①]十六年所作春归杂感诗

深夜无眠，挑灯独坐，易感孤怀，更滋永
叹。问人间以何世，谅天意之如斯。呜

---

　　①沈尹默（1883—1971），顾随恩师，信中每以"默师"、"默老"称之。

呼！万方一概，八表同昏，李将军之身羁
塞北，道别河梁；庾开府之赋哀江南，游
心故土。前修往矣，来日大难，不有忧
生，何来短什。步韵老辞，砌句成篇，香
草美人，未堪上托于灵均；破国春城，枉
具共鸣于工部云尔。

芳草无边忆锦茵，春光还似早妆新。年时小院回廊下，落花独立更何人。

河鲤云鸿逐日稀，萧骚蓬鬓晚风吹。土花蚀尽纤纤印，泪洒空阶碧藓滋。

花袅长条两鬓垂，人间天上更无疑。不堪细雨斜风外，独过伤春病酒时。

貌悴心伤可语谁，小园高阁义山诗。当年剪烛盟犹在，会有西窗话雨时。

何必惊人老杜诗，无穷生意即新奇。老蚕上簇柔桑尽，几树青杨叶正肥。（默师有句曰"青杨叶大海棠稀"云云。）

少年谁不爱春华，老去逢春只自嗟。惆怅一天风雨恶，中宵落尽满林花。

重山重水念行人，别久相思日日新。坠絮飘花何限恨，匆匆又过一番春。

春山无一语，春波镇日流。生涯知有尽，未尽岂能休。双颊销红鬓添白，检点形骸为君惜。络玉簪桃过者谁，踏遍六街不胜悲。君自未归春自好，莫将浅深量酒卮。

　　远帆近帆一江风，桃花杏花十里红。五载乱离念骨肉，餫饥思食垢思浴。昨夕雨停露未干，遥天一发倚阑看。柳径寒生袷衫薄，丝泪飞花纷纷落。

　　溅泪凭花为感时，与春又作隔年期。南天路远愁无尽，肠断春归杂感诗。

　　卅一年六月一日灯下所作，四日写奉玉言兄一看。有兴并希和作。苦水。

六月四日后

老僧廿年来登台说法，呵佛骂祖，年将五十乃得玉言，其发扬遄踪乃复过我，可畏哉，可畏哉！然而老僧却不免嫌玉言落入法障，从今以后，试将诗话词话之类一齐放下，只一味吟咏玩味赏心会意之古作，养得此心活泼泼地如水上葫芦子相似，推着便动，拶着便转，自然别有一番田地，不知玉言然我言否？

和默师诗第一章失粘，多蒙指出，兹拟改作"无边绿草又如茵，芳树抽芽别样新"，何如？自觉虽无声病，却依然如来示所云，是《浣溪纱》《鹧鸪天》词中之句耳。论阴阳平甚有卓见，惜老僧于音乐是一外行，但会得古人所云"二仄定须分上去，两平还要论阴阳"之微意而已。昨夕又和得默师近作六章①，抄奉一看，自觉比前作十章为佳，欲得玉言直言为我定之也。草草，此致
玉言道兄吟席

苦水和南

春半樊川怨岁除，愁来潘岳赋闲居。少年情绪无多子，剩读西天贝叶书。

---

① 今存沈尹默书赠顾随一纸，即此"鲞来书感其所言因赋"六首。"鲞"乃指马幼渔。诗作于1941年初，其一："门外黄尘不可除，从来寂寞子云居。北人南望南人北，珍重寥寥一纸书。"其二："尘事今宜断往还，怪君礼数未全删。远游底俟一婚过，逸少陈词直等闲。"其三："三十年来旧讲堂，堂前柳老更难忘。冶花茂草城东路，胃蝶游丝白日长。"其四："坐间麈尾久生尘，放论高谈迹已陈。今日文章循故事，他时毡蜡付何人？"其五："鸠妇呼姑屋角鸣，薄阴张幕雨初成。杏花自作融融色，眼底何人惜此情！"其六："扰扰攘攘百虑煎，莫从清醒恼狂颠。东风又绿池塘草，剩写新诗寄阿连。"

滚滚东流去不还，风怀少作定须删。荷锄归去衣沾露，谁道渊明只爱闲。

托钵归来又上堂，此心难与世相忘。禅机会到无言处，空里游丝百尺长。

禅月空明息世尘，吾衰已久竟谁陈。当前哀乐要须遣，论定千秋自有人。

夜半心弦不住鸣，香消茶冷奈诗成。幽州台上陈伯玉，不尽千秋万古情。

一碗清茶手自煎，当春常是怨华颠。纵教得句输灵运，可奈吟诗忆惠连。（末句指家六吉。）

苦水未是草

夜深眼昏，作字甚草草。来示颇赞拙书，惜不得令兄[1]见小斋所藏默师书，其精者直入晋唐诸贤之室，下者犹当高揖董玄宰、文徵明辈也。

郑注辛词可到西北城角南阁西街廿六号访孟铭武[2]君一谈。先去信一询为妙，信中直说由苦水介绍即得。又白。

---

[1] 周祜昌（1913—1993），号君度、缉堂、受白、寿白、寿百等，周汝昌四兄。
[2] 孟铭武，燕京大学经济系1938级学生（与滕茂椿同班），师从顾随学诗与书法。

六月中上旬

玉言谓前后所和默师诸诗有天生与膏沐之别，然乎哉，然乎哉？惟"连"字韵过蒙奖许，未免惭惶耳。暑后行止如何？独不能来此间行脚挂单耶？想来草此纸，恨字不能佳。

苦水

六月十五日

月之七日山妻①暴病，来势颇险，经医注射强心针始安。日前又作烧，益复委顿。今昨两日精神乃稍佳，但体气素弱，须长期调养始能恢复健康。孟铭武兄本已为我觅得讲学之所，惟恐暑中终不克赴卅六沽间一游耳，以此日来心绪亦不甚安宁。幸眠食尚好，可慰锦注。

顾随再拜　六月十五日

日前与兄书，询以能否来此行脚挂单，乃是询能否来此转学。良以吾兄天资超逸，虽不必待文王而兴，然学校中亦颇可以收广见闻、资切磋之效，辅大国文系如沈兼士先生之小学、余季豫先生之考据，皆并世无两，兄其有意乎？然又须待来年矣。苦水又白。

---

① 徐荫庭（1899—1982），山东临清人，1920年夏与顾随结婚。顾随常在信中自谦为"山翁"，称荫庭为"山妻"。

七月四日

手书两通，至今未复，谅之，谅之。山妻比已渐愈可，而贱躯以天热眠食苦不能佳，又忙于筹画暑后职业问题，不得不外出奔走，以一倦驼而驰驱烈日暑风中，其勉强可知。然彭泽诗曰"饥来驱我去，不知竟何之"，今者苦水尚有熟人可访，有一定之地点可去，较渊明为优也。玉言其勿为吾扼腕哉！

大作诗词真有进益，可喜。诗，余最喜"始知无语最含情"一章；词则"人语隔垂杨"也。然吾意以为元气仍未充沛，故思想与笔墨不免时时露痕迹，一丘一壑固已清绝，惟稍乏云蒸霞蔚、深山大泽之致。此亦正是苦水之病，当与玉言同勉。好修疋札①序评亦仿此。孟君来此曾晤及，谓亦无稼轩词注。有孙铮②君者，或当有此书。孙君住津南关大水沟，门牌号数已忘之，兄一探询必能得之。比亦时时作字，欲得拙书可，不必寄纸来，如有合意之作，即检出奉上较简当耳。《和春归杂感诗》第一章比已改妥，第三句为"小院疏疏一帘雨"矣；又"夜半心弦不住鸣"，"不住"已改为"瑟瑟"，何如？比以天热不能用心思，时时思有所述作，终于并无只字。再过三五日，又当为学校阅看新生考卷，恐更乱我心曲也，如何，如何！

兄作字亦有致，亦苦不沉着，大约用笔时不肯将笔完全润开，只使得笔尖三五分许，故提得起而放不下。此评亦是想当然，然

---

① 周伦玲《不同寻常师门缘》文中提及："父亲将先生来信依次汇集成册，取名为'好修雅札'。"文载2021年9月24日《天津日报》副刊"满庭芳"。
② 孙铮（1919—1980），字正刚，号晋斋，信中时或称之为"刚公"、"刚上座"。顾随在燕京大学任教时的弟子。

若幸而言中，亦是偶然也。吾比写欧书《虞恭公碑》，京高纸，行四格，日写百许字，愈写愈丑，却不肯放弃此工作。以每年暑中照例如此，所得为不少。有人说苦水行草全不似欧法，彼又讵知苦水作如是行草之全赖于欧法哉。俟吾欧书得髓，字当更是一番境界，然又乌可必耶？

来书"壬午长至日"云云，"长至"当是"短至"之笔误。草草，此颂

玉言兄起居佳善

苦水和南　七月四日灯下

信手写去已近两页纸，写完细阅，始知用"比已"二字太多，兹亦不复改削也。信写得较长，头又涔涔，恐今夜又不得好睡也。

七月二十七日

玉言吾兄：

　　手书两通又大作《贺新凉》与七古一章均拜读，慵未即覆者，非以忙，乃以天气雨多湿重，腰背时时作楚，遂懒于伏案执笔耳。今日阴雨竟日，潮凉有如新秋，而筋骨酸痛，坐立皆无所可，卧床偃息不复欲起。向夕雨止，即如复活，灯下独坐，乃作此书，然中怀郁结，恐亦未能尽所欲言也。平日爱读嵇叔夜《绝交书》，尤喜其"直性狭中，多所不堪"二语，以为殆不啻为苦水写照。

　　来书有云诗人不穷便非真的，读之不禁失笑。百无聊赖之中得玉言此语，不但解嘲，亦足自慰。然窃谓天地之大，穷人甚多，而诗人则极少。常人之穷，苦其身家而已；惟诗人则能言之，故遂易为世人所知耳，岂其穷竟有加乎他人之上者哉？苦水有室家之累，平素自奉又稍优，此际遂有似乎穷耳，较之古昔诗人之穷者，固已有间矣，岂得谓之为真穷乎！比来不曾为辞章，日临欧书作壹百馀字而已。草草，俟再函。此颂

暑祺

苦水再拜　七月廿七日

九月四日

玉言道兄如晤：

　　一月以来不思写信，诸友好处俱无片纸只字。数得手教，不曾作复，亦职是之故。若问其何以如此，则亦并无其他理由，只是文人习气、任性自恣而已，谅之，谅之！不罪，不罪！

　　阁下旧在西语系读书，早已知之，不知近来仍时时翻阅西书否？吾比精神较好，颇习理旧业，但荒废已久，对书有如隔世。故乡俗谚，"十年秀才如白丁"，信有之也。长大好忘，恐终不能复事斜上旁行之文矣，如何可言。

　　新秋天气阴沉，心绪仍不好。草草，即颂

日祉

苦水再拜　九月四日

十二月三十日

玉言有书来问近况，赋五绝句报之

万方一概更何之，如此衰躯好下帏。怕读稼轩长短句，老怀无绪自伤悲。

一带青山结暮阴，寒烟衰草倍萧森。经年不过城西路，何限凄凉病鹤心。

知我唯馀二三子，时时书札问何如。坐看白日堂堂去，独抱冬心到岁除。

寒风卷地扑高枝，吾庐岌岌尚可支。我有一言君信否，谋生最好是吟诗。

抱得朱弦未肯弹，一天霜月满阑干。怜君独向寒窗底，却注虫鱼至夜阑。

三月以来久未作书，忙耳，病耳，懒耳，无他故也。又目力亦至不济，灯下作此等字①已觉费事，衰残如此，如何可说。

苦水　卅一年小除夕②

来书所问未能一一作答，谅之。又，自秋徂冬得古今体诗凡三十馀章，而五七言古居其半，苦不得写寄耳。苦水又白。

---

①此信除末尾"又白"一段外，全用小楷，即信中所谓"此等字"。
②小除夕，除夕之前一日。卅一年阳历小除夕即1942年12月30日。

一九四三年

（十通）

七月十七日

　　老衲自去腊以来，生活千疮百孔，七零八落，加之衰疾相缠，实实自救不了，而又须向什方丛林挂单坐禅，十字街头逢场作戏，十分狼狈，一场败阙。上座不与俗人往还，料是不得消息。老衲这里种种，亦非楮墨所得具悉也。更有进者，精力既衰，一毫亦不敢浪费。此譬如贫家有些许钱财，只好维持最低生活，不独享受娱乐不敢作非分之想，便是朋情往来，亦不得不得省且省，上座不见《诗经》上云"终窭且贫"？毛传曰："窭者，无礼也。"

　　接得手札三纸，草草作此一信，不罪，不罪。

玉言道兄法席

　　　　　　　　苦水和南　七月十七日

　　春夏间移居南官坊口廿号。①

　　一周来监试阅卷，眠食俱不得安，信之草草亦自有其不得不草草者在，谅之，谅之。苦水又白。

未分一首

　　未分乾坤着腐儒，漫从故我证新吾。中宵幻梦灯明灭，一枕游仙事有无。天道何干马生角，春光已老燕将雏。高楼极目愁无际，又见残阳下碧芜。

---

　　①1943年4月29日，顾随自地安门内碾儿胡同（今碾子胡同）二十九号旁门移居南官坊口（今南官房胡同）二十号。

读宋书萧惠开传有感作

　　除却新诗费翦裁，睡馀无事且徘徊。寂寥深巷尘仍至，舒卷闲云雨未来。三尺短垣延扁豆，数间老屋荫高槐。阶前悉种白杨树，绝忆当年萧惠开。

　　拙作《临江仙》之"屹"字[1]，是"我行荒草里"，上座如今所改之"茕"字，是"汝又入深村"，呵呵。苦水又书，同日。

　　老杜"暗水"十字[2]中，若改须改"带"字始得，若"流"定是"流"，改不得也。老衲小词中"千秋"十字中，若改须改"屹"字始得，若"明"定是"明"，亦改不得也。上座肯老衲么？若肯即休去；若不肯则再起一番葛藤。老杜之"带"字或者也改不得，一改也许便非少陵诗法。若老衲之"明"字，却断断乎改不得，一改便非苦水口吻。所以者何？苦水作品原不讲字法故。上座于此定是又不肯老衲，然而老衲今日腰酸臂疼，只能写到者里。若肯，则"风月谁家不是邻"；若不肯，则"家家有块遮羞布"也。珍重！

----

　　①《临江仙》（上得层楼穷远目）一首见1942年4月22日信，词中有"千秋明汉月，百二屹秦关"一句，即下文所及"老衲小词中'千秋'十字"。
　　②杜甫《夜宴左氏庄》："暗水流花径，春星带草堂。"

八月十六日

暑雨蒸湿，《稼轩词说》^①终于脱稿。日来精神疲敝，眠食俱不能佳，惟此一业既已告竣，不独可以自慰，亦可以远慰我巽甫^②也。所恨生性阔疏，行文说理细处仍恐不到，若得巽甫在此，时时加以拶迫，当更为精密。又字数三万左右，属稿时信手写去，蚓蛇纠纷；比来又加削改涂乙，殆不可辨认。自己下手誊真，既不可能，属之他人，亦殊难得其选，使巽甫而在此也，亦必为我代劳，今则无可如何矣。三日来读东坡乐府，所得亦较胜前，亦颇思选十数首说之。而强弩之末尚不能穿鲁缟，况属弱者，宁有远力乎？是以又不能不暂行搁置。转瞬开课，更无暇晷，恐动笔须待来年耳，如何，如何！

手书已接到，绝句甚有致。辩才无碍于诗，尚是新径也。小词一章，昨夕所得，附呈。此致

巽甫道兄史席

顾随顿首　十六日

南歌子
夜深雨过无寐口占

淡淡清秋月，疏疏过雨星。夜深深院少人行。只有少人行处有飞萤。　　寥落今宵意，悲欢旧岁情。学参犹未

---

① 《倦驼庵稼轩词说》，1947年8月25日至11月24日间，连载于《天津民国日报》"民园"副刊和"文艺"周刊。

② 巽甫，周汝昌别号，亦署作巽父（音fǔ）。

悟无生。何日横担栁柎万峰青。

驼庵^① 未是草

八月二十七日

霖雨既过，凉风飒然，颇觉有深秋之意。老衲今日通体袷衣，内着毛线半臂，犹觉腰腿作寒，毫无暖气，衰惫如此，雄心俱尽矣。如何，如何！然末法凌迟，继起无人，一付担子几番欲卸不能，苦哉，苦哉！

上座比来何似？飞卿词注已脱稿否？老衲时时疑着，巽甫心思周密，恐不免有时失之太过。盖别人苦不能入，而上座则或入而未肯出耳。虽然，吾姑如是云云而已。久不晤对，未审工夫究竟到何等地步也。

"横担栗栃不逢人，直入千峰万峰去"，吾读《传灯录》与《五灯会元》，时时见之，究是谁氏之句，却从来不曾晓得。此刻揣摹，或是晚唐诗僧集中语，然而大海捞针，苦水却无从下手去寻根究底。"有飞萤"三字，意是而辞乖。"飞"不如"流"，诚然，"有"字不佳，作时苦不得一好字易之，故仍用"有"耳。若"有流萤"三字，则决不可联在一起，吾敢保巽甫必能会此意。宋人句虽曰"柳梢风急渡流萤"，而此处似乎又不可直作"渡流萤"也，是不？①

《稼轩词说》昨被郑因百先生携去，以说中有数处拟与之商略，故令其先检阅一番耳。

老衲平日为学，闭门造车，既无师承，亦未求人印可，惟近十年中作诗与作字，确实为默老烧香，上座高眼，一见默师薛帖

---

① 以上所论即1943年8月16日随函所寄之《南歌子·夜深雨过无寐口占》中词句。

题笺，便觑破苦水笔法来历，可畏哉，可畏哉！吾近中作楷仿唐人写经，而兼用信本、登善笔意，自谓颇得古人妙处，苦不能勤而习之。复以腰背无力，不能作长幅大字，此事恐终于无成。巽甫此番来信，老衲细审，用笔结体亦迥异时流，嫌不甚结实，当是工夫与年龄之故。若能从此精进，苦水不足道也。

退笔粗纸，草草写来，聊当半日长谈。坐久不独腰软，顷胃痛与痔疾又发，亦殊难支。此致
巽甫上座

苦水和南　廿七日

俟晴暖日疾稍可而兴较佳时，当为巽甫用习堇庵①稿纸写一两页小楷去。但衰懒健忘，不日又须开堂说法，此愿不审何日始能还耳。又白。

日昨又选得东坡居士词十二首，拟说，亦写得一首矣。以身心交病，今日竟未能下笔，若搁置下去，恐又须明年见也。如何，如何！三白。

①习堇庵，顾随别署之一。顾随在《二知堂诗草自序》中曾道："沦陷以来，堂名所居曰习堇庵，只是取吃苦之意而已。"

九月二日

（一）

"巽甫"两字极好，不必另拟矣。

"词赘"之作，甚感厚意，今姑且置之（暂不必续写），此别有说，稍暇当为函略疏吾意，然大旨亦在不便以此琐屑劳动巽甫笔墨耳。

十日以来又说苏词，选得十首，又附四首，今日已说至第六首，字数逾六千矣。开课前或能完卷亦未可知。惟秋阴不散，心绪难佳，夜间每苦失眠，展转无慭，则口占小词，今日录出，已有五首，即以原稿奉寄。忙于写词说，不及另钞也，阅后请寄还原稿。如有闲钞一遍寄来更好，（若尔则原稿可留兄处，不必寄还矣。）苦水处尚未留稿也。

新镌十字一章① 甚有致，但旁人见之不谓为阿好，亦说是标榜，如何，如何！

巽甫道兄吟席

驼庵苦水和南　九月二日

说苏较说辛为细密，文笔亦似更有可观。

---

① 或即"苦水两月及门半生契友"阳文印章。

（二）

鹧鸪天

秋日晚霁有作

高树鸣蝉取次稀。薄寒又袭旧秋衣。一天云散惟凝碧，九陌晴初尚有泥。　　花澹澹，柳凄凄。后期无奈是佳期。今宵十二阑干外，已是秋风更莫疑。

浣溪沙

偶得"后期"七字，已谱前章，叶九①见
而喜之，因再赋此阕。

阶下寒蛩彻夜啼。坐看窗影月移西。早知不得到辽西。　　新梦纵教同昨梦，后期无奈是佳期。高鬟鬌尽翠眉低。

临江仙

"后期"七字意仍不尽，再赋。

病沈新来真个病，不堪带眼频移。轻寒欺杀旧罗衣。清秋思见月，久雨不闻雷。　　惟有秋娘眉样好，弯弯况复低低。佳期纵后是佳期。回风来过我，飘渺载云旗。

南乡子

秋势未渠高。菡萏红香一半销。独向会贤堂下过，条条。几树垂杨斗舞腰。　　心绪漫如潮。爨下琴材尾已焦。柳柹横担无分在，飘飘。白袷风吹过小桥。

①杨善荃，号叶（音xié）九。

前所作《南歌子》有"横担枴枊万峰青"之句，玉言见而爱之，因复为此章。佛家谓缁衣为僧、白衣为俗人，白袷之意盖取诸此。

鹧鸪天
不寐口占

老去从教壮志灰。不堪中岁已长悲。篆香欲烬寒先到，蜡泪成堆梦未回。　　星历落，月如规。遥山浮翠映修眉。庭花无数西风里，抱得秋情说向谁。

九月十二日～十三日

（一）

巽甫道兄史席：

　　手教附词均拜读，日来急于说东坡词，故迟复耳。兄于填词，笔致不近辛，吾旧年所云云者，亦不必太置意也。迄昨说苏已告毕，昨夕复细改一过，又恨不得与巽甫共论之。新生子女，为父母者日日抚摩，不必以其俊美也，一笑。草草，即颂
秋祺

　　　　　　　　　　　　　　　顾随拜手　九月十二日午

　　说辛手稿已自郑公处取还，昨复为辅大校友携去。亟思令巽甫一见，但寄出尚无期耳。苏目另纸抄呈。

（二）

　　　　　东坡词说^①　　　驼庵拈古之二

　　　　词目
　　　　永遇乐（明月如霜）
　　　　洞仙歌（冰肌玉骨）

---

　　①《倦驼庵东坡词说》，1947年12月8日至1948年4月1日间，连载于《天津民国日报》"民园"副刊和"文艺"周刊。

木兰花令（霜馀已失长淮阔）

西江月（照野涨涨浅浪）

临江仙（忘却成都来十载）

定风波（莫听穿林打叶声）

南乡子（寒雀满疏篱）

南乡子（回首乱山横）

蝶恋花（簌簌无风花自落）

减字木兰花（双龙对起）

附录

念奴娇（大江东去）

水调歌头（明月几时有）

水龙吟（似花还似非花）

蝶恋花（花褪残红青杏小）

卜算子（缺月挂疏桐）

　　前允为巽甫作楷，终不竟作。比写《东坡词说》，巽甫复索阅词目，因楷钞一过寄之。两债一还，未免取巧，又以日来伏案工作为时稍多，腰背痛楚，腕臂无力，字画不佳，未免愧对。至于劣纸退笔，尚未肯分吾责耳。卅二年九月十三日驼庵苦水自记。

九月十七日

前日午前方发一书，午间即得手札并《八声廿州》一章。拙词蒙手抄一过，谢谢。"秋霁"章① 中，"薄寒"句诚如君言，刻改作"新凉已解袭罗衣"，惜"已"字重歇拍之"已是"耳。或当听之耶？或改"已解"为"初解"耶？"有泥"之"有"，属稿时亦不惬意，惜不得妥字易之，若巽父所拟之"辗"，思致颇佳，但老驼尚不拟从。（亦拟用之，但恨其声近哑耳。）假如巽父与吾同作刑名老夫子，巽父宁失于入，吾则宁失于出耳。"月移西"，原意是"月西移"，"西"字与下"辽西"字复，任之。"况复"改得是，当从。"无分在"，"在"字于语录中常见，其意当于助语辞，与"哉"为近，无实义，故此处拟仍之，不改。

大作笔致涩重，类梦窗，与吾不近，未能代筹。私意大体俱好，惟结尾"人间相"三句与前不称，以其滑而轻也，然否？

连日贱躯亦不适，又上课即在日内，私心尤为怏怏。日昨选得大晏词十首，拟继东坡词而说之，恐不能下笔矣，可惜，可惜！驼庵于《珠玉词》实有独到之见，向来二晏词皆以为雏凤声清，吾则以为老姜味辣耳。词目容当抄一份奉寄，今暂不暇。

孙铮君久未通函，可为吾代候，并致唁也。中秋日得小词一首，颇得意，巽父谓何如？秋凉，诸宜珍摄。书中只此可说，恨无由一面耳。此致②

---

① 《鹧鸪天·秋日晚霁有作》，见 1943 年 9 月 2 日书。
② 其后当有祝语、下款及日期，而所见此函复印件仅止于此。

青玉案

行行芳草湖边路。正红藕，开无数。向夕风来香满渡。画船波软，垂杨丝嫩，记得相逢处。　　一龛灯火人垂暮。案上楞严助参悟。未落高槐枝尚舞。秋阴不散，琐窗易晚，坐尽黄昏雨。

鹧鸪天

日光浴后作

暴背茅檐太早生。病腰已自喜秋晴。花间黄蝶时双至，枝上残蝉忽一声。　　经疾苦，未顽冥。几曾觉得此身轻。夕阳看下西崦去，卧诵床头一卷经。

浣溪沙

比来日日读《珠玉词》及六一近体乐府，
因借其语成一章。

一片西飞一片东。不随流水即随风。年年花事太匆匆。　　澹霭时时遮落日，新凉夜夜入疏桐。看看秋艳到夫容。

临江仙

巽甫寄示近作《八声甘州》一章，自嘲浅
视。适谱此阕未就，过片因采其语足成
之，却寄巽甫为一笑也。时为旧中秋节①。

薄酒难消深恨，密云唤起新愁。谁能丝竹遣离忧。学参初解夏，时序旧中秋。　　一眼还如千眼，劝君莫怨双眸。何时同过爽秋楼。苍茫烟水外，云树两悠悠。

---

①1943年中秋节为9月14日。

宋孝宗既以蹴鞠损一目，金人遣使进千手千眼佛，意盖以讽之。宋臣为颂以解之曰："一手动时千手动，一眼观时千眼观。幸自太平无一事，何须用得许多般。"过片之意本此。"密云"谓"密云龙"，不知能如此用否？又不知是此"密"字否？平时读书不熟，如今老而善忘，巽甫幸为我校改之。又，末二句是吾所谓得意者，然亦不识如此即得，抑或当改作"苍茫云树外，烟水两悠悠"也；或"两"更宜作"共"耶？前后客津六载，不曾一至咸水沽，未知其景物何似，水外有树耶？树外是水耶？吾意定稿必当决诸巽甫耳。若两句之意，虽然说得如彼其雅致，直是说两个近视眼而已，巽甫不为之一粲然耶？至前三章都复不佳，惟"新凉夜夜入疏桐"尚堪自信耳。

前幅信①是今日上午所写，下午假寐不成，又录得词，今日精力已尽，于是不复能再事写作矣。驼庵附识。

又，前曾来书道及命理。吾平日尚不曾正式求人推步，廿年前友人武杕生曾草草为一批，当时气盛，笑置之而已。去年因公亦曾略略谈及，惟渠只记得吾之年月日，而不知其时，故语焉不能详。平居自思，苦水命宫磨蝎，只是怕他壬癸，不知何故。

巽甫如有兴，幸为我一详焉。

乾造　四十七岁　丁酉正月十二日戌时

两日又得作四首小词，但连夕失眠，殊苦头晕，今日下午复须到中大上课，不暇抄奉矣。十七日午。

---

①自开头"前日午前"至"此致"，写在一页纸上，即此处所谓"前幅信"。

九月二十二日

巽甫吾兄吟席：

前奉书及拙词想已见之矣。日来颇盼大札，但未知此情较之暑前兄盼吾书时浅深为何如耳，其亦五雀六燕、铢两悉称耶？

噫！驼庵其真老矣夫，亟思学道，而情爱纠缠，解脱维艰；又所谓"望道而未之见"者与？昔年尚有豪气，能担荷，吃苦负重所不敢辞，比来衰疾之躯殆不可堪，如何，如何！

膝下今有六女子子①，第四女今年方十二岁，比以心脏与神经衰弱病，废学三星期。其为人驯顺而聪慧，大似驼庵童时。今次病因，乃以在学中为同学所谑弄，衷心既不可堪，又不肯告之父母姊妹，郁郁不释，致酿此疾。近中驼庵夫妇始得悉此底蕴，亦复可怜人矣。山妻性沉着，甚不以之为然；驼庵证之自身生活经验，则甚以为悲也。巽甫读至此，其笑之与？抑怜之耶？然除巽甫外，吾殆亦无可与语此者矣。

日来秋阴不散，凉气袭人。两校俱已开课，每日挟书上堂，谈文说道，为人为己，两无好处。而衣食所迫，又不能去而之他，此则更复难以为怀者耳。灯下独坐，聊复写此，遗误添注，巽甫可想见吾之精神不安也。嗟嗟，四十许人，尚尔如此，不惑之谓何？惭愧，惭愧。

---

①顾随共有六女，长女之秀，次女之英，三女之惠，四女之燕，五女之平，六女之京。

记十年前先君子①去世，尔时身心无主，死亦不能，生亦无味，乃开始读《五灯会元》与《传灯录》诸书，自后每夏必细读三五过，至平时之偶尔翻阅尚不在此数。亦常看经，如《法华》《楞严》《金刚》之类。今夏读《楞严》，似较向日所解为多，自叹情多想少，于法无分耳，此事真不得不自勉。巽甫谓何如？草草，即颂

秋祺

驼庵拜手　九月廿二日

破阵子

吾既说辛词竟，一日取《稼轩长短句》读
之，觉其《鹧鸪天·徐抚干惠琴不受》一
章，自为写照，极饶奇气，遗而未说，真
遗珠矣，乃复为小词二章云。

月落青灯无语，日高窗影初移。洄溯精魂千载上，异代萧条一泪垂。吾狂说似谁。　已恨古人不见，后来更复难期。要识当年辛老子，千丈阴崖百丈溪。庚庚定自奇。

落落真成奇特，悠悠漫说清狂。千丈阴崖凌太古，百尺孤桐荫大荒。偏宜来凤凰。　应念楚辞山鬼，后来独立苍茫。孤愤一弹双泪堕，不和南风解愠章。先生敢自伤。

---

① 顾金墀（？—1933），宣统己酉（1909）由附生举孝廉方正，曾任清河县财务局长。据顾随自述，父亲还是位"八股好手"，"又长于诗赋"，对其"影响非常之深"。

十月一日

赐批贱造，洋洋大文，想见巽父经心作意，非同泛泛。凡所云云，以前俱已证实不虚，将来自能必验也，谢谢！

大作七古一章殊工稳，私意以为仍未健举耳。又前所寄《八声甘州》，吾所最爱。"叶开爽蓊，波剔明纹"八字，非短视人着目镜后不能见此境界，不能作此语，妙！妙！惟心思过密，雕镂过甚，虽是梦窗家法，不免伤气。"季文子三思而后行"，夫子曰："再，斯可矣。"此义或与吾意有相类耶。

昨又得寄来七律二首，当即和得，录附一看。吾七年以来，重复致力于诗，似有小进益，惟七律仍不能脱剑南习气。童而习之，几成天性矣，可笑！

日前冒雨奔走辅大男女两校授课，遂致中寒，鼻塞头重，四肢作酸，今早始觉稍可，然精力仍未恢复，不克作长函。草草，即祝

巽父吾兄秋健

苦水再拜　十月一日

奉和巽父雨天见怀之作

风高叶乱不堪闻，眼底秋光已十分。早识人生如寄旅，可能天意起斯文。悲欢业识还无据，聚散阎浮定有因。晴窗捧读新诗了，晚阴黯黯结层云。（书到时天色晴明，已而遂阴。）

千秋怅望共心期，剩赋回肠侧艳词。双燕南归有明岁，逝波东去返何时。拟将无法为卿法，更益多师是我

47

师。哀乐中年已难遣，呼灯扶病和新诗。

第一首之"早识"二字可改作"莫道"否？乞代酌。

十月三日

长信作日记体，此又开新例矣，厚意尤为感荷。吾于清真、梦窗，二十年前俱曾下过苦工，惟所喜则为珠玉、六一、东坡、稼轩耳。何时能将周、吴说之一如说辛说苏乎？力短心长，如何，如何！十年以还，不复为长调，因吾兄之问，勉力作《风流子》一章，初意是学清真，写出自看一过，全不相类。三处隔句对，即不似稼轩，亦近梦窗矣，然否？不过此等词伤元气损神明，与苦水甚不合势。作文写字要于古人中发现自己，旁人只可赞助印可，即无他山之攻，仍可自悟自证，此义非数语可了，然吾巽父必能自得之。病腰不能久坐，草上

巽父道兄阁下

顾随拜手　十月三日

风流子
旧恭定二邸见红蕉有作

秋色未萧骚。城闉外，气势比山高。正霞彩渐收，乌乌争噪，水纹徐漾，杨柳垂条。旧苑里，此时花事好，开到美人蕉。朱户琐窗，几重芳意，曲栏瑶砌，一倍红娇。　　东陵知何处，雕梁上、双燕剩空新巢。应念舞裙歌扇，风转蓬蒿。叹万古苍茫，盲风阑雨，几家凋瘁，黛假香销。还有数丛花在，休问笙箫。

"琐"拟改"绮"。

"曲"拟改"玉"。

"风"字复，乞代斟。

"还有"改"看取"。

"笙箫"改"前朝"。

"风转"拟改"霜蘸"。"蘸"字有平去二声，此用去声读，于律尚可，但句苦乏韵致而已。

木兰花令
什刹海畔薄暮散策口占

晚来风停无尘土。扶杖过桥闲信步。爱他无限好斜阳，绕遍塘边垂柳树。　　山头黯黯阴云聚。天外纤纤新月吐。流波止水两悠然，要与先生商去住。

什刹海中皆止水，堤外小溪方是流水也。若树畔桥头挂杖送斜阳者，乃是苦水而已，一笑。

巽父看此小令与《风流子》一首，简直有仙凡之分，岂只上下床之别，苦水恰可于此处安身立命耳，呵呵！

上午作得一书未发，薄暮复得此词，灯下再为巽父写之。卅二年十月三日苦水自识。

十月二十四日

　　重阳前后所发书及题薛帖七古答和诗并拜读。惟今秋体力甚觉不济，每周十小时课，较之上半年已减少三之一，而课罢仍苦腰脚无力。吾廿年前曾有句曰"身如黄叶不禁秋"[1]，今日更证实之矣，如何可言！《九月十八日怀寄》一首又《秋风长句见寄》一首皆可诵，（二诗非不思和，亦非不能和，特自惜精力，强制自己不和耳。）私意稍乏生辣之致耳。此默师当年评老驼诗语也，今兹移送巽父得么？大抵巽父为人仁厚有馀，苦于狠不上来，老驼亦正如此。然吾于世路上栽过几次跟头，吃过几回苦子，虽未得大雄氏所谓之"无生法忍"，亦颇略略理会得咬牙工夫，故有时作事作文有类乎狠耳，惟吾巽父定知此非欺人之谈也。

　　比腰疾之外又苦痔发，更不耐久坐。暇时大抵卧床读书，而所读者则《论语》《学》《庸》《礼记》，此外则为《楞严经》《大乘起信论》之类，较之向来所解为多，但所入尚浅，又融会贯通上有欠工夫，未便举似巽甫而已。凉秋将去，寒冬继之，衰病之身，若不学道，更将何之？

　　日来时时思写一文，曰"诗心篇"，大纲已具，恨时间与精力两不足耳。然亦大细事，吾此刻不患不能写，所患写来无足观也。

　　小女病已愈，日日到校受课，蒙垂问，感荷，感荷！

　　又，说辛词两卷已由城西旧雨滕君抄出，据云不久将寄津，巽父倘能见之。草草，即颂

---

　　[1] 出自1923年《病中作》："虫声四壁起离忧，斗室绳床真羁囚。心似浮云常蔽日，身如黄叶不禁秋。早知多病难中寿，敢怨终穷到白头。我有同心三五友，何时酌酒细言愁。"

巽甫道兄日祺

顾随拜手

下录三词，皆重阳前后所作。计今秋得词廿馀首，大半都写寄矣。

临江仙

过却中秋几日，看看又到重阳。晚来扶杖且彷徨。九城低落日，双鹭起秋塘。　尘世依然黯澹，梦华取次辉煌。诗心禅定互低昂。敢辞三折臂，从断九回肠。

鹧鸪天

谁信狂夫老不狂。病来渐欲弃词章。羁身北地非吾土，稽首金天向法王。　才解夏，又重阳。红蕉烂漫转凄凉。今年都道秋光好，好似春光也断肠。

南歌子

雨洗清秋月，霜蜚旧帝宫。何须高馆落疏桐。九陌生尘，无处不西风。　病久诗心定，愁多道力穷。人间万事等飘蓬。二十年前我，已是衰翁。

作此书竟，腰痛欲折，衰象可想，音问之简，谅之，谅之！十月廿四日。

重阳前以赫蹄笺写得五纸，因循未发出，兹一并奉上一看。

一九四四年

（六通）

一月十六日

日日穷忙，不觉忽已半年过去，刻辅大已考过期终试验，自明日起可得三礼拜休息矣。许久不曾通信，抱歉之至。但所最觉对不起者，乃是《稼轩词说》早已有人①录副寄往津门，竟未曾通知，此真不得不请求玉言之见谅者也。稿今尚在孟铭武君处，住址为西北城角南阁西街廿三号。孟君去秋来此，苦水曾以玉言平生告之，便可直接往一晤之。至苦水则数月以来久不为韵语，《孔门诗案》写得十分之六七，以病搁笔，迄今仍未续写。衰老益甚，加之以生活压迫、课务劳碌，精力大是不支。揽镜自窥，颓然一翁，须发皆白，如何，如何！兄况如何？想平善。比来精神仍不佳，不能多写。匆匆，即颂

玉言道兄春祺

苦水和南　一月十□□②

附：致孟铭武书

铭武兄如晤：

手书并所作诗三首均接到，日日穷忙，加之以精力不足，久未作复，谅之。前托莘园以近况相告，想曾有信也。

周玉言兄前往取拙作《稼轩词说》，持此纸为信。草草，专

---

① 即滕茂椿。

② 原信（复印件）此处被一枚印章（"顾随拜年"）所掩，不辨日期，而据所附之致孟铭武书，度二书或作于同日。

此，即颂

春祺

　　　　　　　　　　　苦水和南　一月十六日

　　近一月以来不曾好好读书作文，《孔门诗案》久未续写，寒假已至，尚不知能否动笔也。只写得《张黑女墓志》两过、唐人《千文》一过、魏栖梧《善才寺碑》两过，俱是寸楷方格眼子，虽不能说无小小长进，但心手仍苦不克相得。年华已老，精力日疲，应作之事，多是尚在半途，思之怅恨，都无可说。

铭武兄再鉴

　　　　　　　　　　　　　　　　　驼庵

二月二日

去岁入冬以来便不曾好好写一信与玉言，每一思及，未尝不以为歉。然力不从心，无如何也。寒假开始，又以伤风牵动旧疾，腰背作楚，四肢无力，忽忽半月有馀，昨日始觉稍可。今日下午四时许，偃卧床上，忽复睡去，薄暮始醒。饭罢灯下独坐，乃伸纸为此函，恐仍不能畅所欲言耳。

日前来札云拟译《世说新语》，此真胜业，复何待言。惟私意以为，短文之有远韵高致者莫过于此书，西国文字虽富弹性，亦未必能表而出之耳。至于玉言蟹行①功夫如何，苦水素所未悉，于此更不能有所云云也。然天下之事，作是一问题，若其成否，可不必计校；至于传与不传，更难逆睹，玉言此际亦只有作之而已，他可不问也。有感于来书之下问，遂拟披诚告语，然说来亦何类于老生之常谈耶！虽然，玉言亦有罪焉：问道于盲，盲者乱说，顾不能尽怪盲者之乱说；问者之不察，亦有分于此责云尔。

铭武以事来故都，曾至寒斋，具说《词说》稿已取去，想此刻已阅一过矣，有何印象，亟盼示知。日来病中百感交集，处此叔季之世，生作文字之行，已是大错，然当年行脚城西时，董大师②曾言，"昼夜思量千条计，来朝还是磨豆腐"，苦水今日亦复如然。颇思利用此假期写出一点东西，惟所欲写者既非韵文，亦非批评与注疏，乃是小说之类③。《孔门诗案》虽已写出十之六七，

---

① 指横行书写之西文。

② 董鲁安（1896—1953），又名于力，曾任燕京大学国文系教授。

③ 拟作之小说，当系1946年2月完稿之《乡村传奇——晚清时代牛店子的故事》。

而冷灶无烟,不思重烧之矣。惟旧曲不弹者已十有五年,生疏不为不久,是以迟迟难于下笔耳,如何,如何!拉杂写来,欲言未尽,而头已昏昏欲晕,姑止是。专此,草上

玉言吾兄吟席

苦水和南　二月二日灯下

二月三日、十日

今日上午方发一书，下午即得手书并校记一纸^①，所校十中八九说中。谬误泰半莘上座钞时笔误；其有粗心漏着，则是苦水行文未曾检点与平时工夫不到，责须自负，不能诿之莘公矣。兹附函寄还，其完全无误者，加朱圈为识别；其不尽合鄙意者，则加括弧；间有注语，略抒浅见，并乞复查。比来想又读得几过，文中疵类，不知又发现几许，亦盼示知。

贱恙仍未大好，今日降雪，竟日郁郁。灵均曰："哀吾生之无乐兮，幽独处乎山中。"当年在城西开堂时说此二语，曾谓独处山中乃是无乐之结果，而非无乐之原因。比来以为如此说去，虽未必即得屈大夫之文心，却颇可以说明苦水之性情，愈是闷极，愈怕见人，亦愈不愿有人来谈天，好在寒斋亦是"门虽设而常关"耳。惟念身心交病，常恐来日无多，平生所思所学，最好赶急写出，为旁人借镜，而衰疾如斯，不克命笔，未尝不引以为大痛也。大晏词去秋曾选定，以开学上课，终未作说。冬间着手写《诗案》，十竟六七，以病辍笔，至今未续，蒙询谨答。草草，此上
巽甫吾兄法席

苦水再拜　二月三日

右一幅^②是一星期前所写，所以不曾发出者，私意不日上课，恐为职务牵系，不能常通音问，总拟于上课以前好好再写几句话。

---

① 即周汝昌《〈稼轩词说〉手钞本误字臆校》。顾随于此纸留有"驼庵阅过，手批寄还。二月二日"字样。

② 即前2月3日所写。

然病迄今未大好，咳嗽发烧，腰腿作酸，既无精力，又乏兴致，以至迟迟至今。再有三日，懒驴又须上套矣，势不能不再书数语致吾巽父也。

月来一无述作，日日读书，太半皆为译文。吾昔在校读书时，蟹行文字本已够穷，十馀年来，以职业、以疾病、以懒散，生疏益甚，即旧所曾阅读之书，偶一开卷，已同隔世；今兹病中，更难自强，聊藉译文为屠门前之大嚼耳。巽父年富力强，而又精思强记，是不可以不努力也。窃以谓吾邦韵文，虽时代不同，体制各异，揆其内容，多数陈陈相因，间有一二杰出，真等于凤毛麟角，或几于龟毛兔角矣。佛教东来，作风一变，文字之组织与作品之内含皆与往昔有殊；又千馀年而至于今日，接触既多，范围亦广，有心之士，可以深长思矣。吾比所读，多为说部，亦有一部腹稿时时往来胸中，惟酝酿未成熟，精力不充足，未敢率尔操觚而已。鼯鼠五计而穷，若苦水之左手画方，右手画圆，其亦自穷者非与？无由相见一谈，临颖难罄其万一，如何可言！

巽父法兄再鉴

苦水和南　二月十日

《东坡词说》稿副本亦是莘上座所写，日前孟君来故都，不知曾携去沽上否？可作书一问之也。一周来不亲笔砚，今日作此一纸，腕酸手战，不复成字。又白。

六月

春夏之交得绝句如干首，汇而录之，统名之曰杂诗云尔。

净业湖边送晚晴，会贤堂下暮烟生。驼庵得句无人识，燕市今宵有月明。

丁香飘雪不禁愁，雨打风吹看即休。隐隐杨花无影过，今宵有月莫登楼。

一盏临轩枉断肠，寻花谁是最颠狂。年年抱得凄凉感，独去荒园看海棠。

今年又过海棠时，暮雨朝晴系梦思。一架朱藤深院里，黄蜂喧上最繁枝。

遥山过雨泛空青，池面风回约绿萍。隔岸柳阴还漠漠，着花楸树正冥冥。

感怀触事自悲吟，惆怅难为此际心。紫燕归来春已老，青蝇飞动夏初临。

白塔危阑爱独凭，登临时到最高层。汉家事业无关树，一任悲风起五陵。

一春不为看花忙，风物当前似故乡。漠漠垂杨初作絮，纤纤细麦已成行。

榆荚自飘还自落，杨花飞去又飞回。三千里外音书断，细雨江南正熟梅。

卅三年六月录寄玉言道兄，聊当通讯。去病。

七月十五日、十九日

放假忽忽已廿日，前一星期忙于阅看学期考卷，近数日则忙于阅看新生考卷，其间又须时时注意身体，使不至生病，苦水之苦，定自非虚也。昨日无事，始得细阅春初寄来说辛校误两纸[1]，随手点定，兹附函奉上，不怪，不怪。尊处所留莘上座抄本是上座为山僧誊清之本，凡蒙摘误而又经山僧承认者，即烦巽父随时改定，省却苦水再费手也。至嘱！

春初来书曾问读禅宗语录从何入手，迄未作答，兹特举三书，其实有一书即得，亦不必全备也。《传灯录》《五灯会元》《古尊宿语录》，系统分明，《五灯会元》较为佳善；若出语之石破天惊，振聩发聋，当推《古尊宿语录》。读释典，窃意宜首先看《心经》《金刚经》，此后则是《楞严》《法华》，若《维摩诘》《华严》，则山僧亦有志而未逮者矣。又，初看佛书，时苦望洋，有注者较为易于领略，但亦难得佳注耳。《心经》及《金刚经》，佛学书局丁氏注本尚不至贻误后学，馀不敢妄行推荐也。

寄来词二章又和诗九首均收到，谢谢。昔尹默先生评拙作曰"但少生辣之致"，兹苦水亦拟以此语转送巽父。大约此亦关乎禀赋，人定或可胜天，然难言之矣。《东坡词说》稿仍在津孟家，孟君在此，俟其来时当以尊意告之，会当令其再返津时留话，以待尊价走取。（孟君今日返津，见信可差人往取也。十九日）

臂仍作楚，又腰酸不能久坐，此纸所书，未到欲言之半也。

---

①周汝昌《〈稼轩词说〉手钞本误字臆校补遗》《〈稼轩词说〉手钞本质疑一束》，二稿均系"甲申上元（元夕）前日"即1944年2月7日所写。

此致

巽父道兄

去病和南　七月十五日

旧曾言为《稼轩词说》作序①，有兴便可作也。

①1983年6月15日（癸亥端午），周汝昌作《〈苏辛词说〉小引》，文中言及："吾为先师《词说》作序，岂曰能之，践四十年前之旧约也。"

八月一日

连日暑雨蒸湿，甚不可耐，书且不能读，何文之能作！惟眠食尚佳，足慰远想耳。

吾前曾有书附寄稼轩词正谬两纸，想已见之。孟铭武君来，具说亦有书寄足下，差人前往取《东坡词说》也。意者比已到手，刻正在过目耶？吾之说苏较之说辛为何如？但自觉文字较为细密熨贴，是否？忆吾之初为此业，原本一时兴到之作，然说苏既竟，雄心转炽，拟取古来吾所谓佳作者而尽说之，是以继之而有大晏词之选目也。不料一经搁置，便成冷灶，此刻虽欲动笔，而灵感不来，难于赓续矣。才之竭与？力之衰与？或兼是二者耳。顷检点三五年来旧稿，未完者有四：其一《人间词话》笺疏，其二《秋坟唱》杂剧（谱《聊斋·连琐》事，八折已成七折），其三《孔门诗案》，其四《无奇的传奇》（新小说）。① 除首一种已无意继续外，其馀三种心怀中殆无三日不忆念之也。然迄于今夏，其未完如故也。而吾又时时思学道，日前手写得《中庸》一部，意亦欲为之笺说，顾亦竟不曾下手也。迩来生活日艰，食不得肉，出不得车，虽不至捉襟而肘现、纳履而踵决，然亦窘矣。而友朋之见我者，多谓面色敷腴；即吾自检，亦觉腰腿较之去年为有力，此宁得谓非学道之力耶？然吾观古之学道之士，多摈文而弗为，甚至以为玩物丧志；而吾又文人结习根深蒂固、牢不可拔，则吾之于道宁能必其成，适足以妨吾之学文而已。巽甫其有以语我也？

---

① 信中所言四稿，《人间词话》笺疏，未见；《秋坟唱》杂剧写成后定名为《游春记》；《孔门诗案》残稿，未见；《无奇的传奇》写成后更名为《乡村传奇——晚清时代牛店子的故事》。

今日阴雨，不甚热，下午睡起，精神似佳，因写此纸。半年来不曾着意写信，此足以补过耶？此致

巽甫兄文席

去病和南　八月一日

昔王静安先生曾有诗曰："江上痴云犹易散，胸中妄念苦难除。"苦水一见此语即爱之而时时诵之，近年学道，更深有味乎此语也。吾于老庄，取其自然；于释家，取其自性圆明；于儒家，取其正心诚意：吾意亦只在除此妄念而已。四十岁前任性自恣，我识过盛，意气方刚，名心为祟，以迄于今，仍受此累。又嗜欲陷溺，未能自拔。比来学道，虽自戒勉，仍苦不净。然吾亦尝思之，此譬如荒地一大段，多年不曾垦治，苇茅荆棘弥望皆是，正是当然之事，若不如此，反是可怪也。忽然主人一旦发觉此一大段地不应如此废弃，发心整治，然荒芜已久，开发维艰；而此事又必不能假手他人，只好凭自己一手一足之烈，作得一分是一分，行得一寸是一寸；况乎旧的尚未尽芟，而新的又复萌芽，所以当年孔圣曾说："加我数年，卒（注："五十"字或谓当作"卒"）以学《易》，可以无大过矣。"莫当他是谦辞好，朽索驭六马，正是大圣人不自欺不欺人处也。巽甫能会吾意，今暂止于此，亦不复喋喋也。驼庵又白。

一九四六年

（一通）

四月十八日

卅五年四月十七日，兼丈^①邀看花东昌胡
同寓中，并以默师所书山谷《次韵子瞻题
郭熙画秋山》诗摄影片见赐。字画精好，
追寻益远。又玩佳花，饮美酒，八九年来
殆未尝有此意趣。归来翌日，亦次苏黄韵
为二诗，既以谢兼丈，且将寄呈默师也^②

城西群峰如列环，风沙日日阻游山。此际登台一平
视，乃在香雪海中间。风止嚣静香益远，梨花未落山桃
晚。更无微飙纷落英，尚馀残雪压层巘。京洛胡尘历星
霜，初蒙招约熙青阳。海棠阅世应更久，明霞掩映发花
光。醉酒饱德记此日，人间万事真毫发。不辞我躯非柏
松，两公眉寿如金石。

利锥一击破连环，导之泉注顿如山。定武兰亭非真
迹，已觉身在永和间。右军风韵既不远，后生千载亦不
晚。欲往从之恨未由，隔绝层波复绝巘。百尺古松耐风
霜，石田小筑江之阳。南极一星长在眼，辉辉万丈吐清

---

①沈兼士（1887—1947），名坚士，沈尹默三弟，顾随尊称其为"兼丈"或
"三丈"。

②此二诗已收入《顾随全集》，题为《看花用山谷次子瞻韵》。另据周祜昌手
抄《倦驼庵诗稿》，得见和诗其三："我生爱静常恶闲，担囊拄杖走千山。八载身
经家国难，坠落胡尘妖祲间。天回地转途更远，雾生霞沉日趋晚。欲贾馀勇重打
包，徒涉曾波陟绝巘。不为坚冰怨履霜，但思挥戈有鲁阳。斑管铁砚未穿裂，匣
剑帷灯吐辉光。百年三万六千日，何须抵死恨白发。法生法灭惟一心，卷之非席
转非石。"

光。忆昔杖履追随日，剖示精义析毛发。由来说法有生
公，点头我乃逊顽石。

一九四七年

（十二通）

二月八日

卅六年开岁五日得诗四章，分别写寄各地师友

夜鹊南飞尚绕枝，人天心意两难期。高原出水始何日，深谷为陵非一时。故国旌旗长袅袅，小园岁月亦迟迟。杜陵不自伤摇落，却道深知宋玉悲。

变风变雅到离骚，方信虫寒澈夜号。世事从来付渠辈，天心可是属吾曹。三更谯鼓星河转，十月严霜鸿雁高。捧土塞川心好在，九牛争欠一毫毛。

山鸡毛羽即文章，丹凤云霄岂敢望。五十行年成客旅，一心留命待沧桑。骚人避世甘独醒，志士畏天成自强。镜里头颅已如许，更睎白发向青阳。

二十年来老旧京，岁朝莫漫起心兵。重阳吹帽识风力，五月披裘非世情。云路从输远征雁，星光自照暗飞萤。平生师友多磊落，未为道孤哀此生。

此纸本自留稿，此刻艰于重抄，即以奉上。诗似小进，字亦可看，纸太劣耳，玉言兄勿见怪也。

朽雕堂[①] 苦水　二月八日

自和前韵（五十一生日[②]后作）

枉教越鸟恋南枝，常恨佳期是后期。渡海燕鸿迷故

---

①朽雕堂，顾随别署之一。

②顾随生于光绪二十三年丁酉正月十二日（1897年2月13日），五十一岁生日为阳历1947年2月2日。

道，填河乌鹊异当时。已知呵壁天听远，见说挥戈日驭迟。真个江南消息断，摘来红豆不胜悲。

痛饮何须更读骚，晨鸡啼罢夜乌号。共推灵运擅佳句，若比渊明成下曹。世谛闹中还寂寞，尘寰无处不清高。几人未肯低着眼，但向云霄寻羽毛。

废尽残篇与断章，去来今际一相望。但教精卫能填海，何必高原好种桑。佩紫怀黄罢西笑，履冰踏刃异南强。六出岐山①一名士，昔年原自卧南阳。

争骑鸾凤下瑶京，谁挽银河洗甲兵。泽畔行吟徒自苦，途穷垂涕更多情。闲云镇日难成雨，腐草何时欲化萤。事业文辞俱不就，萧骚白发一书生。

来书诵悉。不佞年来又苦臂腕酸痛，愈视写字为畏途。又目力昏眊，作如此小字只是随手画去，如在雾中也。拙稿在尊处者，仍以交茂椿设法寄平为盼，后方北来旧雨颇有欲一看者。

玉言道兄史席

朽雕堂苦水　二月八日

前作②见者不多，亦未有和作者，玉言可告奋勇当开路先行官也。呵呵。苦水。

诗八章俱烦代钞寄莘上座一看，省不佞一番臂疼也。不罪，不罪！

---

①岐山，当作祁山。

②指《卅六年开岁五日得诗四章，分别写寄各地师友》七律四首。除《自和前韵》者，顾随后又《三叠前韵》。今见和作者有吴玉如、吴小如、周汝昌三人。

九月十一日

玉言吾兄如晤：

　　手教接悉，欣慰之极。不佞平时颇少外出，所有课程，俱在上午十二时前，午后二时至三时或小睡耳。兄今星期日上午能来小寓一谈耶？辛词注稿①已送来，惟尚未交与郑公。灯下作字，目力不济，甚草草。敬颂

秋祺

顾随再拜　九月十一日

　　孙正刚兄嘱作字，已写就，尚不恶，祈转告。又白。

---

　　①周汝昌《稼轩词笺注》一稿，作于1944年，未出版。

九月十八日

玉言道兄如晤：

日前来小斋时，本拟留饭，以舍亲数辈亦苫止，内子颇有手忙脚乱之势，是以未克如愿，甚怅，甚怅！夏日不佞极康健，九月多雨，渐觉不适，然尚可支持。十六日冒雨到校，归来遂觉宿疾全作，衰惫如斯，不独多劳知交系念，自身亦殊少生机与生趣，如何，如何！带去拙稿想俱已过眼，如有笔误处，即烦随手点定为荷。秋来所作七律一章，已由孟铭武君抄出，兹附函寄上一阅，如欲留此原稿，希另纸抄一过赐下也。拙作比来悲怆益甚，年长体衰，所如不合，了无佳趣，亦自难怪，惟决非好气象耳。欲言不尽，即颂

著祺

顾随再拜　九月十八日

稼轩词云"秋怀澈底清"，又云"试问清溪底事未能平"，诗中首联用其意

难得秋怀澈底清，心如溪水未能平。生涯濩落嗟牛后，花事阑珊到马缨。白鸟飞来仍自去，斜阳有限更多情。黄门家训纵平淡，凄绝一篇观我生。[1]

前二行[2]是注，铭武误抄作题。原题作"溪边观水涨"五字，

---

[1] 此诗作于1947年秋。此信中诗乃孟铭武所抄，其后是顾随补白。

[2] 即"稼轩词云'秋怀澈底清'，又云'试问清溪底事未能平'，诗中首联用其意"一句。

比思不如直用"难得"两字较为简捷。玉言以为何如？"凄"或当作"悽"耶？九月十八日，苦水又白。

十月二日[①]

玉言兄如晤：

　　两次手书均收到。日来除上课外，又有文字债须偿还，故遂迟未作复，谅之。小斋借宿事无问题，至时即希命驾前来，并可借此机会夜谈也。今日课罢甚疲，作书亦草草。即颂

秋祺

　　　　　　　　　　　　　　顾随再拜　十月二日

　　《胜利集》[②]可携来一看。又白。

---

　　　①此信言候周汝昌前来借宿事，与1947年10月10日信内容衔接，知乃前后数日间事。
　　　②《胜利集》，周汝昌诗词手稿，已佚。

十月九日～十日

（一）

倦驼庵苦水为周子玉言书

卅六年深秋

入秋以来积阴不散，霖雨间作。一日下午往访君培、可崑夫妇①于其沙滩寓所，共进晚餐，纵谈入夜，冒雨而归。年来数数晤对，留饭亦不可胜计，此次感念实多，不能去怀，自亦弗解其何心。五日后小窗坐雨，得短句四首，即写寄两君，意固非徒识一时之鸿爪而已，谅两君亦有同感

默师曾有句，一饭见交情。多感贤梁孟，推心旧友生。途长叹才短，语罢觉灯明。不忍相辞去，凉宵已二更。（"寻常一饭见交情"，沈尹默先生诗也。）

出巷行人少，衷怀念未停。新吾非故我，四鬓尚双青（此语指两君，与谚所云"四鬓刀裁"者有别）。云压怪天矮，雨疏闻地腥。觅车姑缓缓，张盖自亭亭。

微雨难教住，归来倍有神。山妻知我意，弱女问何因。共说容颜好，还夸气象新。撚髭成一笑，重见谪仙人。

---

① 冯至（1905—1993），字君培，顾随好友。姚可崑（1904—2003），冯至夫人。

解衣难入睡，思虑更纷纭。巨海千层浪，青霄万缕云。人终怜故国，天岂丧斯文。失喜高飞雁，罡风未断群。

右诗四章，可以写以古风，亦可以写以排律，惟古风恐失之奔放，不能如此含蓄，排律又恐失之拘束，不能如此舒徐耳。其实腹稿所得句，首混庚青，继混真文，分韵写出，乃成四首，然亦正可仿《三百篇》例，若曰"诗四章，章八句"也。次日又记。[1]

溪水涨

难得秋怀澈底清，心如溪水未能平。生涯濩落同牛后，花事阑珊到马缨。白鸟飞来仍自去，斜阳有限更多情。黄门家训纵平淡，凄绝一篇观我生。（颜之推《观我生赋》："予一生而三化，经荼苦而蓼辛。"自注：至是而"三为亡国之人"。）

睡起一首

三杯成薄醉，睡起见微阳。抱此无穷恨，吟成急就章。积阴天易晚，残烛夜偏长。嗟尔高飞雁，逆风未断行。（"高飞"与"逆风"当颠倒用之。）

数日积阴，比始快晴，而凉风天末，又逼秋深。今日虽为假日而无客来，小庵独坐，因写近作五七言律诗自遣。吾诗自今春以来，自谓颇有小进益，而作字则依然故步，当是工夫欠缺之故。

况骨相单寒，今兹天气虽方近重阳，指腕已苦僵直，运转不能自如，如何，如何！卅六年十月十日苦水自记。

录稿既毕，续得长句，即附于后。

十月十日有作

白杨声急报秋深，何处荒村有杵砧。不惜城头馀落日，剧怜天际结层云。半生学道仍痴汉，十年食荼怀苦心。北雁霜前犹未到，江头风雨起龙吟。

（二）

月之七日所发手书，九日方接到。八日午后确相候，适拙作杂剧《游春记》已由辅大校友印就①，因取一册，随手题曰："卅六年十月八日，玉言来倦驼庵下榻，适此剧本出版，因持赠一册，苦水手识。"而不虞兄之竟不至也。不过留此作一纪念亦得。

今日双十节，文旌仍未见东指，其返津之行乃作罢耶？比来又作得近体诗六章，此刻已入夜，不复能抄奉，何时见过，当出以相示，或并底亦奉赠也。今年自元旦起，作得近体不少，稿刻尚在兄处，拟烦大笔通钞一过，（和陶诗已发表过②，不须抄矣。）倘能代寄天津罗斯福路民国日报社副刊部刘峰荸君，则尤所感荷。

---

① 杂剧《陟山观海游春记》两卷，1942年寒假期间开始着笔，1945年1月29日完成，曾连载于1945年2月25日、3月10日出版之《读书青年》第2卷第4期和第5期。单行本无版权页，封面上题"游春记　苦水作剧第二集"，前有作者写于1945年2月11日（"旧甲申之除夕"）的自序。

② 《和陶公饮酒诗廿首》，1947年5月26日刊于《天津民国日报》"民园"副刊。

以备付印故，钞时字迹请勿太草，然亦正不须作真楷耳。

兄上次来信自谦谓"啰唆"，试看不佞此信，其絮叨殆如老太婆矣。不笑，不笑！灯下草草，殊未能尽意。此上
玉言吾兄史席

顾随再拜　十·十

拙稿钞时并祈代署"二知堂①近体诗稿　顾随"字样，以便排印。罗唆，罗唆！

尚有馀白，抄诗一章：

三杯成薄醉，睡起见微阳。抱得无穷恨，吟成急就章。积阴天易晚，残烛夜偏长。嗟尔逆风雁，高飞未断行。

右《睡起》一首呈政。

苦水　双十日

<hr/>

①二知堂，顾随别署之一。1947年春，顾随作《二知堂诗草自序》，谓："孔子五十而知天命，蘧伯玉行年五十而知四十九年之非。二知云者，命与非之是知焉耳。命既在天，太远则知之匪易；非虽在己，太切则知之亦难。姑以'二知'名吾堂以自勉。"

十月十五日

（一）

玉言道兄英鉴：

秋风转寒，至不可耐，日来虽较为晴暖，而时时有俗事牵帅，心情仍不能平和，使人终日怏怏，如何，如何！双十节日所作书至今尚未寄奉，职是之故，谅之，谅之！郑因百就任沪暨南大学副教授，上周启程赴津，海道南下。方今是处才难，如玉言者真不可不有以自处也。此颂

吟祺

苦水拜手　十月十五日

长句近体二首，另纸写奉。

（二）

水边有青杨数株，偶散步其下，觉心绪如潮也

青杨声急报秋深，何处荒村有杵砧。不惜城头馀落日，可堪天际结层阴。半生学道成笑柄，十载食茶怀苦心。白雁霜前犹未至，江头日夜起龙吟。

长句戏为俳体（双十节后一日作）

庭前风树已骚然，况是黄杨厄闰年。拙作寒衣俱未得，山妻老我两无眠。破书支架眼终饱，弱女非男心自宽。隔室剧怜闻笑语，今朝结队上西山。（小女三人是日随

学校旅行至香山。)

玉言兄吟政。

苦水写奉

十月二十三日

天气转寒，倦驼庵中阴寒如水，又时时须早起赶第一小时课，两臂遂复作酸楚，且一周以来，几于日日有客来访，更觉身心少暇。两得手教，未能即复，职是之故，不罪，不罪。元月所作七律中多复字，当时录稿时即已发觉，改之不得，遂亦仍之。所示各条，只"古市衣冠异昔时"^①末三字蒙改作"又一时"，即拟从命，其他此刻心绪不定，尚不能推敲，如何，如何！或将拙作暂留尊斋，俟稍暇再改定亦得也。来示又曾云，明春体气如稍佳，能否到城西行脚，思之黯然，不佞体气复能佳耶？此上

禹言吾兄史席

顾随拜　月廿三日

足下本拟双十节返里，竟以课忙不克成行。不佞亦不悉足下之课忙至如何程度，能复抽暇为小文向各报投稿不？如能亦复大佳，既可以资练习，又可以与人多结文字缘，若戋戋稿费，抑又其所不论也。孟铭武君又来平，惜兄独有一城之隔耳。又白。

---

① 此即三叠1947年"元月所作七律"之韵所作四首其一中的句子。

十月三十一日

自发上一书后，身心即觉不适，截至今日，伤风之势已成，宿疾如心跳骨疼诸症，俱已发作。耳目本不聪明，比来视听更复不灵，加以鼻不能闻香，舌不能知味，六根中只馀身、意两根作祟，尚未划除耳。禹言读至此处，当为不佞发一笑也，呵呵！

手书问作文当云何取题，私意吾辈为文，虽不必走明末小品路子，却亦不妨借镜。不佞之意乃在即兴，譬如日来什刹海畔时时有制服阶级砍伐老树，其已被风吹倒者，固应伐去，即其心空枝萎而未倒，似亦宜芟除，以免行人之危险，然老者已伐而新者未种，又使人不免有荒凉寂寞之感。只此一感，便可写得一篇小文矣。禹言住在郊外，秋来所感必然更多，信手挥洒，取之不尽，用之不竭，何须更向穷邻乞醮耶？又其次则为读书札记，批评亦好，考据亦好，感想亦好，但能独出手眼、不落恒蹊，自能使读者悦目而赏心也。至于写得后，不佞当相其体制，代谋发表，正不愁荆山之玉无人赏识。草草即上

禹言吾兄史席

苦水和南　十月卅一日

拙作小文一篇附上备考，或已曾见之矣。阅后仍希赐还，以便保存。又白。

十一月八日

玉言兄鉴：

不佞伤风虽已渐可，而咳嗽不已，上课时颇以为苦也。九月廿日（旧历）手书递到，敬悉种切。相服之意、相知之心，殊使不佞感念惭惶未能已已。

至所云"郁勃回荡之气"，吾自视亦然，且年深一年，日甚一日，惟玉言而外见到此点者，殊不多得。至其何以如此，则吾亦不自知，其得之于先天而自然流露耶？字法、句法、章法云云，原自不无，然为学之学，日进而弗已，乌能停滞于是？夫不学求会，世之为学者多知之；若夫会了便舍、会了便忘，则知之者鲜矣；不舍不忘，云胡能复有新境界也？

又手书云所学西文学格格甚遥。"教者言之质且浅"，此种现象在今日之最高学府，正所不免，要看学人自家之努力如何耳。刻北大西语系有一教授钱公①，未曾出国，亦未曾大学毕业，完全由自修而有成。玉言闻之必奋然兴起，不再怨恨于"教者言之质且浅"也。

小文已着手否？一言相告，写时用文言语体都无不可，但暂时可不必用苦水夹七夹八辞话式之语录体，何如？连日为《世间解》月刊写语录谈禅②，颇疲，而有感于来书之恳挚，乃写此一页

---

① 当指钱学熙（1906—1978），江苏无锡人。
② 应张中行之邀，顾随先后为《世间解》月刊撰写《揣龠录》系列谈禅文章十二篇，1947年7月至1948年10月连载于该刊第1至11期。结尾一篇《末后句》因杂志停刊未能登出，而由张中行"移刊"在1950年2月出版之上海《觉讯》月刊第4卷第2期。

纸，然写罢自看，未尽十一。耳鸣腰软，姑止是。即颂

冬祺

倦驼庵苦水白　十一月八日

十一月九日①

【前缺】

九月廿日作一首，通首俱工稳，惟结句嫌弱，或是太落实之过，如以譬喻象征出之，当较佳耶？仍希自酌。吾病已半月馀，又写语录，遂不复能为诗。间有断句，以未足成，亦随得随忘。衰疾相寻，又学不专一，如何能有成就？思之气短！而玉言顾乃步趋之，亦可谓不善于择师矣。师苦水何如师古人耶？昨日遂已立冬，天气尚无显著之变化，惟今午又起风，恐结冰即在数日间。郊外寒意想更深，诸维努力珍重。但能多读西文古籍，不作文亦得也。苦水又白，同日上午。

比为《世间解》月刊写《揣龠录》，虽入道不深，而文字益峭丽可喜，不审俱已见之否？惟兼旬伤风，宿疾全作，写此信未竟已觉腰背欲折，除叹奈何外，更无法可想也。玉言尚望吾能到城西行脚耶？

今日得见默师"哭弟"七律二章②，亦以疲故不能抄奉，且俟下函。小庵已开炉，恨不与知心者煮茗清谈耳。苦水，同日。

---

① 此信与前书均言及周汝昌"九月廿日"手书及诗作，当系相承。又信中说"昨日立冬"，1947年立冬乃11月8日，则此信当作于9日，惟仅见此"又白"二纸而不见前页。

② 1947年11月21至28日，顾随完成《诗三首——沈兼士先生安葬纪念》一文，文中言及："在安葬前不多的些日子，感谢葛孚民兄，使我得以见到尹默师哭兼士先生的两首七律"。据《中央日报》报道，沈兼士安葬乃在1947年11月21日。

十一月十五日～十六日

（一）

日前曾奉上一书，想已见之矣。立冬后天气益寒，病夫难堪也，如何，如何！

玉言曾致两问，苦水至今未答。其一是《游春记》下卷末折之估价；其一则是小说中之大义儿①。玉言可人，但亦未免可恶，何以向不佞致此二问？苦水于此亦有报复之法，即是禅宗大师之八个大字："生也不道，死也不道。"管教玉言而今而后如不能自家解决，便直向此两问下疑杀去。

刻有一事拟烦玉言臂助，即希首肯。不佞读语录，常见大师举诗为禅下注脚，如"薰风自南来，殿阁生微凉"，及"一把柳丝收不住，和烟搭在玉阑干"之类。苦水读书有限，记性平常，多不悉原句是谁氏之作，玉言肯为我找出其娘家来么？如肯，再商量第二步办法。明知玉言课忙，未便以此相烦，但左思右想，除玉言外，更无第二人可帮苦水此忙。才难，不其然乎？莘上座、孟大师皆不能入苦水此选，奈何，奈何！诗稿一摺②是上月为玉言所写，兹附上。字尚可看，惜太俊耳。（拙作仍希代抄寄津民国日报社。加标点为荷。）此上
玉言道兄史席

苦水再拜　十五日灯下

---

①"大义儿"乃顾随小说《乡村传奇》中人物。
②即1947年10月9日～10日所录诗稿。

上曰"道"，下曰"史"，苦水老眊，希见恕也，呵呵。又白。

（二）

昨夕睡眠不佳，早起便觉耳鸣头眩，小庵独坐，甚无聊赖，遂将默师"哭弟"诗抄录一过，附函寄上一看。

暑中闻兼士之丧，泫然赋此。弟旧历六月
十一日生辰，越五日宴客于家，宴中疾
作，即溘然长逝矣，伤哉

炎天旦夕几风雷，过雨轩窗闭复开。酒畔偶然传快语，人间是处有沉哀。荷塘香散花随水，荆树枝摧叶覆苔。白日看云眠未得，虚期北使望中来！

再哭弟

一朝散手若为情？六十年来好弟兄！更使后生思老辈，却缘清德著能名。他年识字才馀种，此日为邦苦用兵。老泪无多不供洒，木然翘首立秋晴。

满偓将北归，出册索书，即书二诗付之，情怀作恶，如何，如何！丁亥秋末，尹默。

满者，兼士之女公子也，秋间曾赴沪上省默老，二诗即尔时所写。原册不便借出，兹只录其文，非临其字体。苦水又白，十六日。

十二月二日

半月以来，天气便呈穷冬之象。不佞眠食尚好，只有腰腿甚是不济，时觉疲惫酸软。而庵中人来客去，反不如暑假时之安闲。上周又写一篇小文，纪念兼士三丈之安葬，于是耳鸣心跳头晕诸症俱发。（此文已为友人留下，预备发表在《大公报·星期文艺》上矣。[①]）

大作两篇，其第二篇已交与赵万里先生。今早晤及赵公，具说已寄出，将在《天津民国日报·图书周刊》日内披露，希注意。其第一篇俟（只一"俟"字便不知更延宕到几何时也）依嘱改定后，即介绍于津《益世报·人文周刊》，不愁无地发表也。只以不佞事事不能上紧，遂未免积压耳。

前所商禅家引诗之第二步办法为：于语录中摘录出十来条，先由玉言找出所引诗之娘家来，再由苦水照旧作"词说"办法，加以说明讲解。不过兄日来课事必更忙，而不佞日来兴趣亦不太浓厚，且徐图之。至来示所言，不佞作字褚法多于欧法，且引以为恨，恐此恨将绵绵无绝期也，呵呵！玉言是不佞畏友，每致一疑，辄使苦水难于作答，亦且待来日再详。此致
玉言吾兄史席

　　　　　　　　驼庵苦水合十　十二月二日

苦水之喜欧书且极力临摹，已早在十年前。民卅以后，以体

---

①顾随《诗三首——沈兼士先生安葬纪念》刊于1947年12月7日《大公报·星期文艺》第85期。

衰益甚，精力不足，乃多用登善法矣。不佞心高于天，眼高于顶，而才短于袜线，命薄于秋云，凡有所学，结果皆然，固不独此学书一端而已。告之玉言，当代为扼腕也。

玉言学英文，而国文根基极好，苦水虽无法可传与玉言，要玉言是自家屋里人。惟大作两篇，虽字字不苟，而终非不佞所期于玉言。不审比读西书成绩如何，私意以为如E.Gosse之文学批评诸作，最能益人神智，熟读之必多有感发。盖不佞欲玉言将来成为文人，而不必成为学者耳，想足下当了我意也。

比天短夜长，不佞每日有两小时课，归来吸烟喝茶，略一休息即是饭时，饭后小睡一二小时，起来烟茶之馀便已黑天，若再有客来小坐，即不能作事。晚饭后只可准备睡觉，稍一用心，上床后即须失眠，则不佞精神之缺乏，殆亦不下于物质之窘迫，如何，如何！今年任课极少，本意可以多有述作，然仍达不到预定目的，思之辄黯然。苦水又白，同日。

徐仲雅《宫词》云："内人晓起怯春寒，轻揭珠帘看牡丹。一把柳丝收不住，和风搭在玉栏杆。"而黄太史作《黄龙心禅师烧香颂》云："海风吹落楞伽山，四海禅徒着眼看。"其后二句乃是袭徐仲雅《宫词》，岂太史作颂（按此句下有脱文）。

右一则见宋袁文《瓮牖闲评》卷五（武英殿聚珍本）。又《五灯会元》卷十七"山谷居士"条下所载较详，惟"和风"已改作"和烟"矣。吾初不知此二句之出处，得大函后忽于《瓮牖闲评》见是徐仲雅之诗。仲雅又何许人，兄其知之耶？真是歧路之中又有歧焉也已。至"人皆"二句乃是唐文宗作，后二语则柳诚悬续，似乎《全唐诗》及《唐诗纪事》中即有之，记不甚确了也①。不佞前函举此二则作例而已，并非即有意烦兄代查，故其一为未知，其一为已知，盖只是随手写来，不曾检点耳。

　　写此后五页时已上灯，此刻家人来告晚饭已中，只好暂搁笔。苦水三白，同日夕。

---

　　① 所言乃唐文宗李昂与柳公权（字诚悬）夏日联句："人皆苦炎热，我爱夏日长。（李昂）熏风自南来，殿阁生微凉。（柳公权）"

一九四八年

（十一通）

二月十四日

玉言吾兄如晤：

　　节后人来客去，不得如法休养，正鲁迅翁所谓"一败涂地"者矣。节前得手书，敬悉种切。其时正为津《民国日报》及此间《世间解》月刊赶写两篇文字，遂无暇作复，以迄于今。若夫今日何日？则旧所谓"破五"日也。阴云覆檐，微雨杂霰，虽天气之非佳，亦闲宾之不至，又心绪梦如，不能执笔为文，乃作此书致候。顾精力不充，臂腰作楚，不能畅所欲言，如何，如何！

　　大作《胜利集》只于中法大学考试堂上阅得一过，至今尚未复看。记得尔时所得印象为细密熨贴则有馀，而慷爽超脱则不足。如生活环境不能改变，或不能致力于蟹行文字，恐暂时难得有新境象出现也。又如往来酬答之作，最为伤性灵、毁创作，即不能无作，亦以损之又损为宜。午饭罢须睡，暂止笔。敬颂

春祺　并祝

潭第清吉

　　　　　　　　　　　苦水和南　二月十四日

　　信封非今日所写，以字迹考之，当知其年代也。

三月十五日、十九日

连日春阴，牵动旧疾，至不可耐。今日午眠又未成，乃更无聊赖，遂作此书。假使意兴佳、精力足，当去读书作文，或不写信与玉言耳。玉言曾说不佞触处有郁勃之气，须知不佞所有工夫皆是在百无聊赖时用得，争怪得其郁勃耶？

《小说家之鲁迅》[1]一文既蒙令兄抄出，原稿当得奉赠，惟抄稿亟望早早见寄，因有人索文，急切写不出，即拟以此塞责也。（抄稿不知清晰否？）令兄所作诗甚工稳，斗胆更易数字，祈转告，勿罪。字亦大佳，较之玉言为有福。自信此语颇有老眼不花之致，玉言以为然乎？否乎？大作"论曹雪芹"一文登出之后，胡适之极推许，曾有一短札致兄，亦载《民国日报》图书版[2]，不识曾见之未也？

复活节日辅大可有七日假，到时如天气体力俱允许，当往燕大一游。Bus总站仍在东城青年会耶？出城上午何时有车，希告知。此上

玉言兄史席

顾随再拜　三月半

日前作得一信，忘记发出。杂剧已写竟未？日来体中小不适，

---

[1]《小说家之鲁迅》，是顾随为中法大学文史学会所作演讲的底稿，完成于1947年2月1日。

[2] 周汝昌《曹雪芹生卒年之新推定——〈懋斋诗钞〉中之曹雪芹》一文，刊于1947年12月5日《天津民国日报·图书周刊》。1948年2月20日，《胡适之先生致周君汝昌函》刊于该报同版。

复活节日恐十之九不能出城；且辅仁虽放假，而中法与师大[①] 星期三五各有课，亦殊碍事耳。

随　三月十九日

[①] 北京师范大学。

春

不识一章①

不识波罗蜜，终非出世雄。生涯何草草，春事未匆匆。青荇出浅水，绿杨牵晚风。萧然对影立，长愧信天翁。

口占绝句二章②

莫避春阴上马迟，新来爱诵稼轩词。可堪细雨斜风里，正是黄深绿浅时。（什刹海边柳，比来甚有意态。）

千叶桃花卸靓妆，丁香如雪出高墙。今春可是腰脚软，未去故园看海棠。（旧恭邸海棠，百年物也。）

踏莎行③

平中春来多风，而今岁独时时阴雨，戏赋。

走石飞沙，扬尘籁土。红英飘落纷无数。年年此际盼春来，匆匆来了匆匆去。　　夜半才停，天明不住。今春毕竟缘何故。更无梅子要他黄，天公下甚黄梅雨。

今春所作韵语只此四章，写寄玉言粲正。然私意亦只是五律一首略可看耳。驼庵。

仍烦钞寄《民国日报》刘公为荷。

---

① 此诗 1948 年 7 月 8 日刊于《天津民国日报》"民园"副刊。
② 此二首 1948 年 4 月 30 日刊于《天津民国日报》"民园"副刊。
③ 此词 1948 年 5 月 2 日刊于《天津民国日报》"民园"副刊。

四月二十二日

玉言吾兄史席：

手教敬悉一是，所嘱自当随时留意，惟不佞交游不广，于君度兄事恐终不免有力不从心之叹耳，如何，如何！当今之世，吾辈书生只合抱残编、老牖下、伴蠹鱼，枯死而已，勿论飞黄腾达，即饱食暖衣已属分外。古圣先贤动言"知命"，岂无因而致然哉！写至此处忽然想到，即著述成一家之言，及身享名，已殁不朽，亦属不可必之事也，不审玉言以为尔不？前所云君度有福，私意其遇事当多如意而已，岂庸碌之谓乎？不过此遇事如意亦只是想当然，又孰知其有大谬不然者耶！

赠诗一章愧不敢当，乘桴浮海，早有此心，所惜未能。然孔圣于此尚且只一句空话，况苦水之无才无学也？言之慨然。

春来为家事所累，时时失眠，一月以还，精力甚是不济，无由面罄，但有叹息。草复，即颂

著祺

　　　　　　　　　驼庵苦水合十　四月廿二日

五月十三日

玉言以六绝句见寄，辞多溢，愧不敢当。

聊复和之，趁韵而已，未足以言诗也

早识人生是旅程，层波瀚海记曾经。法身平等无高下，何处重分大小乘。

交游谈谦已嫌频，量酒分茶更浅斟。人我悲欢归一例，未怜尘世太纷纷。

漏痕剑器已望洋，遗迹空闻翰墨香。老去腕中常有鬼，未能近晋慢超唐。

红酒无多剩一巡，凭轩那用送残春。五阴四大如非我，般若菩提总不亲。

著书惭愧说藏山，弱女非男岂鲜欢。阶下何年生玉树，风前且自种芝兰。

百计何如且读书，大城恰称野人居。一从实相窥无始，不自虚空企太初。

诗方和罢，又得寄来五律四章，读之觉其直捷痛快，为玉言诸作中所仅见。不佞比来上课过多，腰臂又作楚，急切不能奉和，谅之。此致

玉言道兄

苦水合十　五月十三日

六月七日

玉言道兄如晤：

　　书悉。不佞自四月以来即牵于俗务，不复能有所述作，言之只增慨叹，如何，如何！数日前偶夜出被雨，腰痛不良于行者三五日，今虽渐可，仍不奈疲劳。陶公有语，"人生实难"，有味乎其言之哉！

　　邓广铭字恭三，山东人，北大史学系毕业，刻任北大教授兼校长室秘书，与因公亦相识。至其偶致不满于郑谱[1]，则文人好胜与夫相轻之积习耳，不足取，亦不必遂以为病也。

　　令君度兄便面尚未写得，须略闲乃能着笔。拙作五古短期内恐亦不能写，勿讶，勿讶。辅大廿四日考竣，并闻。此颂
夏祺

　　　　　　　　　　　　顾随拜手　六月七日阴雨中

　　默老之字下笔镇纸，此固由于得天独厚，亦其数十年工力所积，非可以等闲企及也。苦水之字所用诸法或多于默师，顾以天赋薄、工力浅，他不必说，即此"镇纸"两字，已有颜渊之学圣人，瞠乎其后之感矣。退之之言曰："是有命焉，不可以幸而致也。"玉言知我者，必能知此意，幸勿以语人，即语人，人亦不能解。卅七年六月七日雨中，倦驼庵。

　　不佞作字意境益高，所苦工夫尚浅与精力不足，其实二者亦

―――――――――――

　　[1]郑骞著《辛稼轩先生年谱》，1938年5月初版，协和印书局印刷，顾随为之序。邓广铭著《辛稼轩先生年谱》，商务印书馆1947年12月初版，封面为顾随题签。

只是一事。若病退身闲，苦水之字决非唐贤所能限。"天实为之，谓之何哉!"苦水三白，六月七日。

六月①

拙书比益有进步，此道只让得默老一人，若其他以书法擅名当世者，与苦水作弟子亦须回炉改造一番，方可商量耳。玉言必不以不佞为大言不惭也。

---

①此信自成一幅，未署日期。据内容、笔迹，虽未便置于前函，亦当差之不远。

七月三十一日

入伏以来，时时阴雨，又自月之十三日起为辅仁评阅各地新生国文考卷者几及半月，至悒怏。又长次两小女分别至自津沪，外孙男女数辈，或在学步，或在提携，皆茁壮可喜，亦未免搅扰。屋少人多，势之所必至也。字已不复能写，然不意竟作得"不登堂看书札记"两篇，字数愈万，则倦驼之尚未十分倦可知矣。稿付吴少若①，载北平《华北日报》文学版。第一篇今日可登出，恐兄家居未必即能见之耳。又两篇命题一为《看〈小五义〉》②，一为《看〈说岳全传〉》③，似近于儿戏，顾其内容亦颇不空泛，若其纵横九万里，上下五千年，则固不佞之老作风，想不至为高人齿冷。

手教今日奉到，甚慰。尊大人嘱件当赶速写得，由邮寄上，勿念。辅大当局上月拟令不佞作国文系主任，经力辞后已不复再提，想不至于跳火坑矣。今日又阴雨，甚闷损，拟写"猪八戒论"，尚未知能下笔不。专此，敬颂

玉言吾兄吟祺

苦水再拜　卅一日

《民园》稿荒，兄能为写稿所至盼，已函少若介绍矣。少若顷代编《民园》，渠寓天津十区马场道老武官胡同十二号，有稿请直寄。

---

① 吴小如（1922—2014），字少若，曾于辅仁大学、中国大学堂上旁听顾随讲课。

② 《看〈小五义〉》1948年8月1日刊于《华北日报》"文学"副刊第31期。

③ 《看〈说岳全传〉》1948年9月5日刊于《华北日报》"文学"副刊第36期。

八月十三日

玉言吾兄如晤：

八月三日手书日前奉到，奖誉过当，未免惭愧。不佞年来精力不继，每有所作，决非长江大河，然确是泥沙俱下。至于友好书札往来，更是随手写去。兄所云"小札短文不肯率尔一字泛下"者，真阿其所好之言而已。大小女已与其稚子辈返津，小斋稍觉清静。今日坐雨，因忽忆及嘱件，遂复写之。真书以笔不中使，写得甚不称意，希代向尊翁前致歉意。君度之箨，行草间有一两笔得唐贤意态，兄必不以为妄言也。然写至一半，乃复想起夏间兄曾嘱写不佞之和诗，已来不及挽救矣，此又须向君度致歉者也。近作《猪八戒论》上下篇①，已寄与《民国日报》，希留意。暑假不觉忽忽过去三之二，如何，如何！草上，即颂

吟祺　并候

潭第清吉

倦驼庵苦水合十　十三日

不佞若作系主任，真宋人笔记所谓"猢狲入布袋"者也。日来得爱我诸友好皆劝以莫作，衷心欢喜，不徒感荷。必如是始可称知交耳。

刘公崿莘返津，吴少若已交代《民园》笔政矣。又及。

---

① 《猪八戒论》1948年8月20日、21日连载于《天津民国日报》"民园"副刊。

十一月二十三日

玉言吾兄史席：

　　昨日下午自中法下课归来，得见赐书，甚慰下怀。上月卅日移居新寓[①]，前后四十馀日不得安心读书作文。南官房口寓所一住七载，老屋古槐，自多眷恋；即水畔一草一木，亦成素识。自来此间，诸多不惯，又距街太近，货声车声，人语犬吠，坐卧皆来相扰；况屋宇逼仄，周旋无地，殊少佳趣，此意惟吾玉言知之也。

　　大作和陶诗四言诗四章，不佞最爱其第三章，如"凋波故茂，蕴是新情"，如"荒鸡在远，大明东生"，皆情景兼融、句意两得，若其既有新义，复合前修，正使苦水为之，亦不能如此自然。第四章亦佳，惟末句"我琴如何"稍弱，何不直用毛诗"伤如之何"耶？

　　秋后任课三校，衰疾之躯，实所难堪。入冬以来，腰腿不健，一如往昔，世变日亟，听之而已。今日阴雨，师大有课，决意逃席。上午独坐无俚，聊写此两页纸，以当面谈，然不能详也。《世间解》第十期已出版（兄未收到或系邮误），第十一期闻亦不日杀青，但十二期便当是终刊矣，附闻。草草，即颂

吟祺

　　　　　　　　苦水和南　十一月廿三日午

　　比来精力愈敝，每午睡，家人辄不忍惊觉，日前枉驾，失迎

[①]1948年10月30日，顾随迁居李广桥西街（今柳荫街）八号的辅仁大学校产房。

为歉，不罪，不罪。又及。

后海景物胜于前海，早有定评。日前薄暮，出立海岸，北望烟波夕霭中，见北岸灯火数点，有如江南渔村，北地甚少见，况复在大城中耶？前海更多尘嚣，立水边辄见电车在柳阴中驶过，后海则无是也。惟恐深冬朔风过劲，病躯所不能堪耳。至居室虽狭小，然每逢晴和，阳光满室，窗明几净，亦至可喜。况系校产，可以不忧催租，在不善治生如不佞者，更省却不少之扰攘，为计亦得。至于习惯，则日久自能养成，玉言幸勿代杞人忧天，一笑。苦水又白，同日。

十二月二十五日

上午得手翰，悉正坐困愁城，苦水亦只有代为扼腕，不复能借箸筹策，如何，如何！炮响之后，燕大员生来城内者不知凡几，兄曾与之取得联系否？私意如有组织，可尽量联络，似较单独活动为得也。倘无，则只好另作计校。至兄所云谋得职业云云，不佞素来即寡交游，兄所谂知；当此之际，更觉难于为力。蜗庐数间小屋，且有舍亲借住，无隙可容芳躅。同院魏先生[1]所住之房，尚有门房一间，日前亦被一兵士夫妇占居，今晨以受煤气，双双毕命，刻尚陈尸南屋檐下，入殓抬埋尚不知何时，使人欲哭欲笑且又哭笑不得也。一叹！[2]

廿二日午得手书，下午即作复，写得前三行后即有兵士前来看房作饭，借东借西，此往彼来，应接不暇。辅大又正值考试，其中法、师大两校仍继续上课，亦不能不敷衍。夜间无电，比目力益不济，油灯下作字维艰。迟至昨日，考试完竣，今日辅大放假，他校亦无课。雪后天阴，臂痛欲折，草草写得此纸，不罪，不罪！此后只星期一二五有课，馀皆暇日，有兴请来谈也。此上

玉言吾兄史席

苦水和南再拜　十二月廿五日下午

---

①魏重庆（1900—？），时为辅仁大学社会学副教授。
②借寓兵士夫妇中煤气事在1948年12月25日顾随日记之中亦有记录。

一九四九年

（四通）

三月二十四日

示悉一切平安，至以为慰。翻译平原《文赋》亦无不可，惟原作为韵文，译作恐将出以散行，此亦小事，可以无须虑及。私意陆才虽然如海，斯篇制作未尽美善，组织段落尤欠清晰，原作似只以韵分段，前后层次未甚注意，所谓有句而无篇者是已，不悉尊意以为何如？旧在各校讲述此文，信口敷衍，更无笔记。辅大向有二三女生记录颇详[①]，三年前俱已云散风流，近亦无从探询。一得之愚，原不妨为吾兄一谈，顾一城之隔，聚首非易，况又非数语可了者耶？如何，如何！此后下笔时倘有疑问，可事先约一日期，枉驾来谭，不佞即不能如老马之识途，庶几可效盲人之说日耳，一笑。

至华翰所云，东海扬尘，一生三化，词人积习不能无感者，不佞正尔时时不免，然而亦力求剪除，不使萌芽。此意俟会面时更为吾兄详之，此刻不暇笔述。职是之故，韵语久已废弃，即有断句，以未成篇，且忘之矣。不佞向来于北欧文学颇致向往，解放之后，几将全副精力倾注于此，吾兄知我，当不讶耳。

又寒假中为辅大讲习班同学草得讲稿[②]两万馀字，中多发前人所未发，此或可以告慰乎？辅大、师大俱已上课，讲述之馀仍须出席会议，孱弱之躯精疲力尽，不言可知。手书奉到已三日，

[①]女生之一即辅仁大学国文系1941级学生叶嘉莹，所记笔记现存讲《文赋》之后半篇，已据以整理成《文赋十一讲》。1948年3月，叶嘉莹离开北平后师生再未得见，故有下文"云散风流"、"无从探询"之语。

[②]此讲稿系1948年12月至1949年2月2日间所撰《韵文普说》，撰写情况在顾随日记中有详细记述。惜乎此稿迄今未见。

迟未作复，今日下午草草写此，所欲言者未能尽言，而已腰酸背楚，字画潦草尚在弗论，不罪，不罪！此上

玉言吾兄史席

苦水再拜　三月廿四日

四月二十七日

玉言兄史席：

　　手书及诗接得已两日，比来课事既忙，会议又多，真成疲于奔命。韵文现在不能写，即将来亦不拟写，兄闻此言，不将疑苦水之善变耶？此非数语可了，故亦不复有所陈述。今早又见正刚兄寄来大作《念奴娇》一阕，工稳圆腴，确是进境，惟伤感过盛，恐有妨于突飞猛进耳。玉言必能解我意。灯下草草，此颂
撰祺

苦水再拜　四月廿七日

五月十四日

四月杪作得一纸书，今日重看，似仍可寄上，即亦不令其埋没字纸篓中也。不佞作中文系主任[1]，所谓"打鸭子上架"耳，然不如说是"歇后郑五作宰相"之更为确切也。

不佞之学乃真正杂学，不足为后学表率。以此语人，人多不谅，亦只有听之而已。比读新译苏联小说，乃更有得，此言玉言或当不讶。韵语仍不能作，即作此文言短札，亦觉手重千斤。馀详致正刚兄信中。欲言千万，不能尽。此致

玉言吾兄史席

苦水白　五月十四日午后

今日上得三小时课，出席一次会，归来写得致正刚兄□□[2]一纸，写罢自看，觉书法与文辞俱颇有书气，虽不能与古作者之林，然亦是数十年苦工夫所获得之小成绩。时移世换，此后将无所用之，不佞亦不自谓可惜。玉言于此能为苦水下一转语不？苦水又白，同日。

---

①据顾随《旅驼日记》，4月1日，余季豫"又提出辞兼主任"，又4月6日，"学生两人来说拟举予为系主任"，则顾随担任辅仁大学国文系主任即在1949年四五月间。

②复印件此行不全，此二字难以辨认。

八月二十七日 ①

　　手书与新词奉到已一星期，惟月来心脏之疾大作，少食减眠，力弱气促，头眩手战，不能作复。刻仍无痊可之象，深恐从此便成为病废人也，如何，如何！兄来平后请不必过访，谈话陪坐亦无气力耳。力疾作此短札，已觉心悸，谅之，谅之！此上
玉言吾兄

　　　　　　　　　　苦水和南　八月廿七日晨

　　"死可拚，生无力"，只此六字长在心头。玉言知我者，必能了此意。又白。

---

　　① 顾随于 1949 年 9 月下旬大病住院，一卧三载。此信言身体衰病之状，当即大病休养之前。

一九五二年

（一通）

十月十二日～二十五日

竹庵新稿①

一九五二年述不作堂废翁②

自题《章草急就篇斠字》③ 卷尾（九月十三日）

银河倒挽洗胡尘，失喜江山更日新。龙象都来白莲
社，东篱采菊是何人。

采菊东篱亦常事，悠然况复见南山。饱餐（吃来）折
脚铛中饭，杀到前贤第几关。

日间写心声画与续及题记竟，晚夕上床乃

不能寐，口占七言八句（建国三周年纪

念日）

惭愧新来署废翁，尚思人巧夺天工。闲言长语浑醉
梦，棒雨喝雷无聩聋。肋下三拳真虎子，草深一丈见宗
风。谁知先圣相受与，别在拈花微笑中。

肋下三拳用临济祖师事。长沙大师曰：我若一向举扬宗乘，
草堂前草深一丈。

---

①1952年11月9日，周汝昌作《〈竹庵新稿〉序》称："述堂师以《竹庵新
稿》手稿本相畀，卷首识云：'附寄空白纸两页，备玉言作跋或序也。'师命不敢
辞……"竹庵，顾随别署之一。李广桥西街寓所院内有竹一丛，故名书斋为"三
两竿竹庵"。

②述不作堂废翁，顾随晚年别署之一。述不作堂，多署作"述堂"；1952年
病起后，顾随亦常以"废"、"糟"等自署。

③今存顾随批校《邓文原章草真迹》一册，而未见此《章草急就篇斠字》。

玉言来书深以秋霖为苦，且举放翁"蜀中
黄梅乃在秋日"之言以实之。然锦城海棠
花事之盛甲天下，又放翁诗中所谓"任人
唤作海棠颠"者也。明春玉言载酒看花，
乐将无既。宋贤多有海棠诗，余独爱简斋
之作，因隐栝其语为二绝句示玉言，使寄
希望于来日，无事泥愁于目前云尔[①]（十
月二日）

绝世风情简斋老，苏黄奇外更奇才。海棠相似人不
见，且看紫绵无数开。

元遗山诗："一波才动万波随，奇外无奇更出奇。只知诗到苏
黄尽，沧海横流却是谁。"简斋诗："不见海棠相似人，空题诗句
满花身。酒阑却度荒陂去，驱使风光又一春。"又："海棠脉脉要
诗催，日暮紫绵无数开。欲识此花奇绝处，明朝有雨试重来。"

春来燕市挟风［沙］[②]，九十韶光至有涯。何似一双新
蜡履，雨中看尽少城花。

老杜诗："晓看红湿处，花重锦官城。"有人谓即是咏海棠，
此言不为无理，"红"、"湿"、"重"三字，非海棠不足以当之也。

---

① 周汝昌1951年被成都华西大学聘为外文系讲师，后因院系调整调入四川大
学外文系。成都，别称锦城。
② 此处原缺，据诗韵及词意补"沙"字。

连日风雨，病骨至感秋深，拈禅语为七言
八句四韵（十月十日）

稽首如来法王座，几人膝下有黄金。五阴从古说非我，四大于何安得心。情在难为劈面掌，病来自下顶门针。当秋老衲庭前草，风雨飘萧一丈深。

省宗化主曰："大丈夫膝下有黄金，争肯礼拜无眼长老。"语见《宗门武库》。《八大人觉经》曰："四大苦空，五阴无我。"五阴者，色、受、想、行、识是，亦曰五荫。肇法师临刑说偈曰："五荫元非我，四大本来空。将头临白刃，犹似斩春风。"二祖乞初祖与安心，初祖曰："将心来，与汝安。"二祖曰："觅心了不可得。"初祖曰："与汝安心竟。"

写实廿八字（十月十一日）

雾敛氛销露乍晞，赤云捧日正辉辉。天安门外双华表，白羽翻空万鸽飞。

以前作写似可崑、君培，复得小诗一章
（十月十一日）

字二十八诗一首，此间谁复是知音。今朝写似贤梁孟，五十年来错用心。

将写寄玉言，复成一绝句，即自和前韵

戋戋道了意深深，双璧定然为赏音。剑外射鱼①人识得，竹庵病衲此时心。

---

① 周汝昌别号射鱼邨人，顾随常以"鱼兄"、"老鱼"呼之。

此二页①系重抄，故页数与以后参差，非更别有。述堂手记。

写诗障代柬寄玉言竟，再赋此诗附篇末
（十月十二日）

一夜霜风凋万木，起看西北有高楼。轻衫曳杖成往事，细雨骑驴非壮游。失水困龙心入海，在山乳虎气吞牛。一重障了还生障，得好休时未可休。

正刚日昨以秋感和人韵四章见示，皆佳
胜，而余尤爱其第三章。晨醒懒起，枕上
口占步韵，若其意则亦不必强同耳（十月
十三日）

志士何须北走胡，空闻老马更为驹。入山谁肯随飞将，结网犹思署懒渔。一夕霜风天远大（肃杀），三年病衲臂偏枯。缁尘不染三衣在，细勘多罗贝叶书。

久未见少若、正刚二君，连日得小诗如干
首，不复诠次，即写奉焉（十月十二日、
十三日）

昆山玉复桂林枝，少若才华大类之。青眼高歌竟谁是，乌纱想见进官时。

"青眼高歌"袭杜语而变其意，江西社中人常用此法。少若尝与孙正刚合演京剧《二进宫》。

---

① 以上内容写在两张方格"辅仁大学试卷"纸上。

掌握铜椎再三举，当年保国意如何。愿心一种几时了，把酒倾听垓下歌。

喑呜叱咤变风云，帐下膝行诸国君。今日相烦重爨演，更教老杜几回闻。

正刚扮相威猛沉雄，又得天独厚声震屋瓦，使爨项王杂剧，必更可观。

青莲醉写吓蛮表，顾曲当年见若人。少若何时歌一遍，宫花颤上软唐巾。

卅馀年前尚在北大读书，曾于第一舞台见高子君爨《金马门》，恨其无书卷气，焉得少若一演之？

委地珠玑散不收，两君才调信无俦（难酬）。万言倚马等闲事，贫道更烦相打油。

乞二君和作。"相"者，《礼记》"相舂"义，"相"与"和"意近，又舂用杵，疑"相"字从"木"所由来也。

翘首城西见两君，川西更有射鱼人。津沽信是多才隽，头白山翁一欠伸。

兼寄玉言锦城。玉言尝自署"射鱼邨人"。"一欠伸"者，犹言先生休矣；又心慰心安义。陈简斋诗："万里逢公一欠伸。"

以写实廿八字寄示家六吉，复得小诗（十月十四日）

不会推陈更出新，陈言写得近时真。老兄虽病诗心健，压倒江西社里人。

信口（十月十五日晨醒口占）

昨日星期二，今朝礼拜三。霜风一萧索，吃睡不香甘。脚痛旧毛袜，腰酸破布衫。会了从头会，参时澈底参。贪翁新活计，死活不离贪。

"死活"，用河北方言，不作死生解。

信口之二

偶得"脚痛"五字，意甚喜之，入之前章，为韵所限，对仗未工，不忍竟弃，复用作此篇。

中秋已分饼，九日近题糕。脚痛旧毛袜，腰酸败絮袍。禅关徒漫与，世网不思逃。秋势逐天远，晴空加倍高。

今日为夏历八月廿七日①，去重九不过十馀日耳。老杜诗："老去诗篇浑漫与"。

---

① 即阳历 1952 年 10 月 15 日。

脚痛篇

三数日来脚痛，为近三月来所未有。昨夕
灯下读《诚斋集》，至《足痛无聊块坐》
一首，不禁失笑。今午亦块坐，乃为此
诗也。

病后两脚软如绵，行来乍却复乍前。人言翁脚双好
在，翁口不说心自怜，自怜脚在有无间。昨夜北风寒流
渡，寒透重衾难回护。早晨披衣下床来，直觉脚骨如着
醋，欹仄倾斜儿学步。灯下偶翻诚斋诗，斯疾斯人亦有
之。乃云"不借双高挂"，又说"毋追一任敧"，山翁尚
不至于斯。诚斋学力乘纵横（乘即加减乘除之乘，犹言加
耳），四海千秋但目送。不知脚痛始退休，为复退休始脚
痛，乃至块坐不能动。诚斋眼中不着人，嘲戏文公语尖
新。临老也复痛不澈，拾扇检书成苦辛，上下千峰公外大
有人。

《诗人玉屑》引《柳溪吕炎近录》载，刘约之丞庐陵，过诚斋，
语及晦庵足疾。诚斋因赠约之诗，有云："晦庵若问诚斋叟，上下
千峰不用扶。"晦翁后视诗笑云："我疾犹在足，诚斋乃在口耳。"
诚斋《足痛无聊块坐读江西诗》："两脚遍云水，群书久网丝。却
因三日痛，理得数篇诗。不借双高挂，毋追一任敧。老来非爱病，
不病亦何为？"案："不借"乃"麻鞋"，见《急就篇》；"毋追"盖
是"冠"耳。又有《病中复脚痛终日倦坐遣闷》七律曰："满眼生
花雪满颠，古稀又过四双年。谁知病脚妨行步，只见端居道坐禅。
堕扇几旁犹懒拾，检书窗下更能前。世人总羡飞仙侣，我羡行人

便是仙。"其语较前益苦，或其病亦较前益深耶。以上二诗俱见《退休集》。一九五二年十月十五日下午，竹庵废翁附记。

又案，七律"古稀"《宋诗钞》作"依稀"，商务四部丛刊影印影宋钞本《诚斋集》作"者稀"，皆非是。此诗后有《乙丑改元开禧元日》七律，其后又有《秋衣》五律曰："明年方八十。"然则诚斋作此脚痛七律时，正年七十有八，故曰"古稀又过四双年"耳。四双犹言二四如八也。"道坐禅"，《诗钞》"道"作"例"，非是，兹依集本。次晨又记。

脚痛篇之二

> 玉言来书云，旧有杨陆二家理会之作，其诗吾未之见，此题则极爱之。连日脚痛倦坐，时时理《诚斋集》，于杨诗颇有欲言，写以韵语，仍命曰"脚痛篇"。

诚斋古稀始病足，今我脚痛才望六。诚斋宦游饱看山，老我生小住乡曲。玉殿擘窠书诚斋，而我抱残守白屋。东园种得千种花，小窗正对两竿竹。我同诚斋只退休，镜中萧骚两鬓秋。八年不看诚斋集，重看冰雪湔胸臆。字句荦确出锋芒，思超李杜迈苏黄。竹窗弄笔出新意，竹庵狂似诚斋狂①。转聆逝波天不假，要是当前畏来者。吟长吻燥起煎茶，大城秋阳辉万瓦。输我三年病废睹升平，笑他报国无路头颅如许生。

---

① "似"字原作"过"，后改为"似"，稿页上方作者自注"过与似同义"。

宋光宗曾手书"诚斋"二字赐诚斋，见文集卷九十八《跋御书诚斋两大字》。诚斋病革，适族子自外至，为言朝廷近事，诚斋恸哭，呼纸书曰"吾头颅如许，报国无路"云云。别妻子，笔落而逝。见《宋史》本传。生，语词。唐宋人诗词语录及元曲往往而有，如"可怜生"、"无厌生"、"太瘦生"、"作么生"、"怎生"，皆是，诚斋诗中亦喜用之。如《荆溪集·夜闻风声》曰："更看渠侬作么生。"《南海集·过五里径》曰："知渠何事大忙生。"《退休集·端午独酌》曰："菖蒲今日么生香。"此外仍有，不能细检。今口语乃无此字，只"作么生"转为"怎么着"；"着"又或读若"只"，舌头音转，如"豕"之转为"彘"也。

脚痛篇之三

前篇既成，吾意未尽，复为此诗，与诚斋

老子理会一向，仍命曰"脚痛"，缘起也。

抗战期中尹默师，记曾赋诗说杨诗。会到浅之又浅处，始是诚斋最诚时。初看其钞未云善，继得全集读大半。近来脚痛理旧编，千峰顶上重相见。模山范水意态真，批风抹月杼轴新。拈起太白老杜笔，出尽鬼谷玉溪神。乱头粗服直出去，搔首踟蹰时回顾。当日粉泽尽无光，千载凌波失故步。问公何事太愁生，意气如山未肯平。九集愁字千百个，时复无寐至天明。个（"个"犹今语"这"）是魏公门弟子，不尝曹溪一滴水。乍喜看似透网鳞，一怒还成率野兕。尤物移人口戏言，杨氏为我谁雪冤。颇疑捧心效西子，岂止顾影似老猿。胸次我识常作怪，缁素分明转狭隘。孔颜乐处曾未知，况复捐躯偿君

债。脚痛淋疾老相寻，依旧横眉事苦吟。补疮愚子徒剜
肉，啮掌小熊果何心。九原有灵勿罪过，七字长城我攻
破。葛藤桩子轻轻握，虚空一片纷纷堕。自读公诗我笔
强，循规蹈矩离员方，文字有灵奈枯肠。入室操戈我岂
狂，萧条异代公亦伤。廿年止酒剩空觞，我欲酹公无酒
浆。虔诚且烧一瓣香，会当奋翅起高翔。

默师诗："冻蝇寒雀亦奇才，都入荆溪集里来。谁道深人无浅
语，浅之又浅见诚斋。"诚斋诗起《江东》，讫《退休》，共九集
也。尤延之尝嘲诚斋曰："杨氏为我。"诚斋亦嘲延之曰："尤物移
人。"见《齐东野语》。诚斋有《不寐拥被独坐》诗曰："顾影真成
一老猿。"忘其在何集也。默师自跋其《秋明长短句》曰："悲欢
不出于一己，忧乐无关于天下。正如爱伦堡氏所讥：'小熊无力得
食，自啮其掌，掌尽而生命亦随之而尽'者，是可愧也夫。"马融
曰："康成入我室、操我戈而伐我乎。"烧香者，宗门嗣法弟子住
山后，为其传法师烧香也。又陈后山《妾薄命》诗曰："忍著主衣
裳，为人作春妍。"任渊注："此句及下篇'向来一瓣香，敬为曾
南丰'之句，皆以自表，见其不忍更名他师也。"一九五二年十月
十六日下午废翁自识。

补《脚痛篇之三》二绝句

最是中兴关念深，山阴当日亦同心。端居时下新亭
泪，北望中原叹陆沉。

善善从长公莫冤，从来冤狱要平反。爇香今日重忏
悔，未是前言皆戏言。

第一首之意，于作《脚痛篇之三》构思时即已具有。惟昨日自晨迄夕，写成《脚痛》第二、三两篇，比及后幅，窘于韵，踬于句，限于章，疲惫之馀，捉襟肘现；又急于搁笔小憩，前意竟未能写入篇中。上床后口占二绝以识吾过，并非尽是向诚斋老子手中纳败阙也。十七日晨兴录竟附记。

绝句

十七日清晨枕上口占

老去心情似少时，取言毋我枉前知。山翁自作起居注，排日吟成长短诗。

自题《竹庵新稿》

趋庭诗学忆龆时，华颠今日更霜髭。听雨楼头卖花巷，剑南是我启蒙师。

小时不喜坡公句，长爱涪翁与简斋。不负吾师传法意，竹庵胜业未尘埋。

儿时从先君子受唐诗，记诵而已。一日先君子为举放翁"小楼一夜听春雨，深巷明朝卖杏花"，触磕之下，始有作诗意。又生小不喜苏公诗，三十岁后从默师学，始细读江西派诸家之作，于山谷、简斋两家尤多。所得启发，诗格于是一变，然犹未能自立门户。一病三载，此事都废。今岁小愈，医嘱万勿作诗，自亦力警。九月间以《章草急就篇斠字》草创稿写竟，得二小诗，自尔破戒。建国节后，几于逐日有作，亦复可厌。兹拟暂时断手，别修胜业。更为二绝句，略述渊源，聊当总结。凡古近体诗廿有八首，统名曰"竹庵新稿"。一九五二年十月十七日述不作堂废翁。

《竹庵词剩》三首

鹧鸪天（十月十八日）

朝气新生漫古城。高楼（注：和平宾馆在金鱼胡同，为北京最高最大之新建筑）一夕起峥嵘。翩翩白鸽飞千队，飐飐红旗带五星。　　临白露，似清明。百花映日倍含情。忽然人海潮音作，汹涌和平（"和平"拟改"山呼"，何如？）万岁声。

浣溪沙（同日）

炉火熊熊突起烟。（突，当作窑，灶窑也。）大田多稼又丰年。健儿勋业在辽边。　　溁溁神州春似海，辉煌汉运日行天。一星北极耀人寰。

清平乐（同日）

睡馀饭饱，窗下临章草。学习毛书文件了（注：比读《毛泽东选集》，又逐字细看各国和平代表发表谈话、文字、报告及俄共党代表大会诸文件）。又理野狐残稿。　　前贤着意区分，新诗信口胡云。忙个一天到晚，这番真是闲人。

诗词稿俱已录副了，不必寄还。述堂，十月廿五日上午。

一九五三年

（十七通）

三月三日

【临苏轼《新岁展庆帖》略】

竹庵独坐无俚，学冉公书，寄玉言兄发一笑。癸巳新正，一九五三年三月三日。

此帖真迹今藏故宫，乃坡书最无习气者，其高处直欲上追二王，竹庵极喜之。

我书学过坡远甚，书才亦未必逊之，独无其萧散疏朗之致，只此一着，便出坡下，世人可轻易谈书法哉！三月三日又记。

三月四日

最高楼

微须不肖,祸延思想,赋此自解。①

　　君休怒,一怒祸难防。须记易谦光。凭君留剃原无碍,任他指责又何妨。更休题,鸡角角,狗汪汪。　　每日里、饱填三顿饭。何况又、无病身康健。论个短,说些长。安心自可行其是,出言岂得把(读若拜)人伤。劝先生,须养气,莫清狂。

　　家六吉在历下教书多年,亦颇有微誉。去冬思想检讨,忽及其须,六吉大不服,气愤之馀曾有诗曰:"管他娘的些闲事,老子决心不剃胡。"述堂闻之,大笑良久不能已,当即作一书慰藉之。久未得其复书,私意渠当已忘怀,不意癸巳新正五日②又得此词,想见不平犹昔。希兄赐和有以慰之,切盼,切盼!

　　　　　　　　　　　　　　述堂拜手　四日早

　　六吉通信处为山东济南新东门外第五中学,望兄直接赐函。会当再抄此词一过,寄正刚索和耳。

---

①此首为顾随弟顾谦(六吉)之作。
②即1953年2月18日。

三月三十一日 [①]

（第十五书附件）

最高楼

廿五日写致家六吉书竟，复滕以此词。

吾衰矣，耳顺欠三年。病起鬓毛斑。如今不是东篱下，何须采菊见南山。莫休休，休莫莫，似前贤。　七十岁，叫天身段巧。六十岁，小楼工力好。犹打棍，且安天。细思吾弟年方壮，那能斗室坐偏安。一壶茶，三顿饭，两枝菸。（"菸"当为"烟"。）

"打棍"者，《琼林宴》；"安天"者，《安天会》也。
玉言一笑，希赐和章。

述堂呈草　卅一日灯下

[①] 此纸仅录《最高楼》词一首，题前以小字加括号注为"第十五书附件"。顾随生于1897年，1953年距离"耳顺"（六十岁）只"欠三年"。为书信编号，或始于1952年大病愈后，今仅见第十五书附件、第十八书、第廿书、第廿三书、第廿四书之一、第廿四书之二，至"第廿四书之二"而止。

四月十日～十一日

（第十八书）

玉言兄：

昨日上午写十七书竟，裹封亲至校前邮亭发寄。亭中人衡了一下之后，乃曰"四千"，而囊中仅有两千而强，爱人手下刻亦只有少许菜钱，遂不得不先"食"后"信"。（"民以食为天"，"民无信不立"。）拟于十三日领得"工资"后，再行投邮也。昨竟日狂风，"穷"极之下，愤而"走旷"，至什刹海畔一小理发店中，令剃匠将长发剪短，聊以快意。（理发只须两千。）下午睡起无聊，取苏帖读之，见冉公自书诗《次韵王晋卿（即《水浒》第一回中之"小王都太尉"也）送梅花》，遂摹一过，又和其韵亦成一章。中有句云："三年病废卧竹庵，此身常为亲厚痛。四海皆准周道新，无孔不入泻地汞。但得长作孺子牛，不辞永瞑云间凤。"自谓落韵颇稳，不减元唱，尊意云何？（读东坡自书诗稿帖，陆续已和得四首，冗中不复写寄。）诗既和得，天已入夜，洗脚上床，愤气乃销。玉言读至此，必笑山翁孩子气十足也。

今早院中乃有微冰。上午（师大校长办公室又遣两人来相挽留[1]，叵耐之至）仍出散策至后海岸，风劲甚。下午睡起，觉两臂作楚。（今春天气之坏，乃不佞旅京廿馀年所未尝遭逢者。使在病中，必不能堪。兹乃日日外出散策，未尝以阴寒风霾而中止，亦

---

[1]1952年全国高校院系调整，辅仁大学国文系并入北京师范大学。1953年初，天津师范学院（河北大学前身）向顾随发出邀请，四五月间即得高教部批准调派。

未尝伤风咳嗽，体力之长进，可以告慰长想也。）但意绪怏怏，必须有以排之，乃取晋唐诸贤法帖卧床上读之，渐读渐迷，神与古通，此乐真不减"左顾右抱"。当此之际，邮差乃送来四月三日大札。今日于是"福"乃"双"至矣。不足为外人道也。

"呼保义"①已破案，大快事，大快事！余前此已言，"线索既得，破案有日"，今果尔矣。"被人呼保义"，"呼"本作"叫"，似仍以作"呼"为是。何以故？依词律，此句当为"仄平平仄仄"耳。"论施"已脱稿寄京，尤可喜，尤可喜！但未悉何日始能印出，一饱眼福耳。

"一鑑"、"半鑑"，"鑑"当为"监"之讹。昔者太学称国子监，（昨日下午写至此，全甥②来，乃阁笔）太学生称监生，其在太学读书者即曰坐（或"入"）监读书。自明以来，国子监所刊经籍号为"监本"，然则《水浒》所谓"读一鑑之书"、元曲所谓"读半鑑书的秀才"之"鑑"，岂不为"监"之讹耶？"监"有平、去二读。"监狱"字读平；"国子监"字读去；犯罪人"坐监牢狱"字读平，士子"坐监读书"字即读去。殆以示区别乎？无义可求也。（"鑑"亦去声字，自当为"监"之讹。）

洪太尉自炫其博学，故曰读一监之书，意若曰所有太学中之藏书，无一不读也。至如秀才，虽属黉门，尚未登第，故曰读半监书，傲而谦，谦而傲矣。（十一日向晚书此）

述堂十年来乃与雪公故居临，又曾数至大观园中，亦曾一出"北门"，若非兄为点破，几至蹉过。北门为德胜门，当自不误。

---

① 《水浒传》中宋江绰号"呼保义"。

② 孙书秀，乳名德全、小全，顾随胞妹福芸之子。

德胜门外多水，苇塘当然亦有之。门之西为水关，西山诸泉水入城皆由此，亦即前后海、北海、中南海之来源也。司铎花园（今在师大后，师生可以自由出入矣）规模不大，不足当《红楼》之"大观"。大抵小说家言踵事增华，古今中外莫不胥然，不可刻舟以求剑。或古迹淹没，后人重造，乃失前规，亦未可知。安得射鱼人北来亲至其地而一勘之？又来书所谓"兴元寺"当为"兴化寺"。今师大在定阜（注：此当是后起之名，在曹邸成为定王府之后。其街与护国寺成一直线，不应别立一名也）大街，西连护国寺街，其南即兴化寺街也。匆匆，敬颂

玉言吾兄健康

顾随　四月十一日早起于大观园

后身（后身，京语，非前身之对）红楼中东府之西邻

今师大理学院（前辅仁男校）乃定王府，其前之定阜（府）大街即以此得名，当即《红楼》之西府。东隔一巷（北为李广桥西街，南为龙头井），今师大本部（前辅仁女校）乃恭王府，当即《红》书之东府。度其初皆当为曹氏旧业，其后籍没，清室乃以分赏定、恭二王耳。

二府之间有一沟，北通后海（积水潭、静业湖），南通什刹海（前海），（定府址高，此水甚浅，决不能如《红》书所云引至墙内。）大雨后水流甚急，间有鱼可叉。平时藏垢纳污，臭沟而已。述堂每往来辅大男女两校，从小桥上过，春秋夏三季辄为之掩鼻。今已由政府加工改为下水道，上夷为马路。所有诸桥皆拆去，即所谓李广桥者，亦历史名词矣。（李广桥，明李姓太监所建，原名李公桥。见刘同人《帝京景物略》。）

　　竹庵左近尚有张皇亲胡同，明崇祯帝张后之母家也，今改尚勤胡同，俗不可耐。书至此，忽觉小庵附近，乃有许多古迹，大可发思古之幽情。赴津后，当无如是住所矣。

　　因张皇亲胡同联想及于京师胡同名至有风趣。即如"百花深处"（俗或简称"花深处"，尤可爱）、"杏花天"，如不说明，玉言未必知其为小巷也。（忘记于何书见说"百花深处"，旧时代乐户所居地也。"杏花天"，尚不知其出处。）亦有至鄙俚而仍不失为风趣者，但不知何时已改换，大抵辛亥革命后事也。如"王八盖"今为"万宝盖"，"猪尾巴"今为"知义伯"，"狗尾巴"今为"高义伯"，"大哑巴"、"小哑巴"今为"大雅宝"、"小雅宝"，"大席儿"今为"大喜"，改得皆不十分高明。至如大、小"墙缝"之为大、小"翔凤"，"狗窝"之为"高卧"，"烧酒"之为"韶九"，但有虚名，都无实义，何所取哉？"络车胡同"改为"罗车胡同"，则不辞矣。亦有仍旧贯者，如大、小"拐棒"，大、小"金丝套"，"劈柴"、"牛排子"之类。但似亦有不便不更换者，如西单之寿比胡同，"寿"原为"臭"，"比"原为女根，此而不改，亦殊觉不雅，此或由于吾辈小资产阶级意识作祟耶？其在西洋，惟于阿佐林、巴罗哈两大作家之小品文中，见西班牙京城马德里乃有类似以上云云之巷名耳。至于纽约，则多少号、百劳汇（BROADWAY）而已，其俗尚可耐耶？于是亦可证吾民族之高古朴实，不独旧迹繁夥足以发思古之幽情也。独坐无俚，书此再发射鱼邨长一笑。

　　　　　　　　古贝人[1] 上言　十一日上午

---

　　[1]顾随原籍河北省清河县，古属"贝州"，因以自署"古贝人"或"贝人"。

　　《宋史》载贝州民王则反，文彦博（潞公）平之。贝州即清河县。不佞幼时乡居，尚闻人谈王小二造反事，亦绝好农民起义之资料也。

五月二十九日～六月二日

（第廿书）

司铎书院有海棠四株，百年物也。自陷贼以迄解放，每花时必往一看。数曾和东坡《定慧院东海棠诗》纪之。月初玉言忽自蜀寄来和苏诗一章，且考定书院为清恭府之萃锦园，亦即曹雪芹氏家故园，而《红楼》一书所谓为"大观"者也。小庵与院对门，病来三载未曾一到。今岁病起，而院门常关，欲到无由矣。玉言嘱和作，冗中忽忽便已忘之。今日五更梦醒，即枕上依韵成篇（五月廿九日）

常喜斗鸡望若木，（纪渻子为王养斗鸡，曰望之若木鸡矣。事见《庄子》。）最嫌高人立于独。红楼大观迹已陈，尚勤李广且从俗。（小庵之西有尚勤胡同，明之张皇亲胡同，其曰李广桥者，则明之李公桥也，俗多不知。）前海后海桥无踪，（自小庵北至后海南岸，南至前海北岸里许间，凡为新旧桥者六，李广桥其一也，今皆夷为平地。）千年万年陵为谷。百尺天半起高楼，眼前别有新华屋。茫茫尘劫一刹那，芸芸众生皆骨肉。杜陵老子今犹生，吾庐独破死亦足。所惜不作海棠诗，空云丽人贞且淑。君今赋诗要和章，我亦空肠转枵腹。未养一寸二寸鱼，相对三竿两竿竹。名花咫尺不得看，焉得登高一纵目。诗人自古例远游，射鱼政尔当居蜀。尔来下笔箭离弦，遂教每发必中鹄。自怜衰疾学殖荒，莫问更唱谁家曲。放下拳头两无聊，唤作竹篦也不触。

去岁曾有书与玉言，谓蜀中海棠花事之盛甲天下，玉言明春载酒看花，如有篇什，求寄示以当卧游，而玉言今春乃无一诗。顷虽和得东坡海棠七古，顾仍无一语及蜀中花事，余意颇不能平。今日小窗坐雨，不能外出散策，因再和苏诗寄似，所以让之也（五月卅日）

莫教此心如枯木，莫教此身落孤独。为文要须能无文，脱俗第一先从俗。郁郁百岭总学山，渊渊虚怀常若谷。杜陵老子千载人，所恨牵萝补茅屋。述堂病起将一年，坐久髀里复生肉。射鱼邠人作壮游，底事搔首心不足。闲愁闲闷未销除，此身此世何由淑。腹中稿成懒写诗，先生未免太负腹。少城花好不看花，小庵无竹尚名竹。纵使三日成耳聋，金篦遣谁为刮目。上都春事一宵风，夜来梦魂西入蜀。张盖同出碧鸡坊，大似奋翅双黄鹄。红锦紫绵匹似人，烟笼雾润阑干曲。君问此愿几时还，海犹可煮山可触。

我诗比似有小进益，所惜多写和苏，不免文字游戏之讥。然此二章如无玉言之嘱托，亦不能有也。至末章或发箴诫之言者，则以玉言来书往往有抑郁不平之气流露于字里行间。眼高心狭，述堂自亦未免，然检点平生，于此受害不少。于以知愤世嫉邪不独无济于事，且更有伤于生。携家远游，生计为累，忧能伤人，其何以堪？故不觉其言之切，玉言必了吾意。

乔仳[1]同志来借书，曾以设法使玉言北旋为嘱。惟当今之世，去就之际，有不能专为个人计划者，俟到津后与王老弟[2]一谈再作校计。成否不可必，亦不必必耳。玉言以为尔不？

正刚昨日下午来小庵，畅谈二小时许始辞去。此公比于韵文语言有新造诣，言上座似落其后，此非数言可了。匆匆，姑止是。此上

玉言贤友史席

述堂拜手　国际儿童节日下午

（廿书之附）

刻定月之廿一日"去"京，复书请寄"天津马场道天津师范学院中国语文学系"转。"去"字必如此用。（"去国"一词之义，准此。）玉言每每说"去津"，非是。

"且"有而且、况且、暂且诸义。"且安天"，不须改。杜诗"存者且偷生"，又《水浒》李铁牛大哥曰"我且不要吃哩"，皆可为证。

关于"大观"旧址，第十八（？）书所说，小有误，（误以定府之"神父花园"为"大观"也。）若此次和苏第一章序中所言，

---

[1] 乔仳，字稚威，周汝昌好友，清华大学西语系毕业，先后执教于北京大学、上海师范大学。

[2] 王振华（1913—2001），曾就读于直隶第一女子师范学校，顾随弟子，时任天津师范学院中文系主任。

则不误。述堂颟顸，习与性成，入大观园，不知多少次，所注意者，海棠、凌宵花①，银杏树……至于屋庐，都不在意。然大原因亦在布置建筑，俗不可耐，虽强记，亦不能记得住耳。略图会当乞邻而与，而行期迫促，不暇及此，谅之。

玉言再鉴

述堂又白　二日早

"神父花园"与"司铎书院"为两地，前者在定府，后者在恭府。定府在街西，恭府在街东，此乃与《红楼》之东西二府正反一过。小说家言，每每变幻其辞，使后人难于捉摸，古今中外，莫不胥然，雪老于此，正复尔尔。家六吉与余第二女子子之英当年在辅大美术系读书时，其教室即在司铎书院。玉言可直寄家弟，令其作一略图。同日又白。

此页写来极潦草，然分两亦自不轻，玉言当自知之。

---

①凌宵花，当作凌霄花。

七月三日

（来津后第二书，总第廿三书）

玉言贤友史席：

　　昨已写得第廿二书竟，并附小文两篇，当就近令高、杨两上座①一看，或俟渠等录副后，再发递也。

　　关于大驾北返事，已与王主任谈过。渠说此间教员已超额，惟人才无多，量胜于质也。昨日下午，南开大学中文系主任李何林来谈，顺便又与之一谈。渠说南大中文系确属人员无多，惟近已内定三人，缺额乃遂有限，必不得已，可介绍入外文系矣。南大外文系主任李霁野为何林小同乡，与不佞亦多年旧相识，如有一席以邀玉言，为计亦良得。又师院中文系音韵学一门尚无合适教员，玉言能任此否？希玉言见此函后，作速缮写履历两份，学历、任职名义及年次、曾任之课与将来能任之课，均详细注出。或仍空递寄与不佞，以备转交与李、王两主任也。

　　到此后，愚夫妇凡百如意，见者且谓貌加丰腴云。馀已详廿二书中，稍迟便寄上，勿躁！
敬礼

顾随　七月三日上午

　　纸反印，甚可恨。玉言将来再代购时，希留意。

---

　　①杨敏如（1916—2017），燕京大学国文系毕业；高熙曾（1921—1980），字荫甫，辅仁大学国文系毕业。二人均系顾随弟子，时在天津师范学院中文系任教。

七月十五日、二十四日

（津第三，总第廿四书之一）

玉言贤友史席：

　　十三日出席系会，由敏上座转到大作诗词各一章，已有士别三日之感。今午又得和苏五七言古诗二章，更觉玉言日进不已，喜慰不可言。五古第二章落句"万一蛟龙起"，此是何等气象，刚上座不能办也。惟"鱼虾水国物"五字不足以起发下句，要不得，要不得。所以者何？以音节论失之哑，一；以情致论失之板，二；若深文周内，则句中有刺，失之克，三也。不佞初拟改为"水国足鱼虾"，继复又改为"七十二沽间"或"茫茫烟水中"（"中"或当为"间"），一得之愚，聊供参悟。又苏诗第二章第三韵是"苇"不是"蒂"，此若非不佞误书，定是玉言错认，然无论如何必须一改作始得耳。"苇"，晋唐人草多作""，后人或作""，章草省隶颇忌连带，便径作""，若"蒂"之今草则当作""也。别言另纸。专颂

著祺

厂院楼主^① 白言　七月十五日

　　"别言"者，初拟为小文曰《诗底思想与诗底语言》，比以不适，未克下笔，且恐终竟有目无文矣。廿四日。

----

　　① 顾随就津后，住马场道天津师院第二宿舍一楼，此署当即写照。

七月二十一日～二十四日

（津第三，总第廿四书之二）

手书十日所发者今日上午递到，当即携履历表至系中访王主任。以在暑假中办公无定时，书记某公云，恐已返南大①。回宿舍后乃作一书致李何林，并寄去履历。此刻所能报告玉言者止此，其馀一切统俟下回分解矣。来书所言颇动感情，似可不必。至疑不佞动气，则尤为失之过左。此所谓左有二义，一者古义，即错了之意；二者今义，与右为对，爱来不来，不来拉倒，岂有述堂于玉言能作此想？前闻王主任说，即师院中文系决意聘请玉言，亦须先由此间人事科函商川大人事科，看看能否放行，如川大有保留玉言之必要，则万事全休，更无转圜之馀地。依此看来，不佞之张罗尽心尽力，总之尽人事而已；然应尽者终须尽，决不能不尽耳。

书末释俗谚"这合儿"、"那核儿"之"合"与"核"为"许"与"行"之转，此又一玄解且确解也。述堂旧释未免望文生义，定须抹去始得。"伊行"、"谁行"之"行"，当读古音若"杭"，玉言说"行"、"许"双声，是极，是极。今京剧中或称女性曰"娘行"，《桑园会》《浣纱记》中曾有之，"行"正读"杭"也。然"如许"与"宁馨"亦有音义上之关系，则不佞前释似亦不无理由，惟玉言新释更切实而具体耳。"刘李王"② （廿一日下午写至"刘

---

① 南大，南开大学。王振华系李何林夫人，住在南开大学。
② 〔清〕程穆衡《水浒传注略》："道家以刘、李郡王皆东岳掌案。刘郡王主东方，塑象面青；李郡王主西方，塑象面白。刘名焕，李名长兴。"

李王"，敏上座来谈，遂阁笔。连日体中小不适，故今日始续写耳。廿四日）出处未详，不敢妄说。不佞关于吾国诸神姓名，所知不出于《西游》《封神》二书，《水浒》较上两书早出，此"刘李王"一名，上两书乃不见，殊可怪。依稀记得有一书名曰"三教大全"，（或是《三教搜神大全》也。《搜神记》时代过早，未必能有"刘李王"。）中多记载诸神履历，玉言曾见此书否？若能按图索骥，或可破案获赃耳。

家六吉有书至，曾说玉言嘱绘曹家故园图事，唯渠自云虽在园中上课一年，而所知乃只限于教室左右，无以应命，甚觉歉然。家弟须又闹情绪，恐未必即作复，附告，省却悬念。草草不尽。此颂
言上座道体康吉

述堂和南　七月廿四日

十月十一日

玉言贤兄史席：

得月之二日手书，中心怅而不可言说。开学前已闻王老弟与李公何林说南大决意争取相邀，大驾亦处心北旋，又久久不得音问，方疑正在半途，不虞其初未成行也。事已至此，夫复何言！但期明岁此际相见于七十二沽间而已。暑中曾得见川大校长及西语系主任转致何林挽留吾兄之函，校长函只是例行公事，主任函直是语无伦次，气愤不能已。与刚上座会面时曾大骂不止，今兹亦不录示，使兄火上浇油也。

此间伏中连雨几及一月，曾患伤风多日，所幸并不严重；又家六吉来津相看，小住廿许日，夜雨联床，快慰至极，区区伤风，无足道矣。除此而外，健康恢复直线上升，上课而后，体气益佳，每周三小时课，虽非弄丸，亦等拾芥。最近已写得《中国戏曲发展小史》[①]讲稿一万五千字，须油印后再寄呈耳。匆匆，敬颂
著祺

述堂拜手　十月十一日午后

大著[②]尚未寄到，大约为期亦不会太远。又此后作书不复编号。又白。

[①] 今存顾随1953年度第一学期油印讲义《元明清戏剧小说选》一册，内容实为《中国戏"曲"的发生及其成长（中国戏"曲"小史）》。《前言》写道："今年秋季我在天津师范学院讲授元明清戏剧选。……但是曲的发展确有提一提的必要，尤其是对于初学的人。"

[②] 周汝昌著《红楼梦新证》，棠棣出版社1953年9月初版。

来此忽忽将近四个月，除前此寄奉之打油诗二章外，更无其他韵语。既不能深入生活，又不能亲近自然，其势必至于此，无足怪者。比以授书，时时读曲，遂有作曲之意，自惟此事今日殆成绝响，述堂不作，恐无作者，当仁不让，不复执谦。然而有至难存乎其间：风花雪月、卿卿我我，大可以已；若夫新内容新题材，又必有新生活作为基础，此则不佞之所无，言念及此，辄复气短，后来继起，更有何人？慨叹，慨叹！今日风劲，遂有深秋之意，空斋独坐，草草又尽一页纸，意尚不能尽也。述堂，同日灯下。

十月二十七日～二十九日

　　上次发书次日之上午，即收到大著两册。其时手下正压着一点活须于一两天内作完，所以拆封之后，仅仅欣赏了一下书的封面，并不预备读下去。还有一番意思，说来我不怕你见怪，而且也一定不会见怪，就是：我知道这部书是用了语体写的，而我对于玉言之语体文还缺乏信心，万一读了几页后，因为词句、风格之故，大动其肝火，可怎么好？（一年以来，每看新出刊物，辄有此情形。）不意晚夕洗脚上床，枕上随手取过来一看，啊，糟糕，（糟糕云者，恐此夕将不得早睡也。）放不下手了，实在好，实在好！再说一句不怕见怪的话，简直好得出乎我意料之外！我是从大著最末的部分读起的，即是从玉言讲脂砚斋评本的"评"那一部分读起的。脂斋是枕霞公，铁案如山，更无致疑之馀地。述堂平生未曾见过脂评《红楼》，见不及此，事之当然。却怪多少年来号称红学大师的如胡适之、俞平伯诸人，何以俱都雾里看花，眼里无珍？（自注：适之为业师，平伯为同门，然两人却不在述堂师友之列。）若不得射鱼大师抉出庐山真面，几何不使史公（云老）窃笑而且叫屈于九泉之下也?!（自注：云老与雪老为对。玉合子底、玉合子盖也。）起个哄，以云老之豪迈，或竟大笑而不窃笑，不过以云老之"咬舌子"，假如叫屈，不知又作何状耳。

　　而又匪宁唯是而已。玉言风格之骏逸，文笔之犀利，其在此书，较之平时笔札（自然以不佞所见者为限），直是百尺竿头更进一步。若夫当代作家之谬误百出，钉饵满纸，齐在下风，当在所不论。概是玉言见得到，所以说得出，而又为雪老之人之书，不胜其爱好，于是乎文生情，情生文，乃能不期于工而自工。（自

注：是"概"非"盖"。"概"云者，述堂不敢自必之辞也。）述堂敢断言：而今而后，《新证》将与脂评同为治红学者所不能废、不可废之书。天下明眼人亦将共证述堂此言之非阿其所好也。好笑郑振铎氏近日在《人民日报》上发表了一篇文字，居然敢说：一切考证皆是"可怜无补费精神"。（自注：难为"该"氏居然记得一句遗山诗，而又一字不差地引用出来。）不过持此语以评旧日红学家的文章，亦或可说是道着一半，"该"氏亦特未见《新证》耳，使其见之，当不为此言。但此亦甚难说，"该"氏不学（当代妄庸巨子之一），即读《新证》，亦决不能晓得其中的真正好处（文笔之工、考据之精、论断之确）也。写着写着，又动了肝火，玉言试看，述堂老子还十足的一个孩子哩。斯人斯疾，何时了！（自注：写至此，遥望窗外，草木黄落，夕阳下栖，天远无际，掷笔叹息，不能自已。一言以蔽之：闹起情绪来而已。）

闲气少生，如今且说《新证》此章标题下面加了个"？"，（记得仿佛是"脂砚斋即史湘云？"①。）足见玉言之虚心，不敢遽然自以为是。这原是治学的人应有的态度，述堂看来，却以为不必。如今玉言不必过谦，述堂亦决不肯为吾玉言代谦。根据《新证》之引证、之考订，脂砚斋绝对是云老，断不可能是第二个人；即有可疑，亦是云老自布下的疑阵，故意使后人扑朔迷离，不能辨其雌雄，而却又自留下漏洞来，使后之明眼人如今世之射鱼邨人其人者，得以蛛丝马足地大布其真相于天下。若问云老当日何苦如斯，述堂答曰：这便是旧日文士藏头露尾的相习成风，云老快人亦复未能免俗。然而如此说，亦是屈了云老。所以者何？云老

---

① 《红楼梦新证》第八章《脂砚斋》第二节题为《脂砚斋是史湘云？》。

盖深信自家之评将与雪老之书天地比寿、日月齐光者也。彼不愿俗子（满脑袋封建和教条的人）知其为出自自家之手，而又决不肯使眼光四射（不止射"鱼"而已）、心地纯洁如吾玉言其人而不知其为出自自家之手者也，藏头露尾云乎哉果也。百年（?）之后，枕霞外（?）旧（?）史①得一知己——（自注：添一破折号）此非偶然，亦非皇天不负苦心人，历史发展、势之所必至也。此玉言所以不必过谦，而述堂亦决不肯为吾玉言代谦者也。

可惜《新证》此时不在手下，（为系中一同仁借去了。）不然，述堂将于可疑之处一一抉之，为玉言助喜。于此，即有人谓述堂是玉言的应声虫，亦在所不惜；于此，即有人谓述堂与玉言在演双簧，亦在所不顾也。（廿七日写至此）

有人疑脂评笔墨庸弱，未必出云老手：此误也。大观园中诸女同志皆苦不甚高，不独云老为然，而在尔时，固已凤之毛而麟之角矣，此不足为诸女同志病。又脂评所有差别字，皆得玉言校正，云老九原有知，定当感激。惟私意此诸差别，未必尽是抄书人之过。向日女性为文，颇爱作别字，云老或不例外耳。（女作家写别字，于今为烈已，叹叹！）（自评：何须叹？然而还是叹了，此述堂之大病也。）

今早大雾弥天，近午不散，诵义山"秋阴不散霜蜚晚"之句，为之慨然。又骨疼鼻塞，恐是伤风之象，拟赶速结束此函，以便将息。下文或将更形草率，玉言勿讶。

《新证》就本《记》考定雪老生卒年月，并证明本《记》中事实是编年写出，才大如海，即亦未敢奉承，要是心细于发。此等

---

① 史湘云别号"枕霞旧友"，此处顾随于"外"、"旧"二字犹豫不定。

工作，除玉言外，亦复谁人做得？至为证明当年"芒种"，并万年历亦用上：可知吾辈文人博学多能是极本分事，但不可与痴人说梦而已。

要之，《新证》是本《记》铁的注脚，且使读者得知雪老当时创造是如何的适合于今日所谓现实主义。若说射鱼是雪老功臣，则未免抬他"玉兄"，屈我玉言。述堂于雪老到今仍是半肯半不肯：肯者，是他的"贤美"；不肯者，是他的"未学"。如谓其"未学"是时代局限性，述堂亦难于轻轻放过他。即以文辞而论，述堂亦时时嫌他忒煞作态，特别是其四六，作呕当然不到得，然而每一见之，辄觉肉麻，此肉麻之感，亦且与述堂之年龄以俱增。难道述堂真地老了么？玉言于此，于意云何？

述堂以上云云，不免以爱憎为去取。然而《红楼》一书，佳处在白描而不在雕饰。玉言于此，当有同感。即如《新证》所举"玉兄"出祭玉钏[1]，"一弯腰"云云，实是雪老天才底光辉灿烂处也。（其馀自然可以类推。）附带一笔，玉言此处引拙作一段[2]，来书又致歉意，此则未免谦之过当。所以者何？《新证》如此好书，（好者，不朽之意。）而采及谬见，则述堂"与有荣焉"也已。

现代人为文好讲究作品中的思想性。《新证》的思想性如何？述堂自家的思想尚不能正确，故亦难于下断。惟浅见所及，《新

---

[1] 当系金钏之误。

[2]《红楼梦新证》第一章《引论》第三节《重新认识》中引用了顾随《小说家之鲁迅》（时为未刊稿）中一段内容的观点和例证。书中说："谈到人物的摹写，……我想借重一位比我懂得多的顾羡季（随）先生的话，帮我一下忙"。引文内容则是"……在小说中，诗的描写与表现是必要的，然而却不是对于大自然。是要将那人物与动力一齐诗化了，而加以诗的描写与表现，无需乎藉了大自然的帮忙与陪衬的。……"

证》一书于思想性方面，的确作到了"可以无大过矣"。若夫掂斤播两，吹毛求疵，则"大风吹倒梧桐树，自有旁人说短长"，而述堂不与焉。（曹𫖯进龙袍，被雍正帝训了一顿，玉言于此下，曰"可怜可叹"，此似不可。盖今世之判断事理，一本理智，是是非非，一一分明，不须怜他，亦不须为之叹耳。玉言云尔不？）

至于其他意见，以原书（《新证》）未在手下，又未曾精读数过，此刻随想所及，随手写出，容有未当，玉言察之。

《史料编年》过于求备，颇有"贪多"之嫌，将来必有人焉出而指摘。（鲁迅翁当年作《小说史略》，而"溢"出了一部《小说旧闻钞》。如说《新证》相当于《小说史略》，则《史料编年》章中之材料，太半皆"旧闻钞"耳。）深望再版时之"考殿最于锱铢，定去留于毫芒"也。此其一。

行文用语体，而兴之所至，情不自禁，辄复夹以文言，述堂不在乎，亦恐有人以为口实。此其二。

行文有时口风逼人，锋芒过露，此处不复能一一举例，切望玉言自加检点。此其三。

续有所见，当别作函。

玉言贤兄过眼

述堂拜手　十月廿八日午刻

文中、忘记何处，"餍心"之"餍"排作了"厌"。"厌"是"慊"字，与"餍"似有别。"餍"之本字是"猒"。《孟子》："此其所为猒足之道也。"正作"猒"。

见赐之一部，中有"败叶"，如有多馀，能再赐一部不？又白，同日。

参加了政治学习归来，（这学习，王主任原本不让我参加的，而且也已得到领导上的许可。因为从本周起，四年级生有六周的实习，我就闲下来。左右是闲着，乐得学点儿本领，所以决意参加了。复次，倘不是有闲，这封信也就写不起来。）吃过五点到地时习为惯例的点心，觉得气力兴致一切俱好，再写几句，以当长谭。如其兴尽，随时阁笔，明晨续写。

题签[①]，来书以为颇似默师大笔。述堂乍见，亦以为尔。细审之后，真应了禅宗大师一句话：“虽然似即似，是则非是。”最大的马脚是：出锋皆不健不实。（悟得此一句子，便明得默老笔意，亦且明得使笔之法，不得轻易。）“梦”之末笔，“新”之末笔，皆可以证吾言。试取新版《水浒》及文怀沙《屈原（?）集注》[②]题签比并观之，玉言聪明绝顶，必能了然于何者为出锋，何者为健为实。至于“夢”之“艹”头作“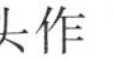”，“證”字右文“登”上之“癶”作“”（先作“”，然后翻腕上折作“”），确是默老结体之法，然而不熟不精，勉强之迹宛然在目，决非老师亲笔也。述堂曾再三寻绎：此五字如不出于老师，毕竟出于何人？此一问题，有三种假设的解答。其一，出于弟子，如非亲炙，亦必私淑，（否即不能如是之亦步亦趋也。）惟不能指名以实之。其二，出于某世兄，盖默师哲嗣皆学父书，而名令年者侍左右最久，可能为此君。其三，出于平君夫人（师母也，姓褚，名保权，

①即《红楼梦新证》封面题字。当系出版者请人所题，即周汝昌亦不知情，故有师生二人一番猜度。

②信中所及二书分别为人民文学出版社1952年10月初版之《水浒》和1953年6月初版之《屈原集》。原信在“浒”字最末一竖及屈原二字的撇上画圈，并于纸页天头自注曰：“圈处指出锋处也。”

平君其字）。冯至说：平君书学老师，殆可乱真。然乱真云云，在他人或然耳，瞒不过述堂的老眼也。以上三假设，第一，今世除孟子铭武外，难得有别人，故此一假设可以不立。第二，今年世兄向不曾闻作过此种笔墨（谓题签也），亦可以废而不用。然则其果真出于平君夫人乎？意者，老师偶而倦于命笔，遂令平君夫人书之；或平君夫人素亦喜读《红楼》，老师亦遂令其与吾玉言结此一段文字因缘乎？不必如此，但作如此想，述堂亦不禁"喝一声彩，不知高低"矣。（述堂喜幻想，此段文字遂落入唯心论。然亦不顾也。）

津门自农历八月以来，秋高气爽，美丽无既。中秋节后，曾与内子至谦德庄人民公园（是旧时李善人家园不？）一游，不必以拟京中之北海、中山，要自不无其可取也。

令缉堂兄近何作？在津市不？

草草又尽两页纸，总不如面谈耳。

羡　廿七日[1]灯下

由于玉言《新证》之业已杀青而想到述堂《说红》[2]之尚未脱稿，是以今晨便不急于发信，且再写此一页纸。

《说红》于出京前只写到"大观园人物分"中之二木头，尚未到三、四两位姑娘，遑论林薛？到津后，初是奠居未定，后是业

---

① 当为廿八日之误。

② 全名《说红答玉言问》，未完稿。1966年被抄没，幸为刘玉凯收存，并于1978年送还顾之京，顾之京又转赠给周汝昌。事见刘玉凯《说说我收藏顾随先生手稿的情况》（收入《顾随研究》，南开大学出版社2011年3月版）和周汝昌《羡季师的"红学"——〈说红答玉言问〉始末小记》（收入《顾随先生百年诞辰纪念文集》，河北大学出版社1999年6月版）。

务相逼，当然不能续写。阁置既久，乃并初命笔时之腹稿亦抛到爪哇国里去了，即要写亦无从写起。初起草时，曾拟得节略曰某"分"某"分"者，寄呈玉言，想仍在箧中，得暇希录副寄下，以便揣摩。总之，已有玉言之《新证》，便不可不有述堂之《说红》，既并驾而齐驱，亦相得而益彰。惟是《说红》行文用语录体，支离即使未必，怪诞要是不免。好在写成之后，只预备出示知交如玉言辈其人。若夫鼠目寸光、无识下士，未必能见得到，即使见到，亦笑骂由它笑骂，好"文"我自作之而已。

《红楼》一书文评，最不易作，今得《新证》，便省却许多手脚。何时能有人整理脂评《红楼》而印之？（此事要亦非吾玉言不办。）俗本可厌，诚如尊言。

述堂　廿九日早

《说红》暗中摸索，颇有与《新证》互相符合处，虽不必即诩为"大略相同"，私心亦时时窃喜也。初拟即以未完稿寄奉一看，继思总不如写竟之为得。亦且此间明春便开小说讲座，写出，正是一举两得耳。

《说红》亦只是分析《红楼》中人物性格，尚未能专力批评雪老之文字也。

附：说红答玉言问①

玉言来书问山翁："何以素于《红楼》不着一字？"非玉言不能设此问；而且玉言若无此一问，乃真大怪事耳。山翁于十六岁起读是书，之后每过些时必理一遍，廿六岁时得病，病象一如近三年来所患者（但较轻而已），遂屏此书不观以迄今日，忽忽便已卅载。曹雪芹，古之伤心人也，其书皆伤心之语。山翁生性感情太重、感觉过敏、感想忒多，秉此三感以读伤心人底伤心语，不病尚且禁当不得，况有病耶？废之既久，去日以疏，澹焉若忘，后来说话作文，并非有意规避，亦遂拈提不起，虽异理有固然，亦成势所必至矣。

又问山翁岂一向不喜《红楼》耶？是则颇难下语。山翁行年已是望六，衰疾侵寻，又受新潮影响，不复能如盛气少年率尔而对，以一二字了之，曰"喜"，或曰"不喜"。必强山翁如此置对，则山翁于曹氏之作，非喜，亦非不喜，亦非非不喜。此非学佛言，故作狡狯，向下文长，山翁粗说，玉言细看。惟卅年不理旧业，原文强半遗忘。"系说"②当前，尚未卒业，不拟翻书以求详备。凡所拈举，如有空脱，玉言补之，如有讹谬，玉言政之；又所下断语，只凭旧来印象，假如重读曹书一过，必有变异，或更生新解。惟甲骨、金文、许书、汉碑、六朝唐人碑帖及写经，已是看得眼

---

① 据周汝昌《羡季师的"红学"——〈说红答玉言问〉始末小记》文中所述，此稿原有"目次规划"，"分十章，每章标题是采佛经新体，即：一，那不叫章，而叫做'分'；二，标目不在正文之前，而是在每'分'的正文之后"。这些标目，"印象中是从'人物'到'园林'、'诗词'、'服饰'、'语言'……无所不包"。

② 即顾随书学论著《章草系说》，已佚。

花撩乱，不能再为曹家陈帐捻算珠、作总结。所言如有可采，玉言将来幸为衍作长说。但此亦大细事，所以者何？胜业至多故。

博士署券，虽然已至驴字，尚犹未见驴毛，以下单刀直入。

右缘起分

曹雪芹等于贾宝玉，或直说贾宝玉即是曹雪芹，此一假设，凡治红学者皆已立竞，玉言必不例外。若然，则曹氏忒杀自尊心重。试看其嫡系亲属，皆是好底，如祖母，即贾府的老太太，好，全福全寿，奉承她一句"有德"吧；父亲，好，贾政，政者，正也，虽然迂直，时似严酷不近人情，而在旧社会中人物榜上，不考上中，亦考中上；母亲王夫人，好，虽然无大材干，而忠厚老实，承上启下，足当一气；大哥贾珠，好，颜渊短命，不幸死矣，"死掉的是好孩子，跑掉的是大鱼"，好上加好。顺笔联带大嫂子李纨，好，节操冰霜，旧道德上没说的，满好，才能也有，见解也有，说见下文。胞侄兰哥儿，好，所以早早地中了举。再看大姊姊元春，好底，阿Q先生的论调，不好能选进宫里去作娘娘乎？三妹妹，好底，这是《红楼》中贾府上一位出类拔萃的典型人物，说详下文。只有环三爷不是东西，人头儿太次，则以不是一母所生的，曹氏亦就手下不留情，照妖镜里直将他的丑态现出。问：于三妹何以不尔？曰：三妹是女性。而曹氏于姊妹面上，又无所不用其情也。但书纪探春刻薄赵姨娘一段文字，有曰"我舅舅现作着九门提督"云云，曹氏之意若曰：此君已不自认为是姨娘底女儿了也，于是也就认为"自己屋里人"。

试看那"屋"里，鲁迅大师之言："就大差其远了。"头一个，大伯父贾赦，先就使人摇头，不行，不行，第三个不行。赦者，不赦也。别的不说，只老不歇心，物色姨太太直到老太太屋里的鸳鸯，虽然具眼，其奈失体，依旧家法、旧礼法言之，俱是一场话靶。结果是老太太大大地发作了一顿，传旨申斥，完事大吉。大伯母邢夫人，老祖宗下过考语："也忒贤惠了。""贤惠"而曰"忒"，其罪高在"不"以上。再看琏二哥，有其父必有其子，如谓大老爷为老纨绔，二少便是小纨绔。纨绔者，一曰食，二曰色，三曰花了钱作阔，此外，则百无所能，一无所知者也。至于琏二嫂子王熙凤，阿也也！有人说过：治世之能臣，乱世之奸雄也。西府局面，就多亏她一手擎天，独力支拄了许多年，然而贪污浪费，加之以官僚主义，不作全盘计画，不走群众路线，独断独行，自专自是，结果是家亡而身亦随之。山翁不向她作人体攻击，揭发其私德上之劣点，只说此君乃《红楼》中贾府上的轴心人物，与三姑娘同其才干，而自己既无觉悟，又复环境包围，不能振拔，只因为她是嫂子，雪芹就心狠手辣地写出一篇"酷吏列传"来（玉言看看确不确），倘在姊妹群中，史笔其或稍曲也乎？在这屋里的一个系统之下，迎春不好住得，于是贾宝玉，不，曹雪芹就将他的二姊姊安放在大观园里。看他于姊妹分上，用情一何其肫挚，用心一何其周到耶！

回头再看东府里，三个"不行"也还不行，一者，黑暗，无充分阳光故；二者，腐烂，尽恶浊空气故。譬说之，即梅毒、麻风，两菌四布，繁殖蔓延，横为传染，纵为遗传，跟脚就来了瘫溃、疾病，乃至于死亡，终竟是灭绝。曹雪芹又用了照妖镜，其实亦今之所谓显微镜，将东府里的人、事、物的原形加一倍录出，于是就写出了一本贾氏东府末期纪，扩言之，则是一部旧封建社会的崩溃灭亡史。这是一种空前的著作，马《记》、班《书》，史家所重。曹作较之，文笔容有未抵，若其取材、用意、结构、布置，班、马所未有也。如今先说贾敬，这位老爷子早年不知受了什么刺激，放着世袭不干，一心修道，不入城市。敬者，敬鬼神而不远也。结果是丹成升天，鹤驾不返。此公不与人事，本可置之"黑"籍（注：清代凡人未死而报死亡者，谓之黑人），不必苛求，但其子孙之败坏到恁般田地，未审他知也不知。不知不理，则是昏聩；知而不理，则是胡涂；坐视不救，在友朋且不可，况在家庭、身为家长？自命清高，实则"溷低"也。珍大爷与蓉哥儿爷儿两个则是西府大老爷与琏二爷爷儿两个的印板文字。所以者何？均为大小纨绔故。只为血统稍远，曹氏遂更无悲慈地放大了写成那么个德行。事具本书，兹不举例。若夫尤氏与秦可卿，山翁不知雪芹有何种伤心，又不知抱何种隐痛，遂将渠婆媳娘儿两个写得如彼其不堪。如众周知，事亦俱见本书。倘有人问：何以将可卿写得恁的婉恋动人？答曰：如应用弗洛德学说，则是宝二爷即雪老的某一种心理在作用着，是不是，大众公决，此山翁无说。若夫在此氛围圈中，惜春定自住不得，于是乎雪老就援前二姊姊例，如法泡治：四妹妹，着在大观园中安置，但毕竟不是了局，不了了之：出家。

右人物分，节之弍，荣宁二府

金钗十二名园里，尽是怡红姊妹行。惟有宫裁为大嫂，拟教松竹领群芳。李宫裁也被安置在大观园中，遮是不调和底，所以者何？以馀诸女性尽童贞故。此一事件之设施，其意旨与其说出于老太太、太太，无宁谓其出于宝二爷。然亦俱非是，此当说出于曹雪芹，以作者太阿在手，政教全施故。又凡时无古今、地无中外，一切作者对于其所著作，俱须无条件地负完全责任，而小说家对于其所作说部之负全责，其严肃殆不下于诗家之于其诗、哲学家之于其论文、史家之于其史，或更过之，此不特以说部之流传久远更过于诗与论文与史故，亦以小说家笔下之擒纵杀活更甚于诗人哲人史家故，即过于自由须严加自制故。此义止此。如今且说宫裁住园意旨毕竟如何，此盖作者若曰：大观园者，二府中之清凉道场也。诸姊妹如今现在不必说，将来婚后一切从学大嫂子，不得如琏二嫂子、珍大嫂子及其他之行为不检放意自恣云尔。若再深文周内，瓜蔓牵连，则山翁将更别有说在。试取宝二爷即作者之潜意识解剖分析化验之后，复置之显微镜下放大而谛视之，便成为书中之所谓意淫。是故二爷之言曰：未出嫁的女子是明珠，出了嫁的则是鱼眼睛。但此尚不得谓之赃证俱全，二爷与作者亦决不肯认帐也。然则二爷又说愿意姊妹辈永不出嫁，且守他一辈子，而且一闻姊妹中有出阁者便即大哭，抑又何也？女子生而愿为之有家，二爷身非父母，当不负此责，那么女大当嫁一句老话，二爷亦复不知耶？断曰"意淫"，定不冤屈此公，当即"判决如主文"。如其不然，以俟君子。

若夫李宫裁氏则又何若人耶？曰：宫裁盖深有会夫蒙叟氏之哲学者也。叟之言曰："曳尾涂中。"又曰："自处在乎材不材间。"大嫂尚未到曳尾涂的场面中，若自处乎材不材间，固已唱得满宫满调矣。大嫂之在贾府，即饱经世故、参透人情底老祖宗，亦只念其寡妇失业地，将月钱定得与婆婆、太婆婆齐肩而已。馀外更无褒贬，一似别无了解，遑论他人？然曹书（山翁于此非翻书不可，翻开一看，则是第五十五回）纪王熙凤因病请假，由李氏代理家务。下乃作者大书曰："李纨本是个尚德不尚才的。"山翁疏曰：有尚有不尚耳，非有德而无才也。她深知道不过是个暂局，犯不着使大力气，作大施为，于是乃成立了三人小组：三人者，一贾探春，一薛宝钗，又其一则仍大嫂子也。案旧社会旧家庭中未出阁的姑娘其身份之高贵，较之当家的少奶奶高出倍蓰不止。书载众媳妇之言曰："主人是娇客，若认真惹恼了，死无葬身之地。"又平儿之言曰："他撒个娇，太太也得让他一二分"是也。而三姑娘不独具有见识，有才干；又自有其一腔悲愤，满腹怨毒。悲愤怨毒者何？自己非太太亲生，一。赵姨娘"必要过两三个月，寻出由头来，彻底来翻腾一阵"，说姑娘是她养的，二。同时是一个母腹，偏又"爬出"个环三爷来，三也。益思乘此机会办出成绩以见重于老太太、太太，且使太太非但认为此人乃如自己亲生，而非赵姨娘所养的。则其言论设施之风雨骤至、雷霆齐发，自意中事矣。至如薛大姑娘，虽是亲戚，而别有用心，欲使其姨母知其有干才能治家，乃在林家黛玉之上，故于三姑娘亦极尽其唱帮腔打边鼓之能事。大嫂子此际不多一言，不多一事，进旅退旅，伴食中书，其真无才也耶？然吾观其在探春处理园中花木之后，乃曰："使之以权，动之以利，再无不尽职的。"论断如此，谁谓大奶奶不通家政哉！又平时话笑之谈言微中，书中屡屡及之，兹不尽述。即如熙凤生日醉打平儿，厥后他日，大嫂子乃抓个碴儿，大大地挖苦了熙凤一顿，字字中肯，而结之曰："给平儿拾鞋还不要"，又曰："换个过儿才好。"直骂得熙凤一佛出世，二佛涅槃，又不便无言下场，只得苦笑着谓平儿曰："我不知道你有撑腰子的"，至请平儿担待其酒后无德。此则大嫂子痛棒毒喝之下，凤辣子的天良发现。贾府中除大嫂子外，他人固无此识力胆力向辣子作如是说，亦复岂有此粲花妙舌，向辣子作如是说耶！定知世人于大嫂子，动辄谓其忠厚老实，只是皮相之论也。

然而大嫂子是旧礼教下、旧道德中所谓"未亡人"。未亡者，应身死而未气绝之义，则其于家事之是非成败，一向抱着不问不闻的态度，即冷淡消极达到某一种程度，无怪其然；况复深知自家之无膀臂、无党羽，而贾府之一切又积重而难返者乎？独怪夫旧社会中所谓士君子者流，出世为人亦每每自处于材不材间也。彼盖深知人不可以无才，无才，则众将轻之，甚至呼尔蹴尔，此则有自尊心之士君子之所不承也。彼又知人不可以露才，露才，则众将嫉之，甚至借端陷害，坠井且下石焉，此则有自爱心之士君子之所不受也。若夫排众议，挽颓风，未为福始，已为祸先。任重而道远，我寡而彼众，稍一疏忽，颠覆随之，是又有自私心之士君子之所不为也。故其处世，亦浮亦沉，亦进亦退，若有取，若非有取；若有与，若非有与，使夫异己者不以为敌，同道者且以为师。若是者，亦当谥之曰"未亡人"。所以者何？以其意态逼肖大嫂子故。彼亦岂知虽苟安于一时，实贻害于来日。吾读杂书，见载颜黄门之子，至为流贼朱粲调和五味而熟食之。因果报应，于此乃历史底、科学底，而非迷信底、命定底也。纵论及此，尚未畅意，文体所限，亦宜阁笔稍休也矣。

右人物分，节之式：大观园上

三春姊妹以与宝玉血统远近为次第，析说如下文：

探春自号秋爽居士，人则诨名之曰玫瑰。秋爽之秋，乃北国之秋，天朗气清，日则杲杲，月则明明；若夫篱边山下，黄华初绽，红叶方新，又复雨露所濡，甘苦齐实，岁事大有，四野黄云；至其气象之朗畅，秋光可贵，乃在春光明媚之上矣。秋爽取义，其在兹乎？玫瑰者，有色、有香、有味；可观、可嗅、可食。或嫌有刺，无刺，还成其为玫瑰么？居士谈风月则未必雅逊钗黛，诗社成立以前致二哥一书，可以证知；量米盐实则俗过凤姐，曹书五十五回所纪，可以证知，如此乃成为秋爽之真雅。有嫌其对赵姨娘太无母子情，待环三太无手足情，忒杀刻薄。山翁即不然，赵姨奶奶如彼其臭恶，环老三如彼其下流，实在教人难于以亲娘、亲兄弟对待也。山翁只嫌她自尊心太重。若说自尊心，人亦原自少它不得。有此一心，方不至于自暴自弃，走到下坡路去。但如漫无约束，任其发展，势将成为个人底英雄主义：脱离了大众，扩大了自我，环境不利，覆亡而已；机缘凑巧，或竟成为暴君，其毒害可胜言哉？试看探春教训（我不说刻薄）了她的生母一番之后，乃云："我但凡是个男人，可以出得去，我必早走了，立一番事业。那时，自有一番道理。"这是她的悲哀，也就是旧社会中一切有志的妇女共同的悲哀也。她说"事业"，对的，至云"道理"，又不知是何等道理，书无明文，不可强下注脚。不过山翁杞忧，深恐她一意孤行，乃成独裁耳。其馀意已略见上节，兹不申说。惟探春终亦远嫁，不知"夫婿殊"到何等田地。倘是豪杰之士，则两个人厮抬厮敬，通力合作，自然前途不可限量；倘若不然，则妇唱夫随，乃至竟不能随，必然悲哀痛苦，痼成附骨。如再倒行逆施，凤辣子在前，殷鉴正复不远。不是山翁替古人担忧，其实旧社会婚姻制度，暗中摸索，难得恰恰凑巧，五雀六燕，半斤八两也。不过，作者于姊妹分上，用心周到，三姑娘的爱人仿佛应该是个好底，阿弥陀佛！

迎春自号菱洲，菱大类萍，浮生水上，但根有托耳。人则诨名之曰木头，木头者，人无奈它何，它亦无奈它自己何也。此君与三姑娘同为庶出，而上不得于嫡母，下受制于婢媪，恰又是三姑娘的一个反面。然而毕竟不是真的木头，倘若是真的，则无知觉、无感性、无思想，虽不能适其所适，亦颇可安其所安，此可断说。二姑娘之木头，乃是一块有知觉、有感性、有思想的木头，彼既自知其不能适其所适，而又必须安其所安，于是乎命定底因果报应，于是乎《太上感应篇》之类的吗啡、鸦片乃成为精神上、心灵上的止痛药剂，而且家常饭也已。孙绍祖之蹂躏女性，不下于秦嬴政之焚书坑儒，以迎春之火腿面包而投之饿狼，结果如何，不必智者而后知。自种其因，自食其果，"不死何俟"。易地以处，使三姑娘或者凤辣子而为迎春，则其必有以处此中山狼也乎？以呆霸王之"雄"风，而结婚之后，"一月之中，二人气概都还相平；至两月之后，便觉薛蟠的气概渐次的低矮下去了"。夫"举止形容，也不怪厉；一般是鲜花嫩柳，与众姊妹不差上下"，彼夏金桂翳何人也哉?! 数千年来之重男轻女，累积重叠，上千上万底妇女活着死不得，死了活不成，二木头特其九牛之一毛耳。怜悯之不暇，而又奚责焉耳。然而此非男子之福也。夫为妻纲，摧残致伤，子孙不强，种族灭亡。凡是一个家庭，凡是一个国家，及至于男子压迫女子的时候，即是说男女不得平等的时候，男子不把女子当作一个"人"看待的时候，则其颠覆之为期也不远矣。阿弥陀佛，"已有的事"，决不能"再有"，"已行的事"，决不能"再行"：而今而后，孙绍祖其人必绝迹，贾迎春此剧不再演，而山翁之上文乃成为废话了也，我再念一声阿弥陀佛！

十月三十日～三十一日

玉言贤兄史席：

今日晨起策杖，出至校门外买火烧及油炸果，（"果"字如此写是本字，俗从食旁，决是后起。都中乃曰油炸鬼，"鬼"盖"果"之音转。今吾乡犹读"国"若"鬼"也。又居京前后近卅年，独不喜食彼中之烧饼、油炸鬼，以为淡而无味，虚有其表。廿馀年前客津时，正在废止朝食，遂与此二物交臂相失。此次来津，一尝之后，几乎成癖，隔日不食，辄复相思，如忆良朋也。）将以佐蜂蜜牛奶洎鸡子作早点。路过收发室，（此必经之路，非绕道也。）又得月之廿一日手教。昨已有长函寄奉，本可暂不作答，而点心茗饮之后，寒斋独坐，甚无意绪，又天气阴沉，渐感秋之已老，冬之将至，内子此刻正在忙于预备午餐，四顾环视，无人共语，故复草此书，不独自作排遣，亦将令吾兄于索居离群之际，得以暂时破闷耳。

暑间贵校头子所致何林公之信，尚不失为打官话，见之纵有气，亦尚无话可说。所恨者贵系头子之信，明明系中无人，割舍吾兄不得，而偏又装腔作势，拿糖做醋，一则曰一部分学生有信心，特别是旧华大学生；再则曰尚属优良，简直令人不能晓得该头子在胡放些什么气！甚底叫做"一部分"？甚底叫做"特别是"？甚底叫做"尚属"？谓该头子为昏聩糊涂我看直是捧他。（该死的官僚主义者而已。）所以上次刚公来津时，一提及此便不觉不知地大骂而且至于破口，即此刻写至此处，不佞仍不免气涌如山也。不佞向来不好传言传语，挑三话四，不过这回实在忍隽不禁，涵养功浅自不必说，且复自愧未能明目张胆出马仗义执言，如今且骂一阵黑街，（"骂黑街"是清河县乡谈。）只恐不独不能为吾玉言出气，且更火上浇油。惭愧，惭愧！罪过，罪过！

　　来书谓《新证》"泛滥四十万言"，"虽小有创获，实亦无聊"云云。私意以为泛滥或诚有之，特以《史料编年》为甚，此于前书中已有所论列，兹不絮烦；至于创获，决不为小，所谓小，玉言自谦，谦而又谦，谦之过当，遂乃自小之云尔。此非故为称誉，更非阿其所好，玉言不信，予别有说。先决问题是《红楼》有无价值，今世之人已公认《红楼》为不朽矣。然则玉言之《新证》于雪老之人之书，抉真索源，为此后治红学者所必不能废，则大著与曹书将共同其不朽，自不烦言而解。创获纵小，终是创获，况其初本不小。使无玉言之书，世人至今或仍将高改《红楼》与金改《水浒》等量而齐观之矣。即此一事，已复甚是了得矣，而况其不止于一事而已耶！兹意亦已于前书中略发其端。既明斯义，则"无聊"一词压根儿无从说起。此而无聊，将必若之何而始为有聊乎？即以此时之述堂论之，自上午起草此札，断断续续乃至上灯，（下午往听此间蒋教务长[①]之粮食供应计划报告，未能续写。）天阴如墨，夜寒侵肌，尚复挥笔疾书，不能自休，将以寄似数千里外之射鱼邨人，有聊乎？无聊乎？如此而尚有一毫发之聊，（此一句非谓其无，正谓其有。）则吾玉言之《新证》之有聊也大矣！而玉言顾犹自小之耶？（卅日写至此）

　　至谓错字甚多，则以草草读竟，未及看第二过，尚不曾发觉有甚差别。只一"愿"字，颇觉奇怪，前书已曾言及之矣。关于

　　[①] 蒋子绳，时任天津师范学院教务长兼院长办公室主任。

题签，亦有发挥，不知尊意云何？

来书谓《杜传》①与《红证》之签有懈笔与败笔，此可为知者道也。不佞从老师学书，学其所能学，其限于天资而不能学者，即亦不强学，且别寻补救之法。学其所必当学，其不必学者，亦决弃之而不学。（饶他非心非佛，我只即心即佛。）又老师之书亦自有其所学，不佞则又刻意于老师之所学。至于通章今、融篆隶，私心且与老师共驱中原。若其指腕之无力，临池之工疏，则天也，非人力之所能及，而不佞于老师乃有夫子超逸绝伦，而回瞠乎后矣之感。玉言乃谓拙书笔酣墨饱，"其然，岂其然哉"？孟子铭武学老师书，亦步亦趋，多因袭，少变化，固是一病。要是得天独厚，精力弥漫，故敢与夸父争速、孟贲角力。闻孟子临孙过庭《书谱》，竟日得尽一卷，述堂何能及。

大驾明夏北旋，慎勿徒成口头契约。在京在津，何所不可？关于《杜甫传》，此刻不暇详说，但记得前此手书所云云，于心不无戚戚。专此，即颂

著祺

顾随再拜　卅一日上午

今岁来津，既成画饼，明夏云胡能必？《新证》一出，名驰京国，招致者将大有人，而南大与师院恐又未必有出死力相邀之决心，念此唯有怅恨而已。

笔益秃，不中书，此页字画乃有颓势，勿讶，勿讶！

①冯至著《杜甫传》，人民出版社1952年11月初版，书名初为美术字，1953年5月第二次印刷时改用沈尹默题签。

　　文有标点固便于观者，然随手点定，往往使书法神气不能贯穿一气。此虽用退笔写，而行间字里，较之平时颇有可观，玉言必能见及。

十一月十四日～二十日

玉言吾兄史席：

空递手札二通并大稿四册统于十二日达津，勿念为祷。连日有事，又天气转寒，懒于动笔，大札虽有速复之嘱，今晨始能作报，谅之，谅之。

可笑述堂"秀才不出门"，居然有时"幸"而言中，其真渐渐有会于马恩列斯及吾毛主席之书，而有得于唯物论辩证法乎？非其所敢自知也已。《新证》可以改作，亦可以不必改作。此非和稀泥、骑墙论，乃辩证底唯物论也。何以言之？《新证》乃学者底书，而非无产阶级人民大众底书，正如大札所言，务求详备，以资探讨。昨夕到高上座处小坐，上座亦以此为言。职是之故，不改为得。若曰著书立言期于完美，如近世所谓艺术品，则非改不可。窃意为学人方便计，不妨二版、三版，乃至若干版，仍兹旧贯。如精力、时间、环境、条件俱能许可，必须大刀阔斧，收拾一下。殿最去留当以雪老为主，其他有关于曹家者不妨痛删。（《新证》为人借去，至今尚未见还，遂亦不得作二读。十七日早）

不过，如此作去，尚是第二着。述堂至盼玉言能以生花之笔，运用史实，作曹雪芹传。（不须如冯君培氏之《杜甫传》，要如说故事、写小说，始契私意耳。）雪老穷途落魄，寄居京郊，矮屋纸窗，夜阑人静，酒醒茶馀，坐对云老，共伴一灯，横眉伸纸，挥毫疾书，一卷既成，先示爱侣：此时此际，此景此情，非吾玉言，孰能传之？责无旁贷，是云云矣。抑更有进者，上所云云，尚不免落入旧时文人习气之泥塘，居今日而传雪老，必须留意其心理之转变。所以者何？《红楼梦》者，忏悔之作也，所谓悔书也。何悔乎？悔其少不长进，不独有辜父兄之望，亦且无以副脂粉之爱也。（注：此在雪老为主题，而吾辈治红学、写曹传之主题，却不在乎此。）至其馀霞成绮、微波舞风，天才旁溢，运斤弄丸，乃如温犀照渚、禹鼎铸奸，黑暗社会、腐败家庭，崩溃灭亡，如土委地。列宁谓托尔斯泰氏为革命之镜子。镜子云者，无心于照物，而物之当前莫不毕现者也。托尔斯泰氏之崇天帝、之勿抗恶，岂有心于革命、特别是无产阶级革命者哉？惟其心平，惟其才大，惟其感实，故虽无心于革命，而革命底必然性之种子，早已孕育于其作品之中。至托尔斯泰氏亦多有"悔书"，则吾玉言自能知之，而不须述堂之言之也。而冈察略夫氏之《奥布留莫夫》一书，亦须作如是观，则更不须述堂之说，玉言早已自得之也。《红楼》之为不朽之书，亦若是焉则已矣。

　　《红楼》为雪老自传，时代所局，盛衰之际，焉能无感？此不须言。居今日而治红学，首须抉出此书之真实性。《新证》于此，前无古人，然而述堂责备贤者，正如禅门大师所言："道则㧑杀道得，只道得一半。"读《红楼》而感盛衰，是又大师所谓："你管得许多闲事！"治红学而震惊于曹书艺术手腕之高，此近是矣，而未尽也。曹书中之人物、之事迹，有供吾辈今人之参考、之借镜，此则红学之所以不可以不治，曹书之所以不可不读，而雪老之所以为旧社会、旧思想之一位董狐，而今日新社会、新道德之一面秦镜也。列宁之言曰："旧社会之灭亡，有异乎病者之死亡。病人死，埋之而已。旧社会虽灭亡，而旧社会思想之馀毒，方且仍流传蔓延而不肯随旧社会以俱死。"（此段虽用引号，实为意译，与原文当有出入。特此自首，以免贻误。）是又曹书之所以不可不读，而红学之所以不可不治，而玉言异日如为雪老作传之所必不可不留意者矣。

吾迄昨日始读美法斯特所著《没有被征服的人们》(*Unvan-quished*) 一书竟。吾于美国作家向来蔑视。于阿伦坡、惠特曼，稍有恕辞，而又未能尽读其篇什，特人云亦云，未敢轻之而已，无所谓欢喜赞叹、心悦诚服。读法斯特氏此书，始自觉向来真轻量夫"扬基"(Yankee) 也。法氏写华盛顿由资产阶级士绅，出入生死，旧日以死，新日以生；且由懦庸、忠厚，逐渐蜕化、生长，成为自由之战士、革命之英雄，愈寻常，愈伟大；愈卑俗，愈雄奇。将来玉言为曹传，不当如是耶？不当如是耶？

复次，欲为曹传，首先作一番准备。玉言于文事，笔扫千军，眼铄四天。然而山不厌高，水不厌深。述堂忝居一日之长，窃拟代立戒条，嗣后行文，为文言，决不可夹杂语体之字面、词汇、文法、修辞，务使其骎骎不懈而及于古。唐以后人无足法，魏以前人难为法。斟酌尽善，六代尚已。《雕龙》一书，尤须时时在念。至为语体，即力求其接近口语，非万不得已，决不用文言之字句。于此，亦不得以鲁迅翁、毛主席之作为借口。要以鲁男子之不可，学柳下惠之可。至于语体文之句无剩字、字无剩义，不仅如作五言律，使四十个贤人着一个屠沽不得；不仅如填小词，周中规、旋中矩，而且遗貌取神，以散为骈，遣词造句，一以刘彦和氏之书为准。玉言精于英文，过述堂十倍、百倍而未已。当以英语为文时，脑中岂复能有毫发国语矩矱？准此，当为语体时，即尽忘文言，亦未始匪可。顾祖国语文每有联系，实难于判若鸿沟，不能恰如国语之与英语。但行文时，却不可不刻刻提高警惕，勿令其胡越一家、鸟鼠同穴。嗟嗟，文学之修养、佛家之苦行、文字之运用、大匠之规矩，今世之人，或并不知有此事；知有之矣，而又盲人瞎马，南辕北辙，若之何而可也！纵笔至此，轶出题外，吾意未尽，再赘前说。国语英语，根本有差，固已，然至于修辞之精、选词之慎、谋篇之密、行文之美，又自有其不谋而合者矣。此无他，文事无二事，文理亦不能有二理而已，而况乎文言之与语体也哉？吾上文所言：语文二者互不相犯，此在吾辈学文作苦行时，要是不得不尔。及乎修养成熟、工夫邃密、事理不二、融汇贯通，譬之瓜熟蒂落、水到渠成、前呼后应、左宜右有。方皋相马，有不自知其为牝牡骊黄者矣；而吾辈文士，顾乃有于心头眼底，纸上笔端，尚存文言白话之分别者乎？然此则陆士衡氏所谓"他日殆可谓曲尽其妙"者，而匪所论于吾辈之今日。述堂于是不敢不勉，玉言必不河汉斯言。至于述堂解放前行文每每语文杂用，作语录体，纵非"年老成魅"，（"年老成魅"语出《楞严经》。）亦是《聊斋志异·八大王》篇中所谓"潦倒不能横飞"者。不足为法，当然更不可为训。谨此自首，并作忏悔，玉言察焉。（十四日写至此页）

右十四日上下午所写，昨日以读《金星英雄》不能释卷，下午座上有客，散去后时已入夜，遂阁笔竟日。今日晨起，天阴如墨，寒气砭肌，坐室中，初着木棉裘不能支，改着驼绒袍仍不暖，复换羊裘，虽觉腿冷，无可如何，只好坐待暖气锅炉之生火。（闻人言都中已落雪矣。此间今日遂已开晴，想不至变天也。十七日早）下午系中有会，曾通知出席，恐会散后亦不复能作书，然欲言者未尽，需明日另纸书之，姑识此数语，以当小结。

述堂白　十一月十六日上午

五时会散归来，寒窗独坐，甚无意绪，故续写前书所未尽。关于《新证》移转出版事，玉言既如此慎重，述堂亦殊难于借箸。

私心颇愿其由国家出版机关印行。述堂平生未尝不好名，但决不肯求名，而又甚愿朋辈之驰名：此一心理上之矛盾，述堂亦殊难于自解也。兹先设一问：假如《新证》自棠棣取回，付之人民出版社，文兄怀沙[1]将作何说？此问如得解答，则《新证》之应否取回，自亦可迎刃而解。侧闻聂公[2]与文兄亦相识，或不相妨耳。然此大细事。（十六日入夜写）

玉言来书谓只求达意，此则并意亦不能达。述堂向言文言语体不可参杂，此则又纠缠不清。老衰疲病，如何可说，望玉言以之为前车之鉴也。

《新证》既不借人民出版社为轻重，人民出版社亦不系《新证》为安危耳。（十七日早写）

横竖写不成一通完整的信了，索性随手乱画去罢。聂公相邀，不知是走马上任，还是以待来年。此间情形不简单，南大亦不能深悉毕竟作何打算。锦城人地不宜，为玉言计，似以早早脱离为得。尊意云何？不过此亦须看客观条件，不能纯以主观见解为决定。能脱身乎？有路费乎？眷属能耐此天寒路遥之苦乎？或者仍以明夏动身为得计耶？是则非旁观之所能"清"也矣。

写了半日，三个问题——《新证》的删定，一；转移出版，二；大驾北返，三——一个也未曾解决得。不敢以玉言比祥林嫂，更不敢自居于鲁大师。但实实在在地感到，"不独有如在学校里遇到不及豫防的临时考"，而且"已知道自己也还是完全一个愚人，什么踌躇，什么计画，都挡不住三句问了"（详见《彷徨·祝福》

---

①文怀沙（1910—2018），时兼棠棣出版社编辑，《红楼梦新证》一书即由其安排出版。

②聂绀弩（1903—1986），时为人民文学出版社古典文学部主任。

篇）。玉言来书，数数自命为孩子，窥其意，似欲以我为识途之老马。此马之老，或诚有之；识途则殊不见得：不见其已掉队三年乎？说得再鲜明一点，落在时代的后面了哇。在这里，我同吾兄开个小玩笑：问道于盲，而盲不能答，或答非所问，过在盲者乎？抑在问者乎？（小注在眉①）

不过已算答复了玉言之问，虽然并不曾解决问题。即：关于《新证》删定，可以从缓，甚至不作，而去赶速预备写小说式的曹雪芹传；关于出版，似可以仍由棠棣主持，特别在未与文兄联系之前；关于北来，作速为是，但亦要看客观条件。如此而已。

拙词付印者，共有六种。惟中有二种，即寒斋亦几于"断种"；馀四，自当检出分别寄蜀寄京。惟包裹须亲到邮局发递，宿舍距局略远，又天寒不欲出户，何时能了此愿，尚不敢必。至《说红》，则更不知交卷在何日矣。不服老，不服输，不得也。

入冬，诸维万万珍摄。

述堂再拜　十八日午

乔俶兄与述堂之印象极好，端人取端，斯言益信。

昨日上午又得八日手札，同时长风书店寄到二版《新证》二册，（多一册将如何处理，以与家六吉乎？）喜慰之极。嘱和，不但应当"勉"为，且更非常之"乐"为。不过久不作韵语，心乱手生，何时交卷，不敢轻诺。不日上课，（明日便须备课矣。）手下事多，衰疾侵寻，当此寒冬，爱我如玉言，必当谅我。便是力证脂斋之为史公，亦有心有馀力不足之感。我欠玉言债多矣，在

①"在眉""小注"即以下"不过已算……"一段，写在页眉。

述堂为"虱多不咬",甚望玉言之"穷"寇莫追,呵呵!

吴老雨僧①,人好而心昏。其《诗集》②后附评拙词一文,草草看去,似是恭维;细细寻绎,微词实多。其最初登在《大公报》(时在我到燕大教书以前,当是公元廿七八年)副刊上之稿③,初不作如是云云。今日述堂以小人之心度君子之腹:吴老当时正主持《学衡》杂志,思以文言抗语体,而大势所趋,独木难支,或欲储不佞为药笼中物。不久不佞即到燕大,与清华相去咫尺,此[公]闻知,首先枉驾,是为二九年秋间。嗣后亦时相往还,且蒙招邀饮宴。不过不佞乃鲁迅之信徒,此公则大师之死敌,其格格不入,可想而知。卅一年移居京市④,遂不相知闻。及其《诗集》出版,见赠一册,由友转交……

【后缺】

吾苦臂楚,故作字时时有败笔,然此札用笔结体间有可看。玉言以为奚似?

刻只存两枚八百元邮票,即贴于函面,明日到收发室交邮。如罚欠资,只当挂号。十九日灯下。

今早披裘罩粗呢道袍外出买果子,收到惠寄蜀笺三百个,谢谢。(放翁诗:"箧有吴笺三百个,拟将细字写春愁。"兹述堂有蜀笺如放翁吴笺之数,那有春愁可写,除与玉言写书外,当尽用之

---

① 吴宓(1894—1978),字雨僧,笔名馀生。
②《吴宓诗集》,中华书局1935年5月初版。
③1929年6月3日《大公报·文学副刊》第73期发表《评顾随〈无病词〉〈味辛词〉》一文,署名"馀生"。
④1931年秋,顾随自城西燕京大学附近之成府村中前吉祥胡同6号移居东城之东四四条1号。

修胜业耳。）将来大驾北旋，不妨多带些来，以备日后使用。

《新证》美不胜收，所恨急切未能细细地从头理一过，多为言兄助喜。但私意时时以为，此喜天下之公有目者所共知共见，正亦不须述堂之助耳。（如其无目，斯亦爱莫能助了也。）惟比日颇有一点小小感想，不忍不说似玉言。曹家系出包衣，雪老父祖职居织造。包衣者，奴才，《新证》考之綦详，此不须说。若夫曹家之为织造，实兼三差。如字解，"织造"，一；至曹寅，则清客，二；同时又为满洲主子之密探、之特务（之爪牙、之鹰犬），三也。是故曹家之煊赫奢侈，不独有其经济上地位底关系，实更有其政治上地位底关系。然则荣宁二府之乱七八糟、乌烟瘴气，固自有其由来。几见狗腿子之家而能世泽绵远者乎？将来玉言如传雪老，能酌采鄙见否？馀文更详"眉上"①，不敢强玉言之闻一知十、举一反三，要是述堂之知无不言、言无不尽耳。

述堂拜手　廿日上午

度康熙在位时，各省官吏中必多有如曹氏其人者，此专制皇帝所以统治人民之工具也。是以康熙帝之于曹家，极尽其照拂；换言之，即极尽其豢养之能事。《新证》页四百十引五十七年折批曰，"尔虽无知小孩，但所关非细"，又曰，"可以所闻大小事照尔父密密奏闻"云云，可证吾言之非妄下，度玉言若再细心爬梳，所获自当更多。及乎胤禛继位，则别有其爪牙与特务矣，李家、曹家与胤禩、胤禟有连，以胤禛之阴毒猜忌，曹家如何能安于其位？龙袍绣纬之批，势之所必至矣。

---

① "眉上""馀文"即以下"度康熙在位时……"一段，写在页眉。

十一月二十一日^①

周子玉言用陈寅恪题吴雨僧《红楼梦新谈》之韵，自题其所著《红楼梦新证》，录示索和，走笔立成^②

宝玉顽石前后身，甄真贾假怀苦辛。下士闻道常大笑，良马鞭影更何人。午夜啼鹃非蜀帝，素衣化缁尚京尘。白首双星风流在，重烦彩笔为传神。（杜诗："与子成二老，来往亦风流。"）

和意未尽再题^③

披沙文海起微澜，俗士何从着眼看。昆体郑笺真漫语，镜潭明月两高寒。当年西晋推二陆，今日吾军有一韩。无寐欹床读竟卷，摩挲倦目起长叹。

和缉堂迓《新证》问世之作^④

老去何曾便少欢，未将白发怨衰残。一编新证初入手，高着眼时还细看。

---

① 本日顾随所录七首和诗另有高熙曾抄稿，后亦寄至周汝昌处。1953年11月24日书中言及此事。

② 此首高熙曾抄稿题为《周子玉言〈红楼梦新证〉问世不一月而书再版，为之喜而不寐，顷有函附其和陈寅恪题吴雨僧〈红楼梦新谈〉诗韵，玉言索和，走笔立成》。

③ 此首高熙曾抄稿题为《和其意未尽再题》，于"当年西晋推二陆"句后有注云："谓玉言及其令缉堂兄。"诗后有注云："'军中有一韩，敌人闻之心胆寒。'北宋边军中人语。韩谓韩琦也。"

④ 此二首高熙曾抄稿题为《和其和令缉堂兄两绝句》，序云："缉堂诗未见，玉言书告是迓《新证》之出版也。"诗后有注云："缉堂是玉言四兄，家六吉则伭之四弟也。末句用唐诗，'敬亭'不相干，但取其'相看两不厌'一句子。"

联床听雨岂常欢，老屋深灯夜未残。君有四兄我四弟，敬亭何日两相看。（缉堂是玉言四兄，家六吉则述堂之四弟也。）

同玉言诤某氏①

三十年前一世雄，证却施书（谓《水浒》）更说红（《红楼梦》也）。泥牛入海无消息，薄雪争禁晴日烘。

和足缉堂来句之作②

剖分众伪见诸真，（《法华经》曰："此众无枝叶，惟有诸真实。"）开国文坛见若人。旭日曈曈初张伞，辉光此际是侵晨。

和缉堂兼赠玉言③

才气纵横忧思深，笑君心事半晴阴。人海非无拍天浪，几见神州曾陆沉。

玉言于《新证》出版之后，寄来新诗七章，决意尽和，但不拟即和。昨日上午发长函，下午睡起茗饮，诗思忽如泉涌，一小时许便尔和竟。诗虽俱不能佳，然急滩头下水船，平生为第一次也。非玉言，非《新证》，述堂不至于斯也。

一九五三年十一月廿一日灯下录稿　述堂

---

①此首高熙曾抄稿题为《和诤某氏》，诗后有注云："此虽曰诤某氏，不几于自诤耶？玉言见之定当失笑。"

②此首高熙曾抄稿题为《和足缉堂成句韵》。

③此首高熙曾抄稿题为《和缉堂一首》，诗后有注云："此廿八字兼赠缉堂与玉言。"

十一月二十二日

玉言贤友如晤：

廿日上午已有长函寄奉，下午睡起，和得贤昆玉诗七章，昨已另幅录出。（录稿有馀幅，不为补充，留待玉言加批，它人只足以跋尾耳。）本可以不再作书，惟关于《新证》尚有欲言，故复草此一纸。

《红楼》行世之后，仿作者大有其人，钻研评论者更如积薪，至于断篇零稿、随笔涉及亦数见不鲜，不独不能为曹书重轻，而道听途说、揣龠叩槃，适足以乱人耳目、聋瞽后昆。兹之《新证》，虽小涉出入，而大节无亏，读曹书、治红学者得此，譬若拨云雾而见青天矣。其于玉言不当尸而祝之、社而祭之乎？曹书之史实至是而大白，然曹书之价值犹未论定，此则更有待玉言之贾馀勇竟全功也。

前书谓曹氏为满洲主子之鹰犬、之爪牙、之密探、之特务，后二者即不无，前二词实不妥当，云"耳目"始得耳。旧社会中凡居高位掌大权者，（即校头子系头子亦胥然已。）无不有其豢养之特务与夫密探。帝王之信用阉寺，家长之纵容婢仆，坐使残害忠良、离间骨肉、混淆黑白、挑拨是非，始也视为腹心，继而尾大不掉，终焉国破家亡。前者不佞只见之载籍，后者即耳闻目睹且身历之。廿岁后怕看《红楼》，此其一因。书至此有馀痛焉。纸短不能尽言。蜀天阴寒，诸维万万自爱。

述堂和南　十一月廿二日午

十一月二十四日

连发长函与拙作和诗七章，此际想俱已入览。诗殊不能佳，殆所谓"拙速"者欤？夫"速"未有不"拙"者也。然自四十岁后，发愤重新学诗以来，每有所作，冥搜苦吟，未成之前，腹稿已再三琢磨，写出之后，涂改至不可辨识。若其文不加点，一挥而就，虽非鬼工，亦如神助，则此七首拙作，在不佞与玉言文字因缘史上，不可不大书一笔者矣。

昨日草草发出马东篱《汉宫秋》剧本附注，交给师院文印科，备下周上课之用。今日甚觉清闲。早起天阴，坐"暖房"中，乃作此书。（书房中暖气极灵，只着短服，仍觉燥热，不可说是"寒斋"也。）七诗原稿已付高公，而高公又于百忙中临一过，兹寄去一看。前已寄上自录稿，此本可以无须再寄，终于发递者，结此一重公案而已。

昨夕枕上，复随意翻阅《新证》，始悉玉言已有曹家是满洲主子"耳目"之言，要是眼光四射，物无遁形，佩服，佩服。不过此刻尚有小小意见：《红楼》一书，文字华赡，高出一切说部之上；惟风骨未遒，立意不高，乃其大病。玉言于此，或将摇头。不佞尚未得见脂评真本曹书，冒然下断，或有偏差，但自信不至大错。《新证》六百五页曰："一句话，代表着一群受压迫受迫害的不为人所齿的小人物阶级，在改变了社会地位关系之后，重来和过去的统治、压迫者算帐。"述堂于此一句话，半肯半不肯。肯者，吾辈今日读曹书，正当如是读；不肯者，雪芹当日的的确确忠实地写此一般小人物，然而决不是为算帐。（深文周内一下子：此算帐是小人物争取而得来者乎？如谓小人物为"趁火打劫"，则曹家丁此之际，为"没兴一齐来"耳。孟子舆氏所谓"亦运而已矣"，运者何？自发的而非革命的也。）要写算帐，须是作者完全站在小人物底立场上。历史局限、阶级不同，雪老决不可能觉悟到如此地步也。雪老之如是观、如是写，其意识只是"积不善之家必有馀殃"，同情于小人物即不无，而其主旨仍是前车之覆，后车之鉴，欲使席丰履厚者知所戒惕而已耳。试看秦可卿死后，鬼魂向琏二奶奶托兆所说的话，便可知之。这一段话，不是可君"其言也善"之言，乃雪公心中之言，而托之于蓉哥儿媳妇者也。问：何以托之可君而不托之别的女性？曰：可君一无可取，（婉媚而外）雪公馀情不断，不觉遂向伊人脸上搽粉也。雪公自有其阶级，彼未尝不痛恨并且诅咒此阶级，却未尝不低徊流连于此阶级。曰"暴露"则诚有之，"推翻"则未必，即曰目睹其灭亡夫然后快于心，亦不可能。尊意云何？（廿四日写至此）

大驾北返事有何进展？此时殊不愿强玉言来津矣。赴京专心著述，于玉言身体性情俱合适，报国为民之日正长也。倘玉言曰：众生有一不成佛，我誓不成佛。即请玉言打包，同作苦行也。言短意长，如何可说！

恐信过重致兄受罚，故高公所录之稿终于不曾寄出。好在诗已见过，无须夜眠不着耳。

十二月六日、二十二日

玉言贤友史席：

前数有书嘱写曹雪芹传，比又以为此事殊非易易。所以者何？《红楼梦》一书即是雪芹自传故。若写雪芹之下半世生活，则又深恐史实材料不够丰富。不过此事须听取玉言意见，述堂管中窥豹，难于解决问题耳。即如鲁迅先生之名，在今日亦已妇孺皆知已，而至今尚无一本可看之鲁迅传。太史公作《项羽本纪》，是天地间有数文字，史实之真确性，一任史家去寻行数墨，述堂不与焉；若其颊上三毫、传神阿堵，马迁之笔，一如杨小楼大师之戏，能使百世之上、九泉之下之楚霸王与后人睹面相逢。斯言所以为不朽，此有数因：一者，笔健，史公之行文正如重瞳之叱咤；二者，大处一丝不走，小处随手点缀；三者，笔端时时流露感情，特致其高山景行之意；四者，史公自身亦是一位霸王也。（此"四"与前"一"复，自评。）有此四者，人与文、作者与书中英雄是一非二，而读者乃能亲见作书之人与夫书中之人。今世顾焉得有人如是作鲁迅先生传哉？述堂不老衰疾病，且拚死为之，或可仿佛万一，而今则何如哉？

吴小如、高名凯合译《巴尔扎克传》（Stefan Zweig："Balzac"〔The Viking Press，Newyork.1946〕），新文艺出版社版，中图发行，可一看。祝

健康

顾随拜手　十二月六日午刻

六日写得一页纸，词不达意，懒于发递，不料积压至今，忽

忽便已半月。学生实习结束，每周三节课，虽不至疲于奔命，而下课之后，诸事俱懒，大都徙时皆敧枕看译本苏联小说，益疏笔砚。是之间初得手书，说为雪芹作传，一恐史料不足，二恐身非怡红。前一点确是问题，须徐徐图之，若第二点，私意以为玉言过虑。太史公作项王本纪，或自命为重瞳，若作汉高纪，岂肯自居于泗上亭长哉？然高纪之成功并不在项纪下也。鲁迅先生之非Q老固矣，然又岂害《阿Q正传》之震铄古今、流传中外也耶？且居今日而传芹公，必须站稳现在立场，作者于书中之主人公抱否定之观念始为得耳。玉言于此，于意云何？是故大札所谓身非雪芹不足以传雪芹，谨慎过当，着勿庸议可也。

继又得大作题七诗后七律一首①，诗工稳，嫌气弱，其玉言比来体力稍有亏损与？抑述堂之神经过敏与？第七句私意尤不喜，亦非谓不许作如是说，只说得不足以服人。所以者何？力不足故。拟改作"鸣琴已得知音赏"或"朱弦未为佳人绝"，此两句子实亦不佳，但音节较为亢爽而已。玉言之诗词每每病哑，记得未出京时曾有函言及之。述堂至今尚不能悉此病之来源，亦不能说出何术可以医疗此病，意者述堂之感性认识尚未发展成为理性认识乎？至拙和七律第二首复"起"字，玉言谓必须更易一字，是极，是极。惟"荡"字不甚惬，卑见拟定"漾"字，"荡"与"漾"义本相近，其或可通，惟"荡"字声音猛促，不如"漾"字之飘缈、夷犹，有风行水上之意，是否？又，和缉堂七绝"人海非无拍天浪"一句子失粘，此处不得藉口拗句以自文过，势须另拟。再四

---

① 《题羡师尽和有关新证诸诗后》，即1953年12月2日～25日书中的"射鱼邨人元唱"诗。

推敲，迄无妥句，姑定为"拍天浪起人海内"，何如？句甚劣劣，希费神代拟，即在原稿纸上点定为荷。

缉堂有书来，昨已作复。缉堂何校毕业？肯作中学语文教师不？此间王主任及南大李主任决意请玉言明夏北旋，千祈勿拒。在马场道①，在八里台②，请兄自定。疲甚，字画文词皆草率不可看。此颂

玉言贤兄冬祺

顾随拜手　短至日③灯下

---

①马场道，天津师范学院校址。

②八里台，南开大学校址。

③短至日即冬至，1953年为12月22日。

十二月二日～二十五日

昨日下午睡起兴致颇好，往游谦德庄人民公园。今日得一诗，录之后幅。①

谦德庄人民公园听虎啸（十二月二日）

暮色冥漠中，万家灯火里。②萧瑟集园林，车马咽里市。游人未言归，虎声时一起。初疑南山阳，殷雷方未已。倾听乍寂然，咚咚犹在耳。见说气食牛，三日已如此。（放翁诗：三日於菟气食牛。）况复两周年，（虎生于五一年十一月。）毛骨富生理。假使居深山，一啸当奚似。长松折劲枝，崩石坠涧水。狡兔走潜踪，妖狐自披靡。此间熊与狼，（邻槛有此二物。）蜷伏还侧视。

玉言兄正之。

述堂呈稿　十二月二日灯下

"狡兔"十字好删否？廿二日灯下。

题拙和七章律诗一首已和就，见另纸。惟中复"古"字、复"楼"字；"望江楼下"四字可改"浣花堂下"或"锦官城外"；"古"字则尚无以易之，祈代为推敲。廿五日灯下附记。

---

①高熙曾手抄顾随《周子玉言〈红楼梦新证〉问世不一月而书再版……》等诗七首，末页尚馀半幅，此《谦德庄人民公园听虎啸》诗及其下至"廿五日灯下附记"即录于抄稿之后。

②"暮色"二句，页眉上又作"万家灯火中，暮色苍茫里"。

射鱼邨人于《红楼梦新证》出板之后，曾
有七诗见寄，述堂悉数和之，而村人复为
长句四韵题七诗后，因再和作

已教城市替山林，许子千秋万古心。青鸟不从云外
至，红楼只合梦中寻。卅年阅世花经眼，十五当垆酒漫
斟。遥想望江楼下路，垂垂一树古犹今。

射鱼邨人元唱

小缀（鲁迅先生《唐宋传奇集》后著"稗边小缀"，
今采其语）何干著作林，致书毁誉尚关心。梦真那与痴人
说，数契当从大匠寻。怀抱阴晴花独见，生平啼笑酒重
斟。为容已得南威论，未用无穷待古今。

一九五三年十二月廿五日　述堂录

适间作函①时不独无和作之意，亦且不自知其和作果在何时。
作函既竟，困坐无俚，玉言元唱适在案头，讽诵之下，如有灵感，
援毫伸纸，竟尔成篇，随手录出，附函寄蜀。函中自云疲甚，今
乃自忘其疲。玉言于此，试下一语。同日灯下。爱人来告饭中，
草草记此。

---

①即前"短至日"（1953年12月22日）所作书。

一九五四年

（七通）

三月十二日

玉言吾兄史席：

截至昨日，两奉手书。第一书说得砚并附诗^①，砚是吾家人所制，而渔人坐享已属可气，姑念红粉赠与佳人，援物得其主之定律，卅挂杖子今且饶过。第二书说来津毫无把握，不独可气，且复可恨。而又有长歌纪得砚事，一之为甚，岂可再乎？玉言何其昧于"贪人之前不可炫宝"之诫耶？

此书到时适高上座在小斋，当即与之一谈。高公谓周公来津无望矣，此时川大若坐扣，不患无辞，师院之远聘将何所藉口乎？尔时述堂一闻此言，真乃"分开八片顶阳骨，倾下半瓢冰雪水"，嗒然如丧，木然如鸡，向之气之恨乃烟销云散归于无何有之乡也。晚饭后立访韩代主任^②，韩公固亦每见必询玉言何时北返者也。而适值外出，怅恨交并。后至高上座舍中一谈，仍然不得要领。踽踽归来，洗脚上床，辗转反侧，思之思之。玉言来书自谓信天，此时此际述堂亦惟有信天而已尔。今晨杨上座敏如以琐事相访，乃又与之一谈。杨公谓玉言亦无术且亦不必却人民文学出版社之聘，至于玉言之到师院开堂，不独未为绝望，而且大有希望。为今之计，首先须与出版社取得联系，以协商方式合聘言兄北返，编辑工作不必常住都下，言兄尽可居津任教。且言南大

---

① 据周伦玲《周汝昌文献展看点——顾二娘翔鸾砚》（《中国政协报》2015年8月3日）一文介绍，1953年冬，周汝昌在成都玉龙街古物店得此砚，惊为神品，作长歌一首并四绝句以咏之。砚为顾二娘制，故顾随称其为"吾家人"。

② 韩文佑（1907—1991），字刚羽，清华大学肄业，先后在北京师范大学、天津师范学院等校任教。时王振华因病休养，韩文佑代行中文系主任之职。

有秦教授者，旧亦曾住津而兼北京科学院工作，事有前例，大可照抄。惟兼职只限教授，而言兄之到师院，名义为副教授，又天与而人归，灼然毫无致疑之馀地者也。述堂闻之乃如盲人能视、贫夫得宝，彼砚与诗更无复一毫发芥蒂于吾胸中也。（杨上座见地明白，当机立断，述堂会下有此公，何啻宗皋大师之有尼妙总禅师？）

至于大作，较之以往突飞猛晋，风格一新；美中不足，须待细说，述堂今日不暇及此。诗亦不和，非曰偷懒，盖以示惩戒之意云耳。呵呵！敬祝

健康

述堂和南　三月十二日下课后草此

今日上午有两小时课，课罢归来写得两页纸，饭后睡起，重看一过，庄谐之间颇不得当，即如第一页后半第二行"坐扣"一词，施之言兄，甚为不敬。记得年前来书，曾怪述堂每用"不讶"，于此不应重复"不讶"一番耶？又所用"恨"字"气"字，真所谓"前言戏之耳"。至杨上座之言，尚漏去数语未提及。杨公说，言兄如以兼职来此，则任课时间绝不能超过三小时，科目亦只能是一门。述堂体弱，奔走为劳，杨公并自告奋勇往与院方当局商量，是后进行一切事宜，当随时函告。手书既云信天矣，望即如是说如是行也。至云此间诸公素与玉言无声气之通，今兹竭力邀请，胥是述堂所为，此则大谬不然。大著《新证》，众口流传，居今日之所谓文化人、之所谓文教机关，而不知有玉言，而不思相招致，乃真大怪事耳。促膝尚遥，笔札无由尽其万一。又白，同日下午。

三月十四日

鱼兄：

　　前日发一书，想已递到。如今且说杨教务长①在听了敏公汇报之后，昨日"下值"，便亲来小斋面谈一切。现在此间正副院长②都赴京开全国文教工作会去了，杨公定今日写书与两院长，嘱其就近与中宣、高教二部商洽，竭力争取鱼兄来师院。至于与文学出版社合聘，则尚是第二着。附带一笔，凡此种种，皆是此间出于自愿、自动，述堂丝毫不曾"借箸"。鱼兄于此，亦可看出吾院当局之如何其诚挚，压根不是述堂之说辞定鱼兄之轻重。此刻现在，鱼兄面对三个场面：一者此间力请；二者，人民文学出版社电约；三者，川大不放行。老兄，"您"信天不得了！最近的将来，便要图穷而匕首现，今言"摊牌"。老兄于此，势必当机立断，或留川，或赴京，或来津，务须坚决明白表示，（何时表示，须鱼兄自看机缘。）三者必居其一，不得半点含胡。假如愿赴京而不愿来津，即请速复，以便转告此间当事人。万千不尽，敬颂
春祺

　　　　　　　　　　　　述堂和南　三月十四日上午

　　复次，日前有书与令缉堂四哥论作诗，有云："吾辈为诗，必须具有崇高之情趣与夫远大之理想"；且结之曰："述堂于此，亦是喙长三尺，手重千斤。"喙长手重且放过，若夫前两句子，今天

---

①杨思慎，时任天津师范学院副教务长。
②时任院长梁寒冰，副院长温宗祺。

看来依然要得，不妨与吾鱼兄拈举商量一番。

大作得砚诗，包括绝句与长歌而言，修辞之考究、谋篇之细密，不特与众不同，且与鱼兄往日不同，此其可喜，夫何待说？然而细一按之，情趣有之，崇高尚远，至于远大之理想，将于何见之？然此是述堂所定标尺，不妨撂过一边，而且大可不必理会。以风格求之，尚在宋人以下，只是元明高手名士之制作。或竟超高元明，然决不能闯入两宋。此亦且不谈。大作假若不署名，不纪岁月，述堂初未见其为一九五四年新中国诗人的作品也。"一种风流吾最爱，六朝人物晚唐诗"，最要不得，所以者何？非风流故。鱼兄于此，尊意云何？述堂又白，同日上午。

已说过不作语录体文字，此刻实忍隽不禁，好在述堂于玉言面前说了不算，已不止一次了。呵呵。

川大校方已有函至，内云决不能让鱼兄离去。杨公又说，周先生"半聩"何妨？只要不半"哑"就行了吗。鱼兄此刻，如仍侧重于编辑工作，述堂亦决不相勉强。总之，望速速作复说明意向。同日下午

三月下旬

鱼兄：

此信早已应写，可又总想着清闲一点再写，所以老没写。此刻不能不写了，虽然稿子尚未杀青，而昨晚又跌了一个大仰背交子，膀子有点儿不得劲。

南大华公^①（此公与政扬^②极熟，兄亦知之）托敏上座告我说，人民文学出版社古典文学部，主其事者殊不高明，将来鱼兄恐不能与之共事，华公且身经之。华公嘱我转函吾兄，本"有闻不敢不告"之义，谨传达如上文。不过不佞亦姑如是云云而已，详情如何，无缘得悉，亦不克相告也。

吾兄如意在入京就"社"事，不佞仍有下情上达：（此仍是高上座、杨上座两人之意。）仍希如前次函中所云身兼两职。祈兄于就职前……

【后缺】

不佞有许许多多理（妄?）想寄在鱼兄身上，此非面谈不可。期之暑后而已。

---

① 华粹深（1909—1981），名懿。
② 许政扬（1925—1966），字照蕴。

三月二十九日①

空递信，今晨接到。以内容与此函所言适不谋而合，即亦不复拆信另行加写。所冀射鱼"即照来书行事"也。匆匆。

羡　廿九日晨

函内日期错误。
邮花仍希如法泡揭。②

---

① 此函写于信封之背，落地戳显示为"1954年4月"。
② 其时顾之京正迷集邮，凡寄出之信，都望对方将邮票揭下寄回。

四月一日

鱼兄：

　　吃交、伤风、骨痛、头重，加之写作劳神之馀，此信力求其简短，措辞力求其平实。但是谁知道？写着写着，也许就冗长、油滑了。

　　空递、平递两函已于三日前先后奉悉，今晨又得去月廿三日手教，欣慰之极。当即力疾到教务处与杨教务长一谈，并出示此书。杨公谓院方正竭力争取射鱼先生来津，在先生一日未正式到"社"工作前，即一日不自认为失败和绝望。

　　我说：然则老"糟"（注：老糟者，老鱼所以渥鸡蛋者也）复射鱼书，将怎地措辞乎？

　　杨公曰：给您写信，一、要教您作到决定作到离开文君故里；二、离川之前，到京之后，一定要以种种方式向高教部表示到天津师院教书；三、院方保证您决不至于暑后和尚误了当，媳妇误了娶。

　　此刻就如此写了。行了吧？不过老"糟"看来："一"不成问题；"三"，不用射鱼操心；剩下来的只有"二"了。鱼兄，这个您——再您一次，这回可不上枊了——作得到乎？如之何以求其必作得到乎？且作得成功乎？老鱼之不善于应付事务，正一如老糟，所以老糟于此，不免有"杞天之忧"耳。但有一个事实摆在面前，即：师院当局决意争取鱼兄到津，鱼兄亦不得坐视，而必须以行动表示争取离川北上而且到津也。可是吗？（我想：是的。）书至此，韩代主任来谈，打断了文思。等他辞去，我进过下午五时一道点心（一碗牛奶、一块蛋糕）之后，简直抓不着词儿了。

老瓮如此，欲不认，得乎？

　　自然，在射鱼向高教部表示并争取来津之前、之时，师院亦不能袖手，势必须继续有所行动，以促成达到此目的。在此，有一事必须奉告：小"院"此一单位隶属于教育部，而贵单位川大则隶属于高教部。是以敝单位之请神，得由教部转达，此亦鱼兄须先向高教"之"部言语一声者也。向高教部说要离川，不患无辞：天时、地利、人和，您尽可以振振一番。假高教部问鱼兄何以北来后必居津而不留京，可答为了家事（鱼兄灵椿已枯，萱荫当茂），为了学术研究（愿与"糟师"合作，好好为人民、为国家服务一番）。书至此，高上座来谈《李娃传》，又打断文思。上座既去而灯已上矣。鱼兄另有高见，当然可以随机应变，因时制宜。疲甚，馀俟再函。

　　祝三好[1]

　　　　　　　　　　　　　　　　"糟师"万愚节日灯下写迄

　　（此日此人，并世无两；此人此日，千秋佳话。不向您谦了也。）

　　其实无甚奇特，只是人日二者机缘凑拍而已耳。灯下又记。

　　所举老糟"俱"字败阙，是极。然老糟文字败阙初不止一"俱"而已。且俟下回分解，勿躁。

　　所示诸诗好，好极，"不足"亦有之。然此番之"不足"，老

---

　　[1] 身体好，学习好，工作好。1953年6月30日，毛泽东在接见中国新民主主义青年团第二次全国代表大会主席团时的谈话中提出："我给青年们讲几句话：一、祝贺他们身体好；二、祝贺他们学习好；三、祝贺他们工作好。"（详见《青年团的工作要照顾青年的特点》）

糟亦不无。毛笔字大好大好，"不足"亦有之。两"不足"须细说，来不及了也。灯下。

四月十一日~十二日

鱼兄座下:

　　月之九日,伤风咳嗽发烧之馀,得空递手教,知大驾月内北旋,喜极乃自忘其病。为老鱼、为老糟、为师院计,俱已作到第一步成功,此而不喜,尚复何待?至于第二步,则可分两段作之,首段专社而兼院,二段离京而来津,此则尽可从长计校矣。是以老糟此时虽非心安理得,亦颇心平气和。然此就客观言之耳,若就主观言之,老糟心气仍有不能平和者在。老糟在不惑之年,每每自觉有感想而无思想,有知识而无学问,其后于禅稍稍有得,乃小长益。顾禅之为学,混融沙金,杂而不醇,披沙拣金,学力所不及,亦时日所不许。解放之后,大病三载,濒死者再,救死不赡,工夫日退。五二年后,稍理旧业,加研新知,久饥得食,不暇咀嚼,感多于思,知仍非学。去岁来津,旧习未改,改岁以还,忽觉气象境界与春俱新,不独老学之胜于不学,亦复渐变之成为突变欤?唯是平居自念,戈戈所得,或堪自信,或在半途。堪自信者,亟欲以告之来者;在半途者,亦甚思借助于他山。环视四周,俱不得其人,此老糟之所以日夜盼望于吾兄之北还也。兹虽北还,乃居京而不来津,即曰近在咫尺,而朝夕周旋切磋琢磨,仍复有间焉,能使老糟之心之平而气之和也耶?况复老糟新来学力日增,体力日减,望六之人,前途就迫,是以衷心时杂悲喜。于此有两则公案为鱼兄告。其一,记得曾已拈举,一大师欲其高弟继法,而弟子不肯。师曰:然则老僧居此何为?愤欲辞院。其二,道家修行,每有丹将成而身已老,则或借尸还魂,或转世投胎,以竟前业。老糟近日每每念此二者不能去心。鱼兄既已不来，老糟亦可辞院乎？此虽鱼兄不说，老糟亦自知其使不得。为人民，为祖国，此刻万无离去岗位之理也。若夫还魂与投胎，诚是计之善者，顾何术以使之实现乎？以是语人，人将无不大笑，以为老糟之糟真乃糟不可言。然而请勿笑也，此虽在事为必无，而在理为可有。前人栽树，后人承凉，虽为恒言，实乃谬说，当曰未竟之业，后死之责耳。马克思无产阶级夺取政权之言尚属理论，及至列宁，遂成实事；列宁苏联农业电气化之言及身未竟，及至斯大林乃著成效。是则还魂夺胎之新释，而无此事，而有此理也。然而不得鱼兄，吾又将谁与语此。

大驾启行有期，此书到日想便已迫，此书之后或将无书。然则以上所言，虽非末后句，此书一去，将为鱼兄蜀中所接老糟最末之一书乎？

师院中文系教席仍有缺额，杨教务长嘱荐贤，前此曾举刚上座，杨公首肯。日昨刚公以春假返津，曾介之与杨公面谈，旁席侧听，私计此事十拿九稳，满拟鱼兄若来，吾军益张。（〔所〕谓吾军，〔非〕个人英雄〔主〕义，非小集〔团〕，意在培养〔骨〕干起作用〔而〕已。）今既如此，且希异日。天道忌满，命定论者之言，今日当云有矛盾有斗争耳。把晤匪遥，面罄有日。专颂
旅途平顺
宝眷康吉

糟堂和南　四月十一日自晨迄下午

连日伤风，昨竟发高烧，赴院医处一诊，注射复方奎宁并服药，今日较可，惟筋骨酸楚为难禁耳。糟堂又白，同日。

清平乐

春日坐风有作

流光如水。人在流光里。四十年中多少事。不似老来情味。　　庭除碧草萌芽。一天漠漠风沙。领取无穷春意，楼前几树桃花。（余年十八始来津读书于北洋大学。^①）

寒食前后，病十馀日，病中无俚，随手写得三绝句。将以寄蜀，会敏上座来视余疾，见而欲有之，不欲拂其意，即以相付。诗无副稿，此际回忆，已忘其前两首，兹只录末一绝去，然前两首实亦不佳，政以藏拙为得。

衲僧日日是好日，此语今知其信然。莫嗟衰白无生理，何限野风开白莲。

踏莎行

病中坐雨作

雾霭烟霏，蜂喧蝶舞。垂杨展尽黄金缕。早蛙声里麦扬旗，斜阳襄笠迷平楚。　　隐隐将来，明明过去。今生去来相逢处。但教风雨有花开，花开莫怨多风雨。（故乡谚曰：虾蟆吹鼻儿，麦子挑旗儿。）

玉言兄吟政。

述堂呈草　四月十一日下午

---

① 顾随1914年十八岁时考入天津北洋大学预科，到1954年恰"四十年"。

日昨写《踏莎行》词示敏如，曾有小跋，兹复录一过：

王静安先生论词有隔与不隔之说，斯诚千古不刊之论，且又匪直唯词而已。王先生之所谓不隔，兹姑置之，若其所谓隔，私意可分为两类。一者，义浅而语深，南宋作家最多此弊，而梦窗为其尤。譬之质本嫫母，浓妆艳抹，益增其丑。此在文事，只居最下。二者，义深而语不足以达之，弊不在语不妙，而在见不真，苟其见真，语未有不妙者也。顾小词不足以达深义，而词家立义又每每不深，是以此弊犯者殊尠。譬之无足之人不患足痛，政不须以此傲彼病足。今余此作隔矣，其隔不属于前者，而属于后者。语之不妙欤？见之不真欤？然而意境进矣。

四月十二日下午睡起复写此。

春日偶成

薄海未休兵，尧封已太平。长途近晚景，衰绪起新生。杂念殊未已，三年妄一鸣。原田何每每，亿兆事春耕。

六月二十七日

木兰花慢

得命新① 六月廿三日书，欢喜感叹，得未

曾有，不可无词以纪之也。

　　石头非宝玉，便大观，亦虚名。甚扑朔迷离，燕娇
莺姹，鬓乱钗横。西城试寻旧址，尚朱楼碧瓦映觚棱。煊
赫奴才家世，尨降没落阶层。　　燕京人海有人英。辛苦
箸书成。等慧地论文，龙门作史，高密笺经。分明去天尺
五，听巨人褒语夏雷鸣。下士从教大笑，笑声一似蝇声。

　　昨午得书，便思以词纪之，而情绪激昂，思想不能集中，未
敢率尔孤负佳题。下午睡起茗饮后，拈管伸纸，只得断句，仍未
成篇。今晨五时醒来，拥被默吟，竟尔谱就，起来录出，殊难惬
心，逐渐修改，迄于午时，乃若可观。兹录呈吟政，想不至蹙额
攒眉耳。原稿一并附上，令命新见之，如睹老马不任驰驱，但形
竭蹶也。五四年六月二十有七日，糟堂。

---

① 命新，周汝昌别署之一。

一九五五年

（九通）

二月十一日

言兄座下：

荫公返自京，说近况甚悉。昨刚公又转来二月三日医院中所作手书一纸，殆几于明日黄花矣。不佞客冬课事至烦，讲课备课尚可勉强敷衍，然而虽不手忙脚乱，已是力尽筋疲。一篇"词史"，一篇"辛传"，讲稿至今仍未动笔。其时闻兄亦正在述作，故迄节前终未奉书。春节假中女子辈有三人自京师来，长女家居津市，亦时时携外孙辈来小住，天伦之乐乃大妨伏案之功，又久习清静，骤而喧嚣，甚有入佛不能入魔之苦。是以虽于政扬兄口中得知吾兄患盲肠炎，仍未克驰书慰问，仅嘱刚公赶速探听具体情况。闲居更与吾家两医士^①商讨病情，渠辈具说倘非急性而又医治及时，此病无大危险。神经过敏有如不佞，于此乃忧及其反，怒焉忧之。顾日日座中有客，戚辈又有自京而至者，草草作书，又甚非不佞所以待吾鱼兄，于是又嘱刚公速函荫公，亲到高斋代表慰问。以上种种，皆久未作书之原因。荫公未返时，此间古典文学小组长见告，不佞之课在学期之始，于是又复忙于獭祭。迟至此刻虽已命笔，而精神仍旧不能集中，心情不能安闲，除琐屑报告数月来生活情况，外此亦难多所发挥。谨祝吾兄健康日进、病患远离而已。

阳历年时曾有意效周晋仙"明日新年"体作《浪淘沙》词，曾告语刚、荫二公约同作，并曾函告历下家六吉弟。不佞既是白卷，刚、荫二公亦泥牛入海，而六吉则不知何故，片纸亦不曾寄

---

① 时顾随四女之燕、五女之平俱就读北京大学医学院。

来。兄词笔敏捷，休养多暇，饭后睡起，身心俱好时，如能首唱，企予望之。不佞客冬今春兴致颇好，身体亦不坏，惟精力不足，稍一劳作，辄觉疲软，如何，如何！

痔已大愈否？每日抽解后及上床前，热水渗之，不佞行之有年，至今不断，极有效。匆匆，敬祝

健康　并问

阖寓清吉

顾随拜手　二月十一日上午

兄于盲肠割治后，伤口久未愈合，今又复发痔下血，证明平时体气衰弱，遂乃恢复力不能强。久不觌面相逢，不审吾兄面色、体质何似？闻荫公说，素已不胖，比来更瘦云云。胖瘦虽不能绝对作壮衰之标准，要亦不无相对之关系。兄年事方盛，更不宜长此清减，此后必须注意食物营养，牛乳、鸡卵、鱼肉、菜蔬，必须使其丰富而适当，不佞来津后于此得力不少。十日大札所云疗痔之法，向日亦有所闻。不佞十馀年来亦有此患，久坐少动，病源如尊言。抗战初期，一意学书，伏案动是移晷。其时亦曾有下血之象，然行温水姑息治疗法后，即亦绝迹。蒙问特告。

荫公人极忠厚，比来治学更见聪明，其成就当较刚公为早；至果断不及老鱼，终是一病。假之岁月，其有济乎？刚公能阔而不能深，如何，如何！糟堂又白，同日上午。

须续写讲义，不得不阁笔矣。

《甘州》一词亦不□，但隔耳，即如"野潜埋痕"四字，真觉雾里看花。过片［较］胜。倒数第二□须作"一二一"，如耆［卿］之"倚阑干处"，□辛老子亦不简□。拟和之，事忙未□能如愿否。

三月二十三日

鱼兄座下：

昨日上午荫公转来月之廿日手书一纸，得悉种切。所说"消化不良"、"胀满打嗝"情形，既经医检查肠胃无病，便不须过于介意。不佞自廿岁起，即有此患，迄今不愈；且恐长此下去，竟此有生，亦未可知，足见其"无甚了得"也。防止之法，第一要注意饮食，蔬菜、水果，斟酌情形，尽可能多吃。两小女皆学医，曾劝不佞须日食青菜一斤，水果以频婆为佳。其言虽不可尽信，要亦自有其科学上之根据。茗饮勿使过酽，不佞好喝极浓茶，此亦"噫病"不能全愈之一因。刺激性食物皆应少进，不独茶也。兄亦不妨试行，此不独有助消化，且可预防便秘。惟据不佞经验，当年稼轩老子所谓"气似奔雷"者，决不全是生理上的病；若不是心理上的，亦是神经上的。饮食固须使之得宜，精神尤须使其舒畅，体力亦不可使其过劳。后二者如做不到，纵使竭力注意前一项，亦不可能收得多大功效。外此，则久坐久卧皆非所宜，要须量自家体力，作轻微运动。不佞于此，一场败阙。"八段锦"童而习之，近乃觉其偏于剧烈。大抵散步最为相宜，而曳杖独出，往往限于冥思，反使神劳。最好能与家人稚子同出，始得身心俱闲之妙用。又须注意脚力，稍疲即歇，兴尽即返。此是科学，亦正是艺术：深不得，浅不得；左不得，亦右不得也。最末，油腻不可多食。肉类以鱼为上，羊鸡次之，猪最下，可不食。（□须照顾个人"口味"，不可拘泥。）牛奶不如羊奶，羊奶不如豆浆，但须大量服耳。面不如米，死面如饼与汤饼之类，尤非所宜。（□不可急食，［细］嚼烂咽为□之。）更不可作过量食，□所谓"八分饱"，最妙，最妙。晚饭尤忌饱，谚有云"早饭少，午饭饱，晚饭不吃倒也好"是也。总之，有病在身，自当时时在意小心，然亦不可过于挂心，致成为精神上之负担。"忘"之一字，大有好处。但须是辩证的，而不能是教条的耳。

津市天气略如都下，已有廿许日不得快晴。中间加之以雪、雨、风、雾，而阴森潮湿尤为人所不堪，差幸无病，可以告慰锦注。昨一书想已达。草草。敬颂

健康，并祝

阖寓清吉

顾随拜手　三月廿三日午

"词史"稿终于不曾写。比亦无此兴致矣。

五月二十三日

玉言贤兄座下：

心有馀闲，体无馀力，此札且作简答简报看可也。

寿百兄转来经文两纸，未详自出，不敢臆对。《远山堂剧品曲品》久已接到，顷兄又以此为问，想此书非编者直接寄与不佞，乃兄中间作介，书局经手。久欲以一札寄黄公①致谢意，又以不审其住址而止。（转交或恐浮沉。）兄如作书与渠时，可代达下忱。

上海新文艺出版社寄来准备出版古典书目，意欲令不佞染指。自揣精力有限，未敢应承，而高公荫甫热心撺掇，代为拟定担负校注《拜月》《荆钗》两传奇，且直接函告社中。不佞比来日见其衰老，在此教书时时有小任务须完成，已觉手忙脚乱，校注古籍颇难兼顾。寿百市隐不知有馀暇否？私意欲烦其相助为理，（应云合作。）先取两种不同本子，令寿百作校读笔记，然后由不佞订正误、定去取，兄以为何如？如以为可行，希先函寿百征同意，再由不佞约期一谈。沽上与市内相距五十里，往来不知有何种代步。如方便，暑假中不佞亦拟往游，久居软红，殊闷郁也。

和诗八章之第五章第三句失粘，兹改作"诗家千古无穷恨"，意虽不显豁，且使合格律。寿百说拙和大方，兄以为亦尔。反躬自省，唯有默认知我者之言之有当；然再一籀绎，便觉此得非士大夫即小资产阶级知识分子之涵养工深乎？士大夫修养乃随半生所致力，修是行，证是果，所谓求仁而得仁。顾在今日领导我们

---

① 黄裳（1919—2012），周汝昌同窗好友。《远山堂明曲品剧品校录》，〔明〕祁彪佳著，黄裳校录，1955年4月由上海出版公司出版。

事业的核心力量是中国共产党，指导我们思想的理论基础是马克思列宁主义，则是行是果，适成其为包袱而已耳。日日坐书斋中，与劳动人民大众绝缘，其结果必至于是，亦事之无可如何者矣。

正刚比教学俱有成绩，唯积劳之下，时时患病，孔子曰"斯人也而有斯疾也"。草草，直不能达意，尽言云乎哉！此颂
夏祺

顾随顿首　五月廿三日午刻

大作赠凌公诗□效长庆体①，正□谓与不佞同病［相］怜也。

---

① 凌道新（1921—1974），周汝昌同窗好友。"赠凌公诗"作于1955年，题为《临缄承吟奉寄道新北碚山城仍效长庆》，诗云："回首巴山一万重，巴山深处记相逢。联镳寻胜秋云碧，排座敲诗夜烛红。身侧京华星斗近，意回峡水梦魂通。悬知绛帐风流事，新在添香彩袖中。"

十一月十日

【前缺】

　　兄之言虽对不佞有所偏爱，却亦并非过奖。惟所云每天可读一本苏联理论或作品，此则告者之过。作品或可一本耳，若理论书则决不可能，且亦万无是理。马列主义之理论何等精湛，一日一本老糟决不能办，且本有大小，又未可一概而论也。若其每有会心，读书得间，即亦不敢过谦耳。

　　缪公诗[①]甚有致，会当和作，惟原作第七句之"讨"字不失粘否？比尚未开炉，天冷，坐久腰楚，姑止是。专此，敬祝

健康

　　　　　　　　　　顾随再拜　十一月十日下午

---

　　①缪钺（1904—1995），四川大学教授。诗为《奉送汝昌先生赴京》，作于1954年5月，诗曰："人生离别亦常事，相契如君世所难。蜀道江船劳远道，断江新绿又春残。读书如水能寻脉，谈艺从今恐寡欢。珍重红楼研讨业，伫看天际振高翰。"

十一月十日后

射鱼吾兄座下：

今日上午到此间收发室取当日《人民日报》，乃并得九日手书，颇出意外；及见函面字画清劲，更喜出望外。所以者何？诚如兄言，政扬已以近况见告，故不望最近能得手札，又以为既在病中，作字定苦腕弱，精力亦难饱满，今乃一切反是，即不论书法，但就一无涂改钩乙而论，亦见气力之充沛也，焉得不出意外且出望外乎？六日曾作书与令受白兄，附小词两章，而购邮花不得，未能寄出。是日下午，政扬即来访。次日乃更写得二纸，并嘱受白转寄，大约此时业已入览矣。养生一事，诚如某先生所言，然尚嫌其未能精辟。用卅度光即开卅度光，如是，如是。顾何以能到如是田地，则必有待于不佞二纸所云之"抑制作用"。此亦非不佞之言，乃巴甫洛夫之言也。至兄说彼时有一定程度之兴奋，过后乃倍疲倦，自是不易之论，而不佞久已知其如……

【后缺】

附：致周祜昌书

【前缺】

昨日上午写得一书，以邮票用罄，未能发出。下午南大许政扬兄忽见过，具说国庆节日曾在京中晤及令玉言，并略述病况，何其一似不佞当年耶！私意亦只是神经衰弱，倘手术刀口业已愈合，此外即更无它病。据不佞经验，神经衰弱绝无危险，中西医亦俱如是说。特效药物亦尠，惟长期休养最为上策。然言之匪艰，行之维艰，吾辈读书人一日不开卷，便是《西游记》中所谓猢狲没棒弄了，而神经衰弱在吾辈之条件下又决不可以读书，此一矛盾至难统一。若只无事静卧，而又不能入睡，则神思飞扬，益用增劳，非所以休养也。不佞病时曾生妄想，以为最好能作到佛家之"一齐放下"、"一心不乱"，然亦终于妄想而已耳。愈思一齐放下，愈是不能放下；愈思一心不乱，心愈是乱得一团糟。其实一齐放下、一心不乱，绝对可以办到，且亦不须走佛家及禅宗道路，不过先决条件是身体之健康，换言之，即是倘若身体健康，便可以在精神上起抑制作用：放不下，可以强迫自己放下；心一乱，可以强迫其不乱。而吾辈之神经衰弱，其源起于身体衰弱，更不能起抑制作用，所以愈思放下，愈思不乱，而愈适得其反。为今之计，不得已而求其次，则听其自然不忧不惧，久而久之，习成自然，纵不能完全作到一齐放下、一心不乱，亦庶几乎近之矣。复次，此病既无危险，公家又复照顾，夫何忧何惧？听其自然，亦并非任马由缰，不施羁勒，古语所谓"无过无不及"，而今言所谓辩证法也。至于医疗，西医则红十字医院之睡眠治疗法，中医则针灸，举可以一试。不知玉言已试过不？

拙作《临江仙》小词真所谓"戏"作，且不可以为糟堂已到糟不堪言境界，倘真，如何能写出此等富于幽默风趣之小词乎？此二纸或可直寄玉言一看何如？

糟堂又白　十一月七日上午

食物营养最为要紧，牛乳、鸡卵，夫人而知之，葡萄糖〔亦〕大好，可用之代蔗糖。近顷闻□产鹿茸精□神经衰弱□效，此间

中文系王主任曾服之，惟比未相见，不知效力果在何等。玉言可
与医生一谈，看是否合宜也。购邮花不得，坐对此书殊叵耐，因
再识数语。七日下午。

十一月十二日～十四日

（一）

【前缺】

……及之，所知不得谓浅，亦颇行得一星小点，乃益有悟于古人委穷达任去留之旨，且自觉不致流入唯心主义宿命论之邪途。维我言兄识老糟之匪夸言、匪妄语。

第四女之燕今夏毕业于北京医学院耳鼻喉科，国庆节前分派到天津医学院作助教，前三年在天津总医院作实习大夫以资培养。第三小婿曹桓武先是亦自京政法学院调此间教师学院工作。每值休沐之日，二宿舍楼下已不似向日之沉寂。老妻乃大悦，不佞当然不会适得其反，然有时亦颇嫌其扰攘，有妨于静养沉思或昼眠也。家继慈①顷患偏枯，卧病济南舍弟寓中，六吉食指已繁，所入无几，医药之资须挹注于不佞。又有一痴弟，自幼不慧，今已廿馀，不能生产而日食窝头两斤馀，六吉只有唤奈何而已。草草又尽两页纸，欲言尚有未尽，疲甚且止。顾随又白，十一月十二日午。

吾有六女子子，而三小者皆自能奋勉。喜暮年第六女在京府前街幼儿园为教养员，国庆节前已被批准为候补党员，老人为之喜而不寐。告知言兄，不嫌有誉女癖也。

---

① 顾随继母姜氏，生四子一女，"舍弟"六吉、"痴弟"宝秋皆姜氏所生。

川大缪公有长句赠玉言，蒙玉言写示，循
读再三，感而继作

目送堂前东逝水，始知无负此生难。力追日驭（与时
间赛跑）心犹壮，坐俟河清（谓根治黄河水害与开发黄河
水利计划）鬓已残。不分形骸隔长路，尚馀诗句佐清欢。
维新周命无穷业，万里江山待藻翰。

缪公之诗并非不佳，然未得谓之为现代诗家之诗。所以者
何？虽属民族形式，而非社会主义现实主义底内容故。至于胎息
古人已到何等田地，又在所弗论也。拙作亦力不从心：概念化，
一；未能使用现代语，二也；然其大原因则在于无实际生活作为
创作之基础。此一条件而不能具备，则虽技巧极其成熟，情感极
其真实，思想极其正确，仍不能写出现代诗家之诗，而况老糟技
巧之尚未成熟，情感之未必真实，思想之远未正确也邪！凡此狂
言难以语缪公，然不能不以语之玉言。曹子建有云："恃惠子之知
我也。"一九五五年十一月十二日午睡不成因识，糟堂。

（二）

言兄再鉴：

前日午后写得两页纸，泊乎灯下又和得缪公诗[①]，昨日上午有
两节课，下午系中有小会须出席，虽迟到早退而腰酸背楚不复能

[①] 诗即上文所录《川大缪公有长句赠玉言，蒙玉言写示，循读再三，感而继
作》。

有所作。六时顷，高荫父又见过，放论阔谈一小时许，高公既去，不佞亦倦不可支矣。然午间得令受白兄书，具说重阳后曾相晤于都下，且云吾兄精神大致不错，且时赴雍和宫小市物色书籍碑帖，乃知许公政扬未免又……

【后缺】

十一月二十二日

无眠口占

无眠空展转，众忧一时生。凛凛寒潮渡，萧萧落叶鸣。双铧饶马力，万古事秋耕。未惜劳筋骨，千年河一清。

鹧鸪天

闻人言今岁津门菊事甚盛，公园所列数千

馀种。抱疾畏寒，未能往看，赋此不足以

当屠门之大嚼也。

败叶萧萧绕砌鸣，早寒尚比暮寒轻。飘摇白日风初定，酝酿黄昏雨未成。　　夸晚节，制颓龄。东篱搔首起深情。(陶诗"菊为制颓龄"，又"缅然起深情"。)灵均千古凭谁问，秋菊那曾有落英。

木兰花慢

有见余《临江仙》词而谓其俳者，赋此解

嘲。(十一月十七日失眠枕上口占)

揭来三十载，所爱读、大文章。有鲁迅先生，先之《呐喊》，继以《彷徨》。清狂，只今渐减，养新知，说法笑空王。(杜诗"新知涵养转深沉"。近学辩证法，久弃佛法。)不信旧时苦水，胜如此际糟堂。　　苍苍，葭苇露为霜。闲话莫商量。正毕罢秋收，仓流囷满，地净场光。开张。暮霞倒影，被青山一抹渐微茫。认取当楼残照，明晨便是朝阳。

近作小诗一首，又词二章，写奉鱼兄一看。

糟堂　十一月廿二日午

十一月三十日～十二月三日

鱼兄座下：

奉到长札三纸，忽忽便已数日，所以迟复，一者病仍未大愈，二者家弟避妇难于廿四日来津，三者老妻与我同病，均不免乱我心曲也。连日两人俱稍缓，家弟亦已于前日返济，乃得静坐草此书，然体力不佳，恐亦只能作简答，不足以副吾兄之期望耳。

"难"韵一律[①]，不佞曾谓元唱不似现代诗人之作，但拙和亦并非如来札所言之如此作意，何至使吾兄弃甲曳兵而走乎？艺术性暂置之，今且论其思想性，悲穷或无之矣，若其叹老之情，纵不跃然于纸上，固已流露于行间，即此一端，亦已大悖乎新现实主义文学作品进取乐观之革命性、人民性矣；若再论及党性，则岂复有一毫厘乎哉。夫如是，则拙和五十六字更无一字可存，正宜"拉杂摧烧之"而已耳。鱼兄固不必望而生畏，而不佞又有甚底嘴脸去批评缪公也耶？至于其它不合诸端，则上次录稿时已批诸稿尾，此刻又不须重说也。若夫吾兄拈出拙作前四句之第二字皆动词，未免过于一律，诚然，诚然，如是，如是。然第五六之"不分"、"尚馀"亦皆动词也，吾兄于此未免失察。一律八句而其中六句俱以动字领出，病亦甚矣。然而西施之颦何莫非病，而人以为美，不佞于此不自恨其颦之成病，但自恨其身非西施而已。《文心雕龙》谓："粉黛所以饰容，而倩盼生于淑姿。"今世作家，其思想意识中若有一丝头不合马克思列宁主义之世界观，则其所作便与社会主义现实主义文学有老大之距离，不佞之雕虫小技又

---

① 即和缪钺诗。

不在话下也矣。

十日来不曾下楼，新版《三国演义》[①] 尚未得见，昨嘱荫公代为物色，亦不识此间系中有此书否？大序前言，读后如有所见，定当告知。政扬以其论文见示，病中时时苦头昏，尚未能细读一过。今日上午作两纸，午睡后或当续写，须看有无客来或体气如何耳。

顾随　卅日

荫公处无消息，大约系中无此书也。十二月二日早起。

比时时有客来，作书每中断，非专因病后无力也。十二月三日。

---

① 作家出版社1955年9月出版的新版《三国演义》，书前有周汝昌1955年6月所作前言。

十二月二十五日～一九五六年一月一日

（一）

玉楼春

再赋全国棉粮增产，用旧所谓俳体。

河流让路山低首。人力胜天凭战斗。涝时排水旱田浇，天没良心人有手。　　最高记录真非偶。堆积棉粮高北斗。一年高了一年高，有史以来从未有。

《稼轩长短句》收《玉楼春》十七首，胡莱菔就烧酒，干脆之外更无馀味。不如《六一词》中"春山"、"尊前"、"两翁"、"雪云"诸阕之沉着痛快兼而有之也。今兹不佞步武辛老子，自当更下一等耳。同日又记。

笨贼落网，供出窝主，适成其为笨贼而已矣。次日自评。

浣溪沙

病后体软，慨然有作。

唯物唯心岂一如。病来久废读新书。填词枉是学辛苏。　　垂老江郎才已尽，入山飞将气犹粗。阵前立马尚能无。

小资产阶级知识分子个人英雄主义残馀意识，在八识田中根深蒂固，佛家所谓"劫火烧之不尽"者，稍一走做，便露马脚。思想改造工夫何可放松也。同日又记。

"劫火烧之不尽"殊不妥，大似宿命论者之言。此当云"野火烧不尽，春风吹又生"耳。

右小词二章，皆廿四日上午所作。《玉楼春》真所谓"俳体"，虚飘飘几如灯草，更无分量，反不如《浣溪沙》之沉实。于以知虽有正确之思想，而无伟大之情感，譬如秋鹰，纵然细筋入骨，而无健翮劲羽，不能高举远翥也。言兄以为尔不？述堂，廿五日灯下。

（二）

木兰花慢

病中几于日日理稼轩词，感题。

义旗南指处，突北骑，上江船。甚抚剑登楼，翻成游子，拍遍阑干。词编。一十二卷，是南山射虎响惊弦。落地得辛为姓，居家以稼名轩。　　村边。黄犊十分闲。恰对夕阳眠。更一片蛙声，中天风露，半夜鸣蝉。堪怜。此翁不见，有丰收记录达空前。更要层楼更上，明年高似今年。

稼轩《永遇乐》词《戏赋辛字送茂嘉十二弟赴调》有云"千载家谱，得姓何年"云云。"高似"犹言"高于"，凡言"大似"、"强似"、"胜似"等，准此。"似"，上声，读若"死"。辛老子以"稼"名"轩"，因自以为号，盖始于定居江西时。心折渊明归田躬耕，亦其一端。然集中词如《鹧鸪天》之"却将万字平戎策，换得东家种树书"，《行香子》之"都休殢酒，也莫论文。把相牛经，种鱼法，教儿孙"，尚不免出于愤慨。《临江仙》之"花飞蝴蝶乱，桑嫩野蚕生"，《鹧鸪天》之"陌上柔桑破嫩芽，东邻蚕种已生些。平冈细草鸣黄犊，斜日寒林点暮鸦"，又"千章云木钩辀叫，十里溪风稞稏香"等等，亦止于客观佳句。至若《满江红》之"春雨满，秧新谷。斜日永，眠黄犊。看云连麦陇，雪堆蚕簇"，《鹊桥仙》之"酿成千顷稻花香，夜夜费、一天风露"，《西江月》之"稻花香里说丰年，听取蛙声一片"，虽与农民未能同甘苦，而能共忧喜，不能以"子非鱼安知鱼之乐"难之。千古诗人唯陶公之"平畴交远风，良苗亦怀新"、"侵晨理荒秽，带月荷锄归"高居上头。所以者何？实践胜空想故，参加胜旁观故。少陵生丁乱世，满目疮痍，戎马生郊，农村凋敝，绝叫"千村万落生荆杞"，"禾生陇亩无东西"，不能有此田家乐也。时代所局，"诗圣"于此，不得不让"词英"独步。顾为不为与能不能之间，又不可以不辨耳。一九五五年十二月廿六日述堂又识。

廿六日写得两纸，适高公讲辛词，正作总结，因与之以供参考。连日有琐事，兹始得重写。除日记。

戴月轩笔只好写清朝殿试对策大卷耳。元日又记。

（三）

水调歌头

一九五六年献辞

南下指沧海，西上抵荒遐。工农兄弟合作，变革旧生涯。岂止从无到有，更要天长地久，时刻有增加。规划到全面，领导不偏差。　　接年头，辞岁尾，望京华。分明全国心脏，红日灿朝霞。六亿人民崛起，一个巨人形象，险阻没拦遮。插手补天缺，黄土变金沙。

五五年十二月廿七日稿，五六年元日重录。

浣溪沙
赠通县某农业合作社农民号"老来红"者

一自翻身大运通。人民自作主人翁。丰收全不靠天公。
五十娶妻还生子，三年入社不餐风。老牌真正老来红。

重字之多，仍借辛老子词为遮羞。五六年元日录呈言兄过眼，顾随。

（四）

去岁十二月廿五日书有云：新词有言"但是知音，都属人民"，[1] 思断章取义，聊借此八字矛以攻盾。杀法利害，来者不善，禅家所谓"狭路相逢，劈面便掌"。不过，天不灭曹，纵到兵尽矢绝处，自有救援从天而降。言兄且着眼者，《伏契克文集》页七十《在伊·彼·巴甫洛夫的灵柩前》一文有曰：

---

①此信未见，词即《行香子·自题所作词》："故国重新，事业如云，百忙中肯做闲人。莫言衰老，且自精神。且忘风华，扫风月，走风尘。　但是知音，都属人民，更何辞歌遍阳春。丝丝入扣，字字传真。看一番歌，一番好，一番亲。"载《新港》文学月刊1956年第4期。

他这个学者并没有把自己的科学局限在厚册巨著里，或者是实验室里。他的劳动成果深入到工人和集体农庄庄员的意识中。当然，千百万普通的人们还不能够深刻理解他的各种研究的过程，他们还不能够转述他各种科学论文的内容，但是他们每一个人却都了解：伊凡·彼特洛维奇·巴甫洛夫打开了自然界人体的伟大秘密：他帮助人认识自己，因而，也就使人变得更为坚强有力。[①]

是亦断章取义也。此复，并贺

玉言吾兄新岁延禧

顾随　元旦

刚公项上生疽，发烧不能上课。医说并非恶性，顷已退烧，并闻。

过年后便须准备出台，此后音闻当减少，先此声明。

在津两女子子与在京两女子子今日将碰头于师院二舍。此刻出席者已及半数，大约再有一小时许，定可到齐，不佞不能继续写信矣。

---

① 引文出自《伏契克文集》，中国青年出版社 1955 年 11 月版第 70 页。稍有出入，已据印本订正。

一九五六年

（十二通）

一月三日～六日

（一）

乳燕飞

吾有两女在津，三女居京。除夕元旦有两
女自京来津，其最少者已于去岁被吸收入
党，于其行也，赋此词以送之。古有誉儿
者，吾今乃誉女。①

五十馀年事。算何曾、胸罗万卷，路行万里。三客津
沽身已老，旧学从头重理。愧伏枥、长嘶病骥。②日日出
门成西笑，望赤云天际峥嵘起。歌一遍，情难已。　　莫
言弱女非男子。慰情怀、一堂聚首，年头岁尾。最小偏怜
偏进步，加入工人队里。全压倒、老夫意气。战斗精神知
何限，共春花、国运韶光里。搔白首，悲回喜。

此章上午谱就，灯下重录一过。至歇拍六字，乃觉大有悖乎
社会主义现实主义文学之旨。其当改作"真个也，令公喜"乎?
然又与前此风格不类，会当别拟。小词真不易作也。一九五六年
一月三日，顾随自记。

改句实实要不得，不如仍旧贯也。四日上午记。

"气"字韵先作"平添了、先生意气"，亦以原句为佳。又记。

---

① 其时顾随二女在台湾，长女、四女在天津，三女、五女、六女在北京。

② "旧学从头重理。愧伏枥、长嘶病骥"数句，原为"负却当年壮志。纵长
嘶、犹惭病骥"。原稿上作如是修改，页眉上自注"六日所改"。

"还"、"回"本同义字，然词曲中之"还"多为"还又"字，其在现代语中尤然。为避混淆，改易为"回"，实不如"还"字发调。四日下午。

（二）

南歌子

荒漠乌金溢，高炉铁水翻。凿穿爆破复钻探，试看车行飞过、万重山。　　故国三千岁，浮生六十年。无人热火不朝天。[①] 敢惜镜中霜鬓、与华颠。（苏联人谓原油为乌金。）

南乡子

题《人民日报》所载四川郫县某农业生产
合作社七十一岁老农民像。老人犹能参加
劳动，且请人为记工分也。

岂只笑颜温，炯炯双眸更有神。试看七十零一岁，工分，犹自辛勤不让人。　　谁道老残筋。子子孙孙孙有孙。填海移山无尽业，人民，永世金刚不坏身。

今日枕上口占《南歌子》一章，起床后见天色如墨，点心茗饮后甚无意趣。女子辈已于前日各就岗位，独坐窗下，颇寂寞，复吟成《南乡子》一章，写奉言兄一看。一九五六元月四日，顾随。

"试看"七字拟改"七十高龄心力壮"。

[①] "无人热火不朝天"一句，原为"人民热火正朝天"，亦"六日所改"。

（三）

水调歌头

一九五六年献词

南下指沧海，西上度流沙。工农兄弟合作，变革旧生涯。岂止从无到有，更使天长地久，时刻有增加。规划到全面，领导不偏差。　　接年头，辞岁尾，望京华。分明全国心脏，红日灿朝霞。六亿人民崛起，一个巨人形体，险阻没拦遮。山岳为低首，铁树要开花。

重字太多，顾不来，遂亦弗顾已。同日又记。

浣溪沙

赠通县某农业生产合作社农民号"老来红"者

一自翻身气势雄。人民自作主人翁。丰收全不仗天公。五十娶妻家未立，三年入社运方通。老牌真正老来红。

右二章已写奉，今日大风中独坐，因复改定，再录呈一看。言兄以为何如？顾随，六日灯下。

前寄去之《减字木兰花》第八首中过片，"见说周郎曾顾误"之"曾"字，拟易作"知"，如此方能极双关之妙也。"解"字更佳，惜失粘耳。

一月九日

抒情诗之作，诗人所以抒写个人之喜怒哀乐，然决不能脱离叙事、写景，甚至说理，屈子《离骚》、老杜《北征》其显例也。此外，即不含有说理部分之抒情诗，亦无不有其说理之成分。所以者何？理者思想，而诗人不能无思想故。玉言自了，无烦举例。粤在古昔，悲怆、怨慕、愤激、慷慨之作，最足以引起读者之共鸣。所以者何？不合理底社会制度之下，大多数被压迫、被剥削之群众，无不有其悲怆、怨慕、愤激、慷慨故。洎乎现代，且不必说经济基础既已改易、上层建筑必然变更，即如人民当朝治理天下，则所谓悲怆、怨慕者，举已乌有，即其愤激、慷慨，亦别有原因，别有对象，大异乎旧时。抒情诗人苟其不能深入群众，感群众之所感，言群众之所言，则固已自外于时代，自异乎人群，其所作将复成为何等作品乎哉！于此，更不须举社会主义现实主义之原理以绳之也。词属于抒情诗，表现作风、创作途径，自当无以异乎上所云云。不佞一病，身心两方损失匪轻，惟于作词小有进益，或可谓为塞翁失马。至于词之形式是否宜乎今之创作，又别一事矣。此上

玉言吾兄史席

顾随拜手　一月九日上午

刚公项疽已愈，自上周起已登台，适间到寒斋来，说元气仍未恢复，然病已去身，可无忧耳。言兄比何如？过年后未得手书，颇念也。

明日起上课两周，每周六小时，补缺课，赶进度，暂时间恐不复作书矣。

一月十五日~十六日

（一）

最高楼

读宗子度《到拉萨去》^①因题（一月九日）

车行处，迤逦入高原。翻过雀儿山。雁飞不到猿难度，下临无地手扪天。透云层，穿雪壁，绕冰川。　　一队队、牛羊青草里。几处处、城乡平地起。添气象，布人烟。大家庭内多民族，自从解放得团栾。看仙虹，天外起，落人间。（藏族谓"虹"为"仙虹"，且以之为幸福象征。）

无实际生活经验，而第二手材料又不足启发灵感，譬之冷饭化粥，饭已自不佳，粥更难得有味也。

金缕曲

寒天尘霾中水仙怒放因赋（十四日）

何处昭君里。望荆门、群山万壑，平沙远水。脂粉嫌它污颜色，眉捧宫黄额际。浑难认、仙矾是弟。苓落夫容秋江外，更香销蒳苕西风起。开不到，雪天里。　　明玱翠羽参差是。问何堪、黄云堆雪，风沙未已。江北江南无消息，今夕魂归环珮。漫相看、香侵衣袂。白袷青裙倘依

---

①宗子度《到拉萨去》，中国青年出版社1955年11月出版。

旧，共斑斑尘氍浪浪泪。花与我，两无睡。

言兄过目。

顾随未定稿　十五日所录

（二）

玉言吾兄史席：

前昨两日，接奉两札，甚慰悬想。《采桑子》前片"年"字、"前"字、"鲜"字三韵，脱口而出，情景宛然，此是填词最高艺术手腕。过片不独有做作痕迹，而且只有技巧不见情思。"嫁女婚男"似亦不切合主题，是不出奇制胜。

老糟落后，良然，良然。至云手忙脚乱，白眉赤眼，即殊不尔。若云玉言之成就，即不佞之欢喜，此尚就两人交谊言之耳。"超师之作"，嫌于禅家常语，"后生可畏"亦是儒门馊话，（何必畏，畏个甚底？）惟有"后来居上"，乃是历史唯物论、放诸四海而皆准底规律。若不如此，不独无进步、无进化，即人类之灭绝亦已久矣。（不佞于此忽然使出登台说法伎俩，言兄前何必如此？所谓习与性成乎？）

然不佞之所以不赋公私合营，此外自有其主观底原因。生长农村，虽为地主，不无心肝，亦自能略知农民之甘苦忧喜。稍长学诗，便知爱好陶公及王孟诸家田园之什耳，因所习易于接收故也。解放后见苏联作家所作描写集体农庄之小说，每每不能释手，而思想则所谓"鲁一变，至于道"，不复能与旧时同日而语矣。五五年秋后，中国农村掀起社会主义高潮，继又见主席农业合作化

· 240 ·

报告，前因后果，旧情新思，机缘凑拍，写之以词，遂乃一再再三，此在辩证唯物所谓有其必然性者也。若夫商业，则素所不会，故亦不喜。忆舍下旧时亦于城中、乡下开设三数商号，顾每一涉足其间，便觉如鱼上陆地，不独举动不得自如，即呼吸亦觉困难。及长，每与戚串中经营贸易者会晤，未尝不觉其语言无味、面目可憎、居心卑鄙、宅情刻薄，即不能驱之门外，亦决不能与之周旋一室。今之商业社会主义化，自不宜与向日情况相提并论，然其不能激发述堂之创作欲，固无或改也。当否，自当别论；愿否，则决不愿。然则此时此际，放吾玉言走在前头，亦固其所矣。

复次，即使是伟人，亦不能行尽世间好事；即便是天才，亦不能说尽天下好语，况夫述堂既非伟人，又非天才。祖国事业，日新月异，风起云涌，自身纵不甘居于驽骀，固亦早类乎病骥，急起直追，有心无力，难乎哉，难乎哉！若再举例以实吾言，（十五日上午写至此。今日点心前后连续写两页，亦如来书所云，至此精力已尽矣。）苏联当年文坛亦不免有此现象。斯大林生时曾于会上发言谓，有些作家正在计划落后于现实多少才不算太落后。此乃"一掴一掌血，一鞭一条痕"底言语，而出之以和煦隽永，尔时在座作家闻之，亦不能不失笑也。今吾国作家知此诚矣，顾事业则超轶绝伦，而作品则瞠乎其后，是又中山先生所谓"同志仍须努力"者矣。不佞少小好为文章，老而弥笃，以语"文学教师"即不敢过谦，谓为"作家"绝不肯承当。禅家所谓"不入这保社"者，可以不在话下；况夫词之为体，又非面向大众之文学形式也耶？长语姑止是。

至大作《木兰花慢》一章，则过片为佳，前片为语言所累，不能运掉自如。然过片中亦有下字不当私意者："万畦"之"畦"、"波黄云"之"波"是也。又"春台更报阳春"，亦觉文不逮意，不识言兄以为尔否？篇末署"痛棒"，谦之太过。持近作两词以较刚公前作，实大过之。此由衷之言，非面誉也。比已上课一星期，三日六节，虽能支持，总少馀力。今日已写得三页纸，且阁笔。十五日灯下。

辩证唯物论者认宇宙一切物质在运动、在变化、在进步。社会主义现实主义文学家正依斯旨而创作，是故"去"、"来"、"今"际，最重者"来"，至"去"与"今"之意义，要在作家掌握二者之规律，以写来日之进步而已。不佞去岁杪两月中，于词最努力，较之以往，亦不得谓之无长进，然去社会主义现实主义之旨，尚大远在。十六日晨。

今日天阴，顿觉骨痛，明日有课，心存戒惕，即以此一纸为限。此未写信前所立私约也。

比思以词为讽刺作品，类若旧时所谓俳体，而意义之重大则远过之。新社会中种种落后分子可取作题材无论已，即如艾森豪威尔之咨文、杜勒斯之演说，皆绝妙底讽刺对象。世间居然有此等人作此等语，此等人又居然站在领导国家底地位，此等语又居然公开地说向世界人民，旧话谓之"不可思议"，今兹只能说是资本主义社会制度底必然现象矣。《人民日报》每每载观察家评论之文，尚嫌其不够犀利。然写之以词则尤属不易，形式之局限尚是次要，问题最难者风格，一不可滑稽，二不可谩骂。前者易失之油滑，后者每成为粗野。一油滑，一粗野，便完全失掉讽刺文学之摧毁与揭穿底力量，亦遂丧失讽刺文学之意义与其作用。其在作者则须才华洋溢、天机骏发，缺一于此，鲜能有济。

老糟既老且糟，言兄其有意乎？欲言者尚多，限于精力，只此而止。即颂

健康

顾随拜手　一月十六日上午

二月二十三日

玉言吾兄史席：

　　人日次夕手札今晨始接到，读悉近况，甚慰长想。"青草"十字，未之前闻，乡谚只曰"二月二拜年"而已。"青草"五字甚可爱，可以入词，兄谓尔不？

　　节前为《天津日报》写得《艾森豪威尔的错觉》[①]小文一篇，继之便是看考卷，甚觉闷损。除夕有两小女在舍守岁，其一是此间总医院住院医生，其一则老夫为赋《乳莺飞》者也。身长体衰，熬不得夜，更谈不到守岁，十点钟后即在书房内洗脚上床。节后又有两小女来，长女且携带外孙三人，亦颇热闹。自是至破五日，座上时时有客，酬对劳神，几于不支，势须休息，前后竟无只字，正与吾兄旗鼓相当，一笑。守白曾来相看，大约在初五日，坐谈一小时而去，留之饭，则曰尚有家兄在戚串家相候云云。

　　津市成立作家协会分会[②]，不佞竟被推为筹备委员会委员，事前亦未征我同意。去岁曾说"不入这保社"，如今说嘴打嘴了也。腰楚，甚草草。专颂

春祺

　　　　　　　　顾随拜手　二月廿三日六十初度之辰[③]

---

　　①《艾森豪威尔的"错觉"》，刊于1956年2月10日《天津日报》副刊第1424期。
　　②1956年4月，中国作家协会天津分会正式成立，顾随当选理事。
　　③1956年2月23日即农历丙申正月十二，顾随虚龄六十岁整。

一月二十九日～三月五日

黄山谷谓士大夫可百不能，惟不可俗，一俗便不可医。不佞弱冠时始知有此话头，嗣后时时往来胸中不能忘。不惑而后，涉世渐深，阅人渐多，益有味乎斯言。先君子性严厉，然出语极雅驯，每臧否人物，及所不当意，亦只曰"某也俗"，顾未尝举山谷语，想未见之耳，如见亦定必拈出也，而不佞幼小时固亦已知懔此诫矣。然"士大夫可百不能"一语，不佞后来却断断乎以为不可。居常告诫子弟，必须有一技之长，可以谋生，可以养家，即锢炉锯碗、修理桌椅板凳，等而下之，挑水、担粪，亦无伤。而吾家正值盛时，弟辈虽闻此语，亦悠忽置之而已。抗战军兴，兵燹之馀，家产荡然。舍弟辈流离困苦，有不能继饘粥者，平居未尝不叹不幸而吾言中。泊乎今日，劳动是公民天职，黄语之不能成立，夫何待言？所可取者，"不可俗"三字耳。顾"俗"之一字，其意义又当作如何解释乎？旧日士大夫之所谓不俗，看花饮酒（一月廿九日上午）、登山临水、弄月吟风、寻章摘句，其大较也。上之愤世嫉邪、痛哭流涕，适足以自戕；下之玩世不恭、游戏人间，何补于生民？总而言之，直接底寄生虫、间接底吸血鬼而已，不俗云乎哉！此在君子道消、小人道长之际，或亦自有其不得不然者在，而以现代之世界观与人生观言之，其意义果在何等？卧龙之不俗在其六出岐山[①]，而不在其抱膝长吟；彭泽之不俗在其躬耕南亩，而不在其采菊东篱。换言之，能以六出岐山[②]，乃可以抱膝长吟；肯于躬耕南亩，乃许其采菊东篱。不然者，抱

---

①②岐山，当作祁山。

膝长吟、采菊东篱，其俗入骨，不复可耐也。际兹社会主义革命已达高潮之日，真所谓小人道消、君子道长之时，明时盛世，亘古未有，事业发展，人心振奋，抱膝长吟、采菊东篱可以勿论，顾今之所谓知识分子之不可俗，犹夫旧时代士大夫之不可俗，且又过之。俗者何？一智自矜、一得自夸，满足于已得底成就是，馀类推，兹不赘。不俗者何？学习是，工作是，批评与自我批评是。（一月卅日上午）

有周总理关于知识分子之报告，此真不必续写。三月二日。

星期一日雪后大风中按时上课，竟至中寒，连日四肢酸楚，至不可耐，昨日遂不得不告假。正刚来看，说吾兄得奖，病中闻之，欣喜无既。旧时政治制度腐朽黑暗，赏不足以为荣，有时且足以为辱；罚不足以为辱，有时且足以为荣。今兹则不尔，赏有功，罚有过，既属当然，亦且必然。以兄之工作而受奖，正在不佞意中，其欣喜复何待言？正刚又述兄近来健康情形，如头痛等等，不佞看来皆不是病，而是神经过度紧张所致，况且感觉锐敏，情感丰富，其结果必至于是，此或亦可谓为不佞经验有得之言。先儒谓"无入而不自得"，此或有语病。佛如来力诫其弟子"破烦恼恶"，"烦恼"而谓之"恶"，此语至有味。若马克思列宁主义之世界观与人生观，兄已悉知，无庸絮话。头痛，草草，即颂

玉言吾兄健康

述堂白　三月二日灯下

邮票用罄，此书竟至迟迟不能发出。病仍不愈，今日又告假，甚怏怏。五日灯下。

三月十九日

言兄座下：

比来想玉体至康吉。高兄曾上一书，不佞托代致意，谅已达。课事于日前结束，自此可得两月休息，直到五月杪始有五小时课，刻下大可说是无事一身轻也。孙兄《定风波》词兼和章都已拜读，惟挑战则恕不应战，词笔生疏，诗思迟滞，不在话下。

月来讲授元曲，觉关汉卿真不可及。静安老子谓为"自铸伟词，冠冕元人"，良非虚语。其所作杂剧见于日本《覆元椠古今杂剧卅种》者有四本为《元曲选》所未收。而焉乌成马之外，复加之以残缺遗落，兹拟取《拜月亭》《单刀会》《西蜀梦》《调风月》四剧尽校补之，其上下场诗及宾白亦添写具备，使成为完整可读之本。① 现《拜月亭》曲文校补已大致竣事，只欠宾白，《单刀会》工亦逾半。前一种本事有《南曲传奇》可资借镜，惟末折之团圞与传奇不同，然不佞揣摩之馀，自谓已与已斋老子心心相印。（《拜月亭》之为［曲］剧，前无古［人］后无来者，莎氏之 Comedy［of］Error 尚逊［其］关目之自然。［不］佞去春曾有［文］大肆讥评，［此］刻想来，真［蚍］蜉撼大树［也］已。）《单刀会》孤本杂剧已有全文，本可不补，然取孤本与《卅种》对勘，则不独孤本曲文每有删节，即字句间一字之差亦往往有金铁之别，是以不惜费手。《西蜀梦》宾白全缺，但三国事人所熟知，补写当亦非难。

---

① 据《天津师范学院 1956 年科学研究计划》显示，顾随的研究题目之一即《关汉卿杂剧选注附校勘记》，研究期限为 1956 年 3 月至 1957 年 12 月，研究目的的表述为："选取关汉卿杂剧中较难的几本加以校订或注释，以便阅读。今年将《单刀会》《调风月》《窦娥冤》注完。"

惟《调风月》本事出处全然不晓，登场人物姓名除旦色燕燕外，剧中亦无明文，故事情节虽可揣知大略，而三四两折纵使不至扑朔迷离，仍不克了若指掌。(《调风月》曲词〔妥〕贴排荦，□王实甫〔马〕东篱亦当□下风。)于此深恨不佞与吾兄不能聚首一堂，共与琢磨切磋，且又不宁此一剧而已，其它三本校补之际，每一字有得，亦憾鱼兄不能相赏；一字有疑，亦憾鱼兄不能相助也。老杜诗曰"萧条异代不同时"，然又岂独不同时之可恨，同时而不同地，恨与不同时等耳，如何，如何！

老兄试思，老糟刻下修如是胜业，能有馀暇馀力为小词乎？即此一札，亦是工作隙间，信手挥洒，所冀知我之谅之也。敬祝健康

不能已已。

顾随拜手　三月十九日午

久不以羊毫作字，此偶用之，觉柔而无骨，甚不中书，字画颓唐，职是之故。又及。

四月十七日～二十日

（一）

言兄如晤：

　　得手书已久，病、忙、懒三者交加，迟至今日，始能作复，然匆剧间仍不克言之详且长也。春假及其前后七八日间上得六节课，又四次出席中国作家协会天津分会之筹备委员会成立大会与理事会，虽觉疲劳，而竟未添病，可以告慰。记得前此曾有书与玉言说"不入这保社"，今乃"竽木随身，逢场作戏"。述堂平生无一而不说嘴打嘴，而此次打得尤其响亮而清脆。伏契克有云，"生活中不可能有旁观者"，兹姑借此解嘲。不过中心实有感于文风之不振，思稍尽其绵薄，冀有补于万一，而培养青年作家尤惓惓不能去心。虽非登高之呼，已有闻风之应。此后恐更少馀暇与吾兄作笔谈也。所嘱两事无以应命，主因在觅书不得，惭悚，惭悚。草草，此颂

著祺

　　　　　　　　　　　　述堂拜手　四月十七日

　　来书云"工作即生活，绝无作客思想"，大好，大好！大是，大是！此境界看似平常，实不易到。不佞来津三载，尚不能到也。大抵不佞票友习气太深，有时且近于游戏，事业、学问两无成就，职是之故，思之慨然。

　　令受白兄通信处希见示。

六十初度，亲朋代为置酒，惭谢之馀，并赋长句

少日常为父母忧，衰残六十得平头。诗名匹似羊公鹤，身世难矜孺子牛。举国一心成大业，千家结社事春畴。新来喜气知何限，多感亲朋更劝筹。

荫公来视余疾，谈次语及剑南《沈园》诗。

翌日刚公来，复语及放翁《钗头凤》词，

何两公之不谋而合耶？病榻无俚，咏而

成篇

国仇家恨两难排，争得放翁怀抱开。铁马金戈徒谩语，斜阳画角易生哀。梦从破虏营中返，身向沈家园里来。好把新亭无限泪，当春洒遍旧池台。

近中不复能为韵语，两律尚是初春所作，录呈言兄一看，但非称意之作也。

述堂　四月十七日

(二)

言兄再鉴：

月馀来注射、服药、电疗，内外夹攻，健康似稍进。而前日大风，昨日落雨不成，今日又复沉阴，遂大委顿，筋骨酸楚，殆不可自聊。第六女于春假带病来津休养治疗，昨日始痊，今日下午便返京。适送之出门，归来上灯，独坐益觉郁郁不可堪。亦知此种情绪万不应有，而大半生小资产阶级文人习气，坚不可拔，加之衰疾，不能自制，以至于斯，如何可说？前书拈举"俗"字拟作详说，病体难支，戛然而止，所谓"书券三纸，不见驴字"。二月间病榻上时时背诵去冬所作词，初颇自得，继乃发觉篇中每每有俗句，于是回心内向，检点言行，遂乃发现自身充满俗气。言为心声，风格即人。人既有俗气，词焉得无俗句耶？以上所云云乃前此发书之本旨，未能完篇，转失本意，此刻仍不能细说，聊一发其端倪，吾兄当能自会之也。邮花适罄，今日此函尚不能付邮，明日有课，后日政协开会，恐短期内不复有书耳。

糟堂　四月十八日灯下

（三）

言兄三鉴：

昨日上午两节课，虽未声嘶力竭，亦觉衷气不足。下午小睡被扰，便拟写信，乃又有不速之客两人先后来，直至六时过，方得清净，然已不能动笔矣。政协开会亦以电话告假不出席。今晨近九时始下床，头晕耳鸣，虽云数十年之家常便饭，要自不易消受。适到医务室注射葡萄糖，归来烟茶之际，复作此纸，而昨所欲言，俱已云烟幻灭，难于再现纸上也。

小资产阶级文人之于小市民与单干中农，殆五十步之于百步，此其所以不能免俗，一如形之与影，形一日尚存，影一日不灭。古来避俗之士，上高山，入深林，与木石居，与鹿豕游，何救于俗？老糟自小不喜严子陵，山谷诗乃云"能令汉家九鼎重，桐庐江上一丝风"（记不真切，文或有误）^①，真酸臭不可闻。严君平似当减等发落，以其卜肆尚设在成都市上故。旧读唐人诗，以为孟襄阳之"微云淡河汉，疏雨滴梧桐"、韦苏州之"落叶满空山，何处寻行迹"，高不可攀，今日看来，一场话靶。耳际蝉鸣愈甚，纸又已尽幅，即亦不能不止于此。言兄解人，定会吾意。

廿日上午糟三笔

欲医俗，须深入群众，参加集体生活始得。欲以避世而医俗，南辕而北辙也已。

渊明老子，千古一人，不以隐士论，所以不俗，而钟记室乃以千古"隐逸诗人之宗"目之，固知小儿强作解事，不止昭明太子一人而已。

---

① 黄庭坚《题伯时画严子陵钓滩》："平生久要刘文叔，不肯为渠作三公。能令汉家重九鼎，桐江波上一丝风。"

四月二十三日～二十四日

此纸希寿白转寄玉言。[1]

　　妇人每鞋袜里多藏着病，灰土儿没面情。除底外、四周围、并无馀剩，几般儿窄窄狭狭，几般儿周周正正。几时得迤逗的独强性，勾引的把人憎？几时得使性气由他跐，恶心烦自在蹭？

（注）末尾是四个五言句子，分为两联，此定格也。

右关汉卿《玉镜台》剧第二折《牧羊关》章，并点定句读、分别正衬迄。此章语意猥亵，且不易解，兹本"临文不讳"之旨，不惜词费，姑一说之。"鞋袜里多藏病"者，旧时妇女每嫌脚大，鞋袜里多有"夹带"（如用糠袋垫起，大似近时高跟鞋之势），所以为"藏病"也。"灰土儿没面情"者，脚大鞋小，践履之下，鞋帮及地，底印在中，令人见而知其脚非真正纤小也。（所以云"没面情"。"没面情"，犹言无情面、不留情，能泄露真相之意。）故其下紧接"除'底'外，四周围、并无馀剩"，言：倩英小姐真正小脚，步履之下，只见底印，毫不见其他也。"底"者，木头底儿也。下二语又是注明"剩"韵一语，故曰"窄窄狭狭"、"周周正正"也。"几般儿"者，言之不尽之义。"迤逗"，犹引斗。"独强性"者，倔脾气。"勾引的把人憎"，招惹得伊嫌我也。"人"者，自谓，非第三身称，今口语中尚有之。伊既嫌我之"贫"（讨厌之

---

[1] 此行见诸页首，因知此稿系寄与周祜昌（寿白），并令其转致周汝昌者。

意），夫而后"使性气"（犹言气性）以"趾"，"恶心烦"以"蹬"。
然而我固勾心伊之如是，且惟恐不得伊之如是，而夙夜盼之，而
梦寐求之，故曰"几时得"也。^(注二)（贫矣！耍骨头矣！汉卿每有
此病。）

　　（注二）元俗夫妇共寝，合盖一被，夫在一头，妇在一头。此
关汉卿曲中"使性气由他趾"、"恶心烦自在蹬"义之所由来。共
寝、同被，今山东尚有此俗，谓之"打通腿"。（且亦不限于夫
妇。）《水浒》第廿一回云："半个更次，听得婆惜在脚后冷笑"，正
是此处注脚。不然，"脚后"二字，既无着落，亦无情理。复次，
婆惜不肯与公明"通腿"，故在脚后"打横"也。《西游记》亦每云：
"怀中抱子，脚后蹬妻。"①

　　玉言乃以"趾恶"为词，误矣。（"趾恶"一词，不得其解，
希见示。）

糟堂　四月廿三日下午

　　关剧《拜月亭》第四折颇不易处理。审曲文，明是王尚书以
亲女许与武状元（陀满兴福?），以义女许与文状元（蒋世隆），
阴差阳错，所以"到底"保持喜剧气氛。难解处在于：文武两状
头与老尚书何以于婚前俱不打听对方姓氏，以至"铸成"此一小
"错"。暖红室刻传奇，卅六出以下，言不成理，文不成章，直无
可借镜。世德堂本传奇，四十"折"及四十一"折"，似符合关剧
关目，然而生扭强凑，亦不能使读者心服。手下无汲古阁本，会
须到图中借出以资对勘，然此刻亦不能抱多大希望也。不过若在

---

　　①此注写在页眉。

254

校补时，肯（敢?）于瞒心昧己，偷天换日，虽不能坐断天下人舌头，亦可掩尽天下人耳目。

尤难在《调风月》一剧，本事全然是"不可知"，（人物姓名不妨以意为之。）又无如此类型之故事可供参考，真乃禅家所谓"蚊子上铁牛，全无下嘴处"。第四折开场，"老孤、外孤上，众外上，夫人上住"，直使人如坠五里雾中。又自第三折以下，其中"转关"、"发科"，校补之下，更为棘手。甚望言兄闲中一为籀绎，会心之处，纵使书札中不能详述，庶觊面相逢时可以细说。不佞此刻已下决心：誓将此剧补出。所以者何？燕燕实在是已斋老子笔下天才地创造出来的人物，而在旧底不合理社会制度之下，此君（燕燕也）实富有其典型性（富战斗性故）。只此一端，已不好让此一剧本长此埋没。[①]（廿三日灯下）其次则曲文之"妥帖排奡"，前书中已曾言及。举数章与吾鱼兄共赏之。（《宋元戏曲考》不曾举此剧，静老于此，得勿失却一只眼乎？）

第一折，借燕燕口，叙述"底下人"（元人所谓"下次小的每"）之痛苦，有：

〔哪吒令〕等不得水温，一声要面盆；恰递与面盆，一声要手巾，却执与手巾，一声解纽门：使得人无淹润。百般支分。

第二折，燕燕知"正末"已与另一女子订婚，悲痛之馀，怨

---

① 顾随有文《论关汉卿〈诈妮子调风月〉》，刊于天津师范学院《教学理论与实践》1958年第1集。

毒更深，有：

〔三煞〕明日索一般供与他衣袂穿；一般过与他茶饭吃；到晚送得他被底成双睡。他做成暖帐三更梦，我拨尽寒炉一夜灰。有句话，存心记：则愿得辜恩负德，一个个荫子封妻！

前三韵在已斋叟是寻常句，若在别个，便是出色句了也。

前一章〔二煞〕亦佳，可惜字画讹谬，不能卒读。

第三折前半，"正末"夜间仍向燕燕求欢。燕燕"赚"其出外赌誓：

（白）你要我饶你，咱再对星月赌誓。(末云了，出门了)

"咱"于句，属上乎？属下乎？

〔紫花儿序〕你把遥天指定、指定那淡月疏星，再说一个海誓山盟，我便收撮了火性，铺撒了人情，忍气吞声，饶过你那亏人不志诚。赚出门桯，(入房科) 呼的关上槞门，噗的吹灭残灯！

"噗"，元作"铺"。

"槞"，元作"笼"，弘治本《西厢记》中亦作"笼"。然后来别本以及元曲选中各剧，多作"槞"。槞，帘槞也，于义□长，故从之。又：笼门，得非今所谓□门乎？

今人作散文，尚不能如是自然生动，已斋老子使用形式文学，乃自然如是，生动如是，天才哉，天才哉！不佞旧日治元曲，以为东篱、实甫高不可攀，而今乃知，马过于飘逸，王过于秀丽，郁勃沉雄，"传"少陵、稼轩之"统"，非关莫属也。

糟堂　廿四日午写竟

今举所校补《单刀会》第三折之一章呈似：

〔柳青娘〕他止不过摆金钗六行。教仙音院秦生（奏笙）簧。按承云乐章。教光禄司准琼浆。他那珍馐百味□□□。明摆着金杯玉箸。按（暗）藏着阔剑长枪。我不用三停刀、不骑赤兔马、不列铁衣郎。（《孤本元明杂剧·单刀会》无此章）

校记："金钗六行"，平平去平，与谱合，当无讹。"秦生"下缺一字，今改"秦生"为"奏笙"，补"簧"字。"承云乐章"，平平去平，与谱合，当无讹。"承云"，俟考。或当为"遏云"。"将"，改"浆"。"百味"下缺三字，待补。（依谱，三字当作平〔或上〕去上〔或平〕，末字叶韵。此等处甚愿与老渔一商量之。）"金杯"上缺字，补"明摆着"，与下"按藏着"为对；"按"，"暗"之讹，兹改正。"三停刀"下缺一句，（"三停刀"当作何解？）依谱补"不骑赤兔马"。（"赤兔"亦可作"千里"，待酌。）"衣郎"上补"不列铁"，与上"不用"句为对也。

然此下尚有"道和"一章亦《孤本》所无，则颇不易着手：

〔道和〕我 **尚**①（斟）量、我斟量、东吴子敬

子敬无谦让。把咱把咱闲魔障。我这龙泉

都只为竟（镜）边你见了咱伧侲朽（搊搜相）。交它家难

交它交它精神袁（衰）。绮罗丛血水似護（镬）汤。觅

杀的死尸骸屯满屯满汉阳江。

校记：首三字，应叠，依下句，知"**尚**"为"斟"。搊搜，

元谚，今齐鲁间语讹作"奏势"，或别书作"伧傻"。前四行，每

行下端皆有脱简。依谱填补，虽非不可能，要未可草率从事也。

老糟　同日晚夕

---

①"**尚**"字及以下之"竟"、"伧侲朽"、"袁"、"護"均细笔圈起，并将校字
注于旁边。

五月六日

射鱼道兄座下：

日昨荫公患中耳炎甚剧，以肿至不能启齿，食物只进流质或碎块，如汤饼及面片之类。当然不能上堂，学子要求老糟垫戏，共垫三场，计六小时。荫公渐可而不佞乃告伤风，腰酸背楚之外，加以脚痛。昨荫公自南大返，乃云政扬亦病，诊后医嘱作肺透视，政公甚怏怏，恐是肺痨。兄比来大缓否？大家热火朝天奔社会主义社会，而我辈乃为病魔所苦，不能从心所欲，奈何，奈何！

"承云"蒙代查出处，甚荷。至"三停刀"一词，则殊不如兄所断。《孤本元明杂剧》中收关大王戏不少，几于每本皆有"三停刀"一词，甚或曰"青龙偃月三停刀"，于此知"三停刀"即关夫子所用之大刀！惟缘何而得此名，则不佞仍不敢断说。同缉已斋老子全集，英雄所见先得我心，皇天后土共闻此言，即请三世佛作证明亦得也。

荫公屡屡提及邀兄来津兼课，顾不太奢否？草草，敬颂
法喜

糟堂和南　四月[1] 六日灯下

---

[1]信中提及《单刀会》中"承云"、"三停刀"二词，当在1956年4月23日～24日之校补元杂剧稿之后，则此"四月"或为"五月"之误。

六月十七日

玉言吾兄座下：

手书接到已久，精力疲敝时不欲草草作复，精力稍敷馀，又有任务需要完成，是以迟迟至今始能动笔。然阴雨腰楚，又指腕木僵，亦只能作简答而已。

兄比得静坐力，此大佳事，老糟于此道非不知不信，只是心浮气躁，不能身体力行，又三月来治疗颇得力，每夕即枕不十分钟便已入睡，黎明始转侧翻身，稍一定心，又复睡去，有时须八时方起床。平生最以为苦者是失眠，今既有此现象，便已心满意足，不复更作非分之想矣。五月杪写成《论艺术夸张》①一篇，论文从王充、刘勰、刘知幾说到布什明、那查连科，得万四五千字，顷又痛删一过，仍有万馀字。日昨政扬兄来，即令其携去代为点定，所恨不得吾兄一过眼。此间课事已结束，然六月中有几次会须出席，亦难得安闲也。此颂

著祺

顾随拜手　六月十七日上午雨中

兄自蜀返京，忽忽便已两年，前此来书曾云"工作毫无作客态度"，谅不独以京为家，抑且以社为家矣，但不识八识田中，尚有旧日登台授书之残馀意识否？南开大学英语系停顿一年，顷闻暑后仍将恢复。据我所知，确有两位教授已出缺，其一作古，又其一已于去岁调京，皆不佞素识也。津师院旧有俄文系，暑后亦将扩大

---

① 此文收入1956—1957学年之油印讲义《中国古典文学批评》。

为西语系，大约英法文诸课皆将添聘教授，两校当事者，不佞俱可以说得进话去，不知吾兄亦略有见猎心喜之意不？但当今之际，各处俱苦才难，即使吾兄有意，社中亦决不肯放行耳。雨中独坐甚无俚，虽值星期，而亲友及小女辈无一至者，因复草此纸，聊当闲谈，无关宏旨。臂楚，姑止是。午后睡起或有兴，当再写。糟堂，十七日午饭前。

昆苏剧团在京演出，轰动九城，《十五贯》一剧尤脍炙人口，所谓"一出戏救活一剧种"者也。上月来津，盛况一如在京时，七十二沽间殆亦无人不说《十五贯》。第一日露演，不佞与高公荫甫受作家协会招待，即得大饱眼福。① 若夫耳福，则以重听不得不打折扣。然不佞之看戏，意殊不在听，此不独于昆戏为然，且亦以昆戏为甚。记得卅馀年前在京师，每观孙菊仙、刘鸿声两大老之戏，听时未尝不过瘾，出场园每觉无馀味。所以者何？有声而无色故。比重听较之卅年前加剧，故犹专意在看。《十五贯》剧中演员，各尽其才，各竭其力，更不消说，目所共赏、口所共赞、心所共识则在王传松同志之爨娄阿鼠，手足面目，自顶至踵，一动一静，无处无时而非内心之表演，而非塑像与图案，"技也进乎道矣"，京剧中如王长林、萧长华皆在下风，李敬山、慈瑞泉更属自郐。惜乎！老鱼交臂失之。同日午睡起作此纸。

---

① 1956年5月29日，《天津日报》副刊第1466期刊有顾随、高熙曾《"百花齐放"中的奇葩异草——谈昆剧〈十五贯〉》一文。此文系由高熙曾执笔，署二人之名。同年10月16日，《天津日报》副刊第1519期发表顾随《论一出戏救活了一个剧种》一文。

八月八日、十二日

蘧伯玉行年五十而知四十九年之非，孔子则曰："加我数年，五十以学《易》，可以无大过矣。"稼轩词则曰："六十三年无限事，从头悔恨难追。"王静安诗则曰："人生过去唯存悔，知识增时只益疑。"右公案一、话头三，不佞廿馀年来时时往来胸中。今日看来，蘧公最老实头，所惜文献不足，无从晓得此公所知者是何等非；尤其重要的是，此公知非之后，将采取何种行径耳。辛老子词家本色，一味感伤，不必深究。王静老太受叔本华氏哲学影响，怀疑之极，对于人生遂取虚无主义态度，令人读之不觉遂如子野闻歌，辄唤奈何，当今之世，行不得，行不得。倒是尼父能积极有办法。不佞浅学于《易》，无所知亦不识尼父为甚底要学《易》，学了《易》之后，又将作些甚底，但只看"可以无大过矣"一句子，此是何等精神！斯大林同志如知此，或可以不犯错误乎？八月八日下午。

苏联普里希文之小说，甚见重于高尔基，且誉之为"写作技巧已达到完美境界之作家"。其人生于一八七三年，不知今尚在人间否，然第二次大战后犹存。在其散文《北极蜜》中开端有云："晚近我有一个心爱的娱乐在脑中，唤起一个过去的朋友的记忆，把它用现在的眼光来衡量。"又云："可以用现代的眼光来衡量我们的过去，以资吸取经验教训。"（用陈良廷译文）后语或可为蘧公知非之注脚乎？普氏此文作于一九五零年，顷则已近孔子"从心所欲不逾矩"之年矣。然所谓吸取经验教训者，必其人精力旺盛，心胸开扩，见地明确，意气骏爽，乃可以与语此耳。

糟堂年来体气至不济，饱食终日，无所用心，便即面貌丰腴，举动轻快，脑力劳动稍一超过限度，病即随之，虽服药、注射、电疗，亦无济于事也。且所谓限度者，亦至有限，大约每日构思两小时，不能连续三日。思之气短，如何，如何。八日上灯后复作此纸，手战稍缓。

自五二年大病愈后，所写寄言兄诸书，殆无有如此书之不成片段者，既不能有所更益，又恐言兄悬念，则亦不能不发寄，除告罪外，更无可说。八月十二日午后。

十月二十五日

述堂近稿

《闻角词》① 断手于今岁一月间，三月中复病，乃不能为词，嗣是而后，几于并韵语而忘之。半载以来，仅暑假中有北曲小令三章而已。自建国节起，以纪念鲁迅先生逝世廿周年，起草《〈阿Q正传〉人物论》，课事牵帅，进行殊缓，而院中黑板报编辑部来索稿，先后谱得词二章以应之。旧习发动，偃息及散策之际，随时感受，信口吟哦，又得二章，今辑录之为近稿。一九五六年十月廿五日述堂。

木兰花慢
鲁迅先生逝世廿周年献词

揭来三十载。所爱读，大文章。有鲁迅先生，先之《呐喊》，继以《彷徨》。(起用旧句。)悠扬。傍河《社戏》，驾乌篷萧索望家乡。"日记"始于何日，"狂人"信是真狂。　荒唐。礼教甚豺狼。《祝福》也悲凉。甚导致《离婚》，爱姑奋斗，枉自奔忙。茫茫。一条道路，算阿Q孤独更堪伤。天上人间何恨，煌煌日出东方。

---

① 此集收 1952 年秋至 1956 年 1 月间词作，未印行。今存《闻角词剩》题记残稿，自述"闻角"之义曰："……卅年前读尹默师《秋明集》，其《破晓》五律一首发端即曰'破晓闻清角'，甚喜之，至今弗能忘，固名吾词曰'闻角'。角者，号角也。建设事业，云蒸霞蔚，一日千里，每读报未尝不鼓舞奋发，譬闻角声，号召前进。词名'闻角'，是其义也。"

先生回忆儿时故乡生活之作，最富于散文诗意，《社戏》其一也。然正如先生所云：小时吃过的香瓜、茭白、罗汉豆之类，后来再尝亦不过如此，只留着鲜美的记忆而已。是以《故乡》一篇开端即说："我冒了严寒，回到相隔二千馀里，别了二十馀年的故乡去。时候既然是深冬，渐近故乡时，天气又阴晦了，冷风吹进船舱中，呜呜的响，从篷隙向外一望，苍黄的天底下，远近横着几个萧索的荒村，没有一些活气。我的心禁不住悲凉起来了。"然所谓"萧索"与"没有活气"者，其时故国亦何尝不尔？此先生之心所以悲凉而不能自已也。《狂人日记》反对礼教吃人，发两千馀年之秘，乃前古未有之作，唯有"狂人"始信其为"狂人日记"耳。《祝福》中之祥林嫂，终生为旧社会制度所蹂躏、所摧残，卒于众人祝福之日投水自杀。若《离婚》中之庄爱姑，则较之为有战斗性矣，然屈于恶霸地主之积威，亦不得实现其志愿也。《彷徨》中写三进步知识分子：《在酒楼上》之吕纬甫终于屈服，《孤独者》之魏连殳终于自毁，《伤逝》之史涓生在丧失其爱侣与战友之后，仍思生活下去，而用说谎与忘却作前导，则其前途亦至渺茫——其病皆坐于孤军作战，同乎其为孤独者也。若《呐喊》中《阿Q正传》之阿Q，其无援助、无友朋，较之三人为尤甚，而其下场亦更惨已。

沁园春[①]

再赋

大好神州，近百年来，灾难二重：有吃人礼教，铜墙铁壁；殖民主义，亚雨欧风。所向无前，"冲锋陷阵"，大笔如椽，鲁迅翁。身当得：是文章巨子，"民族英雄"。　　何曾叹老悲穷？更不向当权一鞠躬。使"正人君子"，藏头露尾；帮闲走狗，哑口潜踪。世界流传，一篇"正传"，意匠回旋造化功。灵何憾？看人民六亿，丽日方中！

"冲锋陷阵"、"民族英雄"，皆毛主席《新民主主义论》论先生语。抗战前，日本作家每称先生为"鲁迅翁"，以表敬重。

贺新凉

深秋大风后散策体育场，见工字大楼已落成，其旁其前则旧岁所建"青年"、"幸福"、"劳动"、"建设"诸楼。因念工部因"茅屋为秋风所破"而有"广厦千万间"之叹，余乃自幸生今之世也。

千古骚人意。问何缘、当年曾说，悲哉秋气。万里江山哀摇落，异代萧条垂泪。算只有、浣花老子。八月秋高非不好，奈三间茅屋西风里。茅卷去，凉如洗。　　床床

---

① 此词刊于 1956 年 10 月 26 日《天津日报》副刊第 1521 期，题为《沁园春·鲁迅先生逝世二十周年纪念日作》。

屋漏何时已。更遥空、如麻雨脚，墨云无际。沾湿长宵难教澈，念念心存寒士。又黄叶、纷飞飘坠。我比少陵多幸福，见万（万当为千）间广厦连年起。还更为，少陵喜。

鹧鸪天

困苦艰难两莫辞。山川满目耀奇姿。悬江夜雨初晴后，浴海银蟾欲上时。　　将进酒，更吟诗。忙人不是不相思。明朝踏遍千峰顶，折得山花寄一枝。

十月廿五日灯下录竟，微雨初过，夜凉如水。

贺新凉

以前作写似孙正刚，正刚有和作[①]，辞意
殷勤，虽曰见爱，实乃过奖，步韵成篇，
所以自剖。

多少凄凉意。最难堪、病躯包裹，一团生气。早信文章传千古，懒入诗坛酒会。身兼作、雅人俗子。柴米油盐成家业，撚吟髭对影空斋里。衣可浣，恨难洗。　　大师有集名《而已》。是之先，一声《呐喊》，《彷徨》天际。闻道非迟勤行晚，三十年来"中士"。纵壮志、如今未坠。清角凌晨召前进，便闻鸡、也拟中宵起。心总是，杂悲喜。

[①]《述堂近稿》中此词之下录有孙正刚"和作"《贺新郎》："说尽平生意。又当时、高秋季节，晚晴天气。千古骚人登临处，幻想风云相会。总输与、糟堂夫子。腹稿新来安排就，正神州大业飞腾里。文物盛，甲兵洗。　　尊前甚事情难已。一桩桩，从头细数，卅年遭际。挥麈谈禅今犹昔，逐岁更添佳士。几曾见、黄花能坠。清角惊回迷离梦，晓星沉，冉冉朝阳起。思往哲，涕还喜。"

　　知学鲁迅先生近四十年，然所学者，语言文字边事，若其伟大之学识与夫战斗之精神，何曾学得一丝毫？老子曰："上士闻道勤而行之，中士闻道若存若亡"，有味乎其言哉！"彷徨天际"指《彷徨》扉页题词所引《离骚》中"吾将上下而求索"句。

　　前作第三韵本作"谁把深情体会"，录稿时改作"异代萧条垂泪"。述堂记。

一九五七年

（十二通）

二月十七日～十九日

（一）

述堂近稿

鹊桥仙

一九五七年元日试笔

犯霜侵露，冲风冒雨，几见谁曾言苦。人民富贵古来无，为万里江山作主。　　大河让路，高山飞渡，更向自然索取。茫茫禹迹奋神州，到处是黄金遍布。

木兰花慢

周恩来总理于去岁杪曾往访东南亚诸邻
国，今岁初复赴苏联，此真所谓和平使
者，岂徒外交使节而已。咏之以词，不尽
万一。

使旌经到处，尊信义，睦邻邦。看夹路欢呼，彩旗飞舞，灯火辉煌。匆忙。不曾席暖，划青空铁翼远遨翔。昨日南天风露，今朝北国冰霜。　　溟茫。朔雪任飘扬。难减热中肠。有八亿人民，如兄如弟，非复寻常。豺狼砺牙露齿，算战争贩子漫猖狂。屹立和平堡垒，经天万丈光芒。

灼灼花

冬夜偶以事外出，归来得廿八字："月星
银汉耿交光，霜结寒条似发长。不道青灯

明镜里，新来两鬓白于霜。"嫌其无谓，

因增益其辞为《灼灼花》云尔。

夜静车声悄。月出霜华皎。云气微茫，光分强弱，星无大小。亘长空一道烂银河，直垂垂宇表。　　不恨青天杳。总爱人间好。积少成多，从无到有，人工天巧。任飘萧白发冒寒风，也不知将老。

风入松

新岁喜雪

长街灯火敛馀光。极目入微茫。霏霏空际如筛落，喜新岁、瑞雪飘扬。宇宙一团玉裹，河山万里银装。　　寒鸦堆墨点琳琅。冻雀懒飞翔。积肥蓄水乡村里，到冬闲、也自农忙。共说丰收在望，麦田一片金黄。

临江仙

六十一初度自寿

六十年前丁酉，呱呱落地啼声。孩提少壮老相成。一周花甲子，两鬓粲星星。　　古国四千馀载，如今日日峥嵘。老人越活越年青。八周龄未满，匹似日初升。

开岁迄今，疾病冗忙中得词五章，呈鱼兄过目。

古贝人　二月十七日雪后

（二）

大稿四篇已于月初交到《新港》①编辑部，尚不知负责人作如何措置。高兄自京返，谈次说吾兄精神气力俱不坏，且案头积稿盈数寸许，闻之喜慰，不可言说。转业事仍当徐图之，不佞不在话下，政扬、荫甫固未尝一日去心也。

老糟不知何时忽成忙人，只委员头衔便有三四个之多，若其他甚底甚底员，亦在三个以上，又欠下许多文债及报告债，年卅年初一债主尚不离门，以不佞之糟，何以堪此？此亦比来不能常与鱼兄作畅快笔谈之最大原因，兄当知之，兹亦不必求谅矣。

毛主席词定已见之，《清平乐·六盘山》一章内中如"旄头"字"苍龙"字，当作如何解？希拨冗示知。此大似乞邻而与，万望高邻之不靳。

射鱼吾兄座下

     顾随拜手 二月十七日雪后

又如《念奴娇》章中，截昆仑为三截，后乃云"一截遗欧，一截赠美，一截留中国"，兄又作么生会？十八日午。

词五首已另纸录出呈上祈政。不佞比来作词与作字似俱有小长进。自愧平生悠忽，学而一无成就，假如而今而后，以残年馀力专从事于长短句与临池，或可证一小果，而客观条件又万万

不允许。教书是我专业，决不能放松。然而每逢罢讲归来，便发"啼得血流无用处，不如缄口度残春"之叹。尤其痛苦者，禅宗大师可以明说，老糟则只有哑子吃黄连耳。

津市昨晨八时许忽降大雪，为去冬所未有，已而风起，遂晴。右札及词稿皆尔时所写，会饭熟乃阁笔。今日北风仍劲，顷以小事到系办公室一转，并赴卫生室注射，归来觉气促，又筋骨作楚，意兴颇不佳。昨所欲言不尽者，此刻亦不拟尽言。下午如得好睡，或再作数字，然亦殊难说。比虽不至失眠，而甚不安隐，年长睡少，其信然耶？春寒，望兄加意珍摄。随又白，二月十八日午。

小桃红
拟煤矿工人春节坚持工作写给爱人信

坐也难安坐。卧也难安卧。到底安排，完成任务，坚持工作。便结婚再一次延期，又有何不可。　　飒飒风镐过。簌簌原煤堕。墨玉乌金，人家饭熟，高炉点火。我时时念你念人民，你时时念我。

立春后风雪继作，院中已开讲，而午后又时有客来访问，颇觉不支。今日幸无课又无客，午睡偏又不成，坚卧至四时，辗转反侧之际，得小词一章，塞翁失马，甚用自喜。灯下录出寄兄一看，不知以为何如。节前曾自拟楹联曰："胜业漫夸长短句，诗才终在二三流。"恨不得兄为写之张贴楼前耳。糟堂，二月十九日夕。

二月二十五日

述堂近稿

踏莎行

今春沽上风雪间作，寒甚。今冬忆得十馀
年前困居北京时曾有断句，兹足成之，歇
拍两句是也。

昔日填词，时常叹老。如今看去真堪笑。江山别换主
人公，自然白发成年少。　　柳柳梅梅，花花草草。眼前
几日风光好。耐它霰雪耐它寒，纵寒也是春寒了。

水调歌头

晨兴见树稼有感作

桥下卫河水，此际未消融。试灯早过，惊蛰将近，尚
冰封。前日晴天霏雪，纷似梨花飘坠，掩映夕阳红。昨夕
结珠霰，瑟瑟落长空。　　幂朝烟，拖宿雾，更迷濛。一
番浪子心计，枉自号天工。俯仰琼楼玉宇，远近琼林玉
树，人在玉壶中。桃李各沉默，无语待东风。

第一首是日前发书后所得，第二首则今日午睡起来写成者也。
两词皆略有疏宕之致，不太似述堂平时手笔。言兄以为何如？但
《水调歌头》之歇拍，人见之不将谓有所讽耶？不佞自评，如不是
趁韵，充其量亦不过写实而已。随，廿五日夕。

大稿四篇何必悔，俗谚曰"一不作，二不休"，此语至有味，
唯私意未必能中编辑诸公之眼。比不能外出，亦无由晤及编辑诸

公，但如竟刷落，则稿自当由编辑部寄还，且姑待之。默师《书法论》亦尚未拜读，闻此间系中有《学术月刊》[1]，惟无心亟于取读，非不相信老师，只是觉得此事必须指画口授，至于文字，总有表达不出之苦耳。和词具见之矣，愧不敢当。至就词论词，稍嫌有字障，此不需评说，兄自能会意。前寄拙作五章，兄不喜《木兰花慢》，具眼哉！外行人见之，多谓是合作矣。又，此章已由此间《新晚报》登出[2]，想令受白未之见，如见又当录寄也。说主席词甚有当，何书之谦之甚也？不佞初亦疑"旄头"谓"昴星"，以下"苍龙"亦廿八宿中之东七宿故。（东七宿为"苍龙"，后来多说"青龙"。）兹依兄说，不复附会矣。臂楚，草草，即颂
玉言吾兄著祺

顾随顿首　廿五日夕

适间并拙作写得两页纸，内子来告饭熟，遂草草作结。此刻是夜间九时，觉尚有馀力，因再作此纸。

来书谓读主席词必于作时作地即革命史十分清楚乃可，知言哉，知言哉！（居然有人敢和主席词，金圣叹所谓"向释迦牟尼呵呵大笑"者也。）去秋曾置得何幹之所编《中国革命史讲义》[3]，虽能卒读，毕竟不满。太史公《史记》写项王本纪何等笔力，千载下人读之觉重瞳公凛凛如生。今兹奈何以瘦笔来写巨人与大业

---

① 1957年1月《学术月刊》创刊号上刊有沈尹默《书法论》（上），第2期刊有《书法论》（下）。另，沈氏亦该刊编委。

② 《木兰花慢·鲁迅先生逝世廿周年献词》，刊于1956年10月17日之天津《新晚报》。刊稿个别字词与抄寄周汝昌者不同，词后并有四段较长的注文。

③ 《中国现代革命史讲义》（初稿），何幹之主编，高等教育出版社1954年12月初版。

耶？为之慨叹不已。再三吟诵"我劝天公重抖擞，不拘一格降人才"之句。比说主席词，又数数取何书作参考，其情聊胜无欤？抑饥者之易为食欤？又不禁再三慨叹也。

兄谓劣书大段是大令，少阑入右军，亦不为多，太过奖，太过奖！右军远矣，大令亦何可及耶！比觉如真于此事致力，当仍学率更楷书或汉隶，至少是章草，假之岁月，或小成耳。明午有两小时课，今晚须早眠，不能尽言矣。老糟，廿五日灯下。

三月三日~七日

满江红

女子子见予《水调歌头》^①而笑之曰：河
坼已久，爸不出户，顾未之知耳。因复赋
此阕以自解。

桥下长河，冰暗坼、流渐冲激。凝望眼、草芽未绿，
岸泥溶湿。桃李无言应有待，垂杨泄漏春消息。甚飘飘、
霰雪下长空，犹如织。　　凭积重，存馀势。唯变量，能
成质。漫和平难保，风云尚急。兄弟国家兄弟党，新生气
象新生力。看旧时、社会旧残馀，已无日。

十日前于报端见"兄弟国家兄弟党"七字，意甚喜之，欲以
之入词，而久久不能成篇。连日阴云不开，霰雪交飞，病骨作楚，
意兴全乖，偃息之馀，乃得此解。前片多词家常语，后片大类教
条，虽有合于格律，恐无当于情文，然述堂才力尽于此矣。

射鱼吾兄下棒。

折臂翁^②呈稿　三月三日

清平乐

拟农业合作社中人语

说来可气。就是前年事。人叫我们穷棒子。说话不三

---

① 即1957年2月25日所作《水调歌头·晨兴见树稼有感作》。
② 顾随常受"臂痛"之苦，因有此署。

不四。　　如今喜笑颜开。更加细心安排。旱涝总教增产，英雄不怕天灾。

今日下午到卫生室注射药针，护士以针头尚未消毒告，坐候良久，甚无聊，因填词自遣，此章即尔时所得，塞翁又一次失马矣。归来录出，言兄见之，不知将列入何等。前日所作《满江红》，昨日正刚来，看过之后，颇有贬辞，尤不满于歇拍十一字，谓音节不好，上两句已用重字了，此处不合再用，而且用意亦不免死于句下；而荫甫则大赞赏，以为精力弥漫。"三人行，必有我师"，兹只争言兄下语矣。"文章千古事，得失寸心知"，亦殊不易说耳。糟，五日灯下。

　　说来可气。起首非容易。人笑我们穷棒子。成得什么大事。　　英雄不怕天灾。丰收全仗安排。一点养猪事业，也劳主席关怀。

六日上午改稿。"一点"再改"谁想"，"也劳"再改"直教"。试日本制貂毫，荫甫所贻也。

平生于黄山谷诗，短时期间亦曾下过一段工夫，亦不能说无所得，于炼字、锻句上尤受益不浅，然终不能喜其诗，以为文胜于情。自成一家则有之，与老杜争胜大远在。不意不佞填词，比来乃大似涪翁作诗，瘦硬而不通神，倔强而又无力，才之短欤？气之衰而竭欤？正恐兼而有之。每读稼轩词与马雅可夫斯基诗，未尝不感慨系之。兰苕翡翠，鲸鱼碧海，或可并存，若夫骅骝开道，驽骀恋栈，此岂可同日而语？当代新诗人，四十年来只许冯至一人，此或半是交情半是私。比于《诗刊》见其新作①，高出侪辈则不无，云霄一羽则尚未。鱼兄于意云何？社会主义建设事业之伟大，史无前例，乃竟无人焉写为诗歌以播四海而传后世，岂非作家之羞？糟堂衰朽，何足道哉！六日复写得此纸。

戴月轩所制大似神。

日间写得一页纸，此刻看来甚觉无谓。吾辈文人有两大患，其一愤激，其一伤感，有害且不说，一何其无用耶！此亦正可说无用即最大之有害耳。记得有一前辈说，身体不好便尔为善为恶俱都力不从心，此语加之别人不知当否，加之糟堂可谓至当而不可移易。上月得杨敏如兄自京来书，云寒假中又读得冈查罗夫之《奥布洛莫夫》一过，自觉身上极有奥布洛莫夫气。当即复书谓奥布洛莫夫之于阿Q，倘不能说是半斤八两，亦可说是各有千秋，大多数人身上俱有此二公之气，但有底自觉，有底不自觉而已。薰习既久，扫除非易，何况不佞耳顺已过，暮气日深，依巴甫洛夫学说说之，则是大脑皮质松弛，渐渐不起抑制作用耶？入夜精力益不支，写了一页纸，前言不搭后语，可笑，可笑。笔与墨俱小事，不必在意。六日灯下。

好事近

霰雪纷无边，洒遍天南天北。正恨今年春晚，得江梅消息。　　漫山红紫映朝霞，犹自待时日。且看疏花数朵，缀虬枝百尺。

---

①1957年1月《诗刊》创刊号刊有冯至《西北诗钞》，2月第2期刊有其《在外文印刷厂》。

　　昨日下午多云，今早沉阴，精神殊不振，因外出理发，坐候半小时许，无赖之馀，乃成此词腹稿。归来取片纸录出，尚未竟，雨雪交飞，斜斜整整，飘飘摇摇，词中所谓"洒遍天南天北"者，竟成预言。至所谓"得江梅消息"者，别有本事，但下片所云云，则又吹入别调，与本事无干。中心所藏，颇欲一吐，及至说时，又复隐忍。年华老大，风怀渐减，即说亦说不好，不如不说。兄当记得旧岁拙作《金缕曲·赋水仙》^①一词，此江梅正是水仙之代词，此殊不欲语之他人，然言兄非他人也。述不作翁，七日灯下。

　　午后雪晴，幸无风，然筋骨仍作楚，写此一纸，辞不达意，笔误屡见，甚矣惫。

---

　　① 见诸1956年1月15日书。

三月十九日

玉言吾兄如晤：

上周疲惫之馀曾奉上一书，又小词一章，想已见之。不识比来身心何似？已平复未？至以为念。日前在《人民日报》八版见小文一篇，内容大意谓：有一老革命干部，于简单底事，每每看得复杂；而于复杂底事，又每每看得简单云云。私意谓此虽非绝对真理，却不失为相对真理。倘若再用代数方式而引申之，则严肃之事不妨游戏处之，游戏之事正宜严肃处之。简单事而复杂化之，复杂事而简单化之，不佞虽心识其理，但不独无此经验，亦且无此本领；若严肃事而游戏处之，游戏事而严肃处之，亦只略略做到后一半，若前一半则心向往之而已，说得知得却行不得也。不佞平生自负不失童心，近又往往自号为老小孩，私意亦颇自喜。此刻想来，此不过不能统一之矛盾，不值得自负、自喜。抱得一颗童心，说话行事每多失误，小孩则轻喜善怒，自家既不受用，有时且予人以难堪，事过境迁，抚躬自省，甚无谓也。况乎年逾耳顺，动见观瞻，更不须说身为教师，以身作则之谓何也。书至此，辞意似已俱尽，但有馀纸，且作闲谈。

津市今日放晴，稍有春意，午间动作，冬服在身，颇觉燥热。然傍晚阴合，书斋独坐，暖气不旺，寒气袭人，不减日前。此或老糟一人之感觉，他人未必如是耳。年长体衰，欢事殊尟。前日是星期日，此间剧协送得两张戏票来，因与内子往看，本系早场，以动身过迟，到场十时已过。只看得一出《拷吉平》，剧种是河北梆子。剧中主角非吉大夫，而是曹孟德。演员已是七十高龄，而精力弥漫，举手顿足，苦眼铺眉，不独现代京剧艺人所未有，即

旧时亦罕睹。戏毕归来，殊为满意。美中不足，失之粗野，然此
乃剧种传统风格，不可以之咎此老艺人也。草草，即颂
春祺

顾随再拜　三月十九日灯下

　　大作《谈屑》已在最近一期《新港》月刊登出两篇[1]，想此间
出版社业邮寄一册至尊处矣。其三、四两篇尚不知作如何处理。
上月编辑部有人至小斋，不佞曾告以第四篇是作者强弩之末，该
部或竟根据鄙言而不用耳。四月一日征文启事[2]即附此期之底页，
兄何不追忆当年家居过清明情事，试写一篇。不佞前后三次旅津，
计有十年之久，但不甚了然于当地之风土人情。五三年到此后，
几于足不出户，五年建设是如何之突飞猛晋，亦几于耳无闻、目
无见。编辑部中同志再三要我写一篇，深恐终于曳白出场而已。
　　仍有馀纸，附呈近作小词《浣溪沙》未定草：

　　　　三叠阳关不爱听。渭尘朝雨柳青青。龙沙西去少人
行。　　　克拉玛依柴达木，人民中国石油城。四山响彻钻
机声。

---

　　①《新港》文学月刊1957年第3期"自由谈"栏目中刊有周汝昌《谈屑》，署
名"茶客"。
　　②《"天津一日"征稿启事》："为了多方面的反映天津人民在社会主义建设时
期中的劳动、生活及变化，……我们特发起'天津一日'征稿。'天津一日'不是
可以写任何一天，我们把它确定在一九五七年四月一日，……我们希望能够通过
这一天中各个角落的生活和斗争，各种新人、新事、新气象，完成一幅新天津建
设的真实而丰富多彩的图画。……"

玉言兄再鉴

随　同日灯下

　　止酒已多年，比医嘱饭后进葡萄酒一杯作强心剂。今晚一杯下肚，觉有酒意，因随手又写得此一页纸。

四月二日

沁园春

玉言四十初度，正刚有词写以见示，因亦
步韵为寿。

旧日狂言，天下英雄，操与使君。看众香国里，红红
紫紫，百家鸣后，扰扰纭纭。手握灵珠，怀藏和璧，骥足
齐驰大有人。吾衰矣，况未尝无佛，敢自称尊。　　相看
匹似诸昆。四十年华比六旬。愿寿如金石，此身不老，光
高日月，健笔凌云。岸北泥融，楼前草绿，荐酒初尝雪底
芹。花开处，只眼前便是，一片阳春。（家弟中年最长者亦
只四十许，"昆"、"旬"两韵未可全谓之凑。述堂自注。）

昨日上午正以腰楚卧床偃息，刚公见过，出新词相示，且说
言兄后日四十整寿。数日来呕思填词，而苦不能成篇，得此佳题，
又有现成韵脚，焉能轻轻放过？上午构思，下午吟成，虽不能文
不加点，然十八滩头下水船，"乘奔御风，不以疾也"。
玉言吾兄长寿

　　　　　　　　顾随拜贺　五七年四月二日

蝶恋花

前作《浣溪沙》短章①，殊未能逮意，因
再赋此解。

———————
① 即1957年3月19日书中之"近作小词《浣溪沙》未定草"。

西出阳关迷望眼。衰草连天，山共斜阳乱。当日渭城多少怨。歌声三叠肠千断。　　风景非殊时代变。山要低头，人要埋头干。千里龙沙金不换。石油城在盐湖畔。

三月廿七日录稿

上月抄得此词，数易稿，写出自看，复"阳"字、"山"字、"城"字、"千"字。一首小词共六十个字，重复乃至四字，虽援辛老子例可以减等发落，毕竟说不过理去耳。

上周末出席宣传工作会议，听党委传达毛主席报告，两个上午坐了八个小时，星期日便觉腰背欲折，虽此周尚有讨论及发言，亦只有逃席矣。

寿词本拟以四尺大幅纸书之，亦以臂腕无力而止，当期之异日。兄意云何？就词论词，值得写么？随，四月二日。

今日上午有两节课，疲极不能多所抒写，谅之。又及。

四月三日～四日

　　来书问，万事皆进化发展，后来居上，何以书法一道竟尔不然？善哉问！惜不佞向日学力、此刻体力两俱薄劣，勉强作答，未必能祛言兄之惑耳。

　　不佞旧闻前辈说古人敷席而坐，又所用者短几，不能全身依伏，且袍袖宽大，故每当作字，肘腕凌空，使转如意，能尽拨镫之妙用。后人高桌子大板凳，窄襟秃袖，全身倾伏，肘腕着案，以谈使转，千里万里矣。此语不为无理，然只道得一半，后人亦尽有悬肘悬腕作书者，其不合也依然，则又奚以说耶？糟堂曰，弊在不能运腕。（三日写至此）夫既不能运腕矣，则自指及腕，自腕联肘，自肘达肩，举成僵死之势，以是作字必至横冲直撞，书成之后，无血肉者，字如劈柴；无筋骨者，字如乱韭，更无一毫可取。大抵运腕之法，宋人已复不甚了然。自是而后，去之益远。默大师奋起百世之下，合作每每超过唐人，直入晋贤之室，千有馀年，一人而已。若夫书法之风格，有关乎书家之道德品质、识见思想，则又不待烦言也。

　　复次，文艺不尽同乎科学，而特殊尤大异乎一般。盲左、史迁而后，更无盲左、史迁，屈子、老杜而后，更无屈子、老杜。不过，此以笔力论，不以世界观、人生观论耳。（四日上午写至此）今世苏联作家风起云涌，鹰扬虎视，然犹且自恨诗人中无普希金，小说家中无托尔斯泰也。更以吾国今日论之，极力提高人民文化程度，使人人皆能阅读文学作品，能写通顺文字，导之有方，假之岁月，必有成效，不须致疑。若必使人人皆成为作家，每一作家皆成为鲁迅，则万万无此可能，不待智者而后知。书法在文人为小技，而在艺术中实较之绘画为尤难，而书家之成就亦较之画家需要更高之天才、更大之人力。言兄自了，不须详说。

最后，马克思有论希腊神话一文（见马克思列宁论文艺一书），兄试取而读之，亦当有触着磕着处，又无需不佞之一一拈举也。总之就一般而论，自应事事今胜于古，若就特殊而论，则有不必然，且有大不然者矣。蒙……

【后缺】

此三页① 用荫公所赠张大千画笔。

［此］间中文系□［年］级生于□［周］实习，不佞□星期间［无］课，等于□休假矣。三日。

---

① 原信当有三页，今仅见前两页，后缺。

四月十二日～十三日①

（一）

　　来书数道及所收表本澄清堂大王法帖，想法眼所鉴定是尤物。抗战期间亦曾收得一册，是有正书局所印，适于架上帖堆中检出，翻阅一过，觉与吾兄所藏表本未必同出一源。此本并不分卷，又吾兄所举"九日采菊"及"又顷水雨"两帖，此亦无有；惟卷首亦刻"澄清堂帖"，次行低一格刻"王右军帖"，俱作楷书，字体则学率更而失之板滞。下有收藏者八印，内一漫漶不可辨识，亦有邢子愿印，白文曰"邢侗之印"。第一帖为"且极寒"，最末为"昨得期书"，不知高斋所收亦如此不？内有数帖与"大观"重复，旧曾两两对勘，觉"澄清"略具规模，远不如"大观"之精彩。而"四月廿三日羲之顿首昨书"一帖，"澄清"帖之"书"竟刻成"�"，竟不复成字。惟"三月廿四日羲之白末春"帖与"羲之顿首昨得书问所疾"二帖是章草，不佞于他帖未见过，每一阅览，觉其欹斜倾仄，妩媚横生，风华盖世，与汉代章草之专谨相较，信是即所谓古质而今妍者也；但恨其非真迹上石，原刻初拓而已，未识兄本中亦有之否？

　　蒙下问《书谱》中诸疑，不佞亦不能代剖。"𦥑"如非"耻"，更不可识，如果是"耻"，"止"旁又不可写作"乚"，"乚"是"乍"之草也。如释作"非"，则"丬"又不可写作"𡈼"也。私意释

---

　　①此书共用六纸，每纸右下方分别以"一"至"六"为序。第六张上方空白处原有"参看第七页"五字，后又圈掉，下注云："当时有话要说，预备写第七页，阁置日久，都已忘却，此刻不拟续写矣。六月十六日。"

· 289 ·

"耻"，但于义较长耳。"希风叙妙"之"叙"，不佞旧读为"和"，虽未必是，但较"叙"字为可通。至于"草不兼真，殆于专*谨*"之"*谨*"，旧亦只读作"谨"，因晋唐诸贤草书"谨"皆作"*谨*"故。"专"者，执而不化之意；"谨"者，拘而无放之意，谓"草不兼真，殆于专谨"似不可通。实则前贤作草，法度至严，纵横往来、向背迎送，皆有一定尺寸，所谓差之毫厘，失之千里，故有"匆匆不及草书"之说。夫匆匆之间，不作草书，则草之"专谨"可知。至于真书，虽于纵横往来、向背迎送之际，不能不有法度，然点画断而不联，运笔时可以随时斟酌情势，截长补短，将无作有，是以尽有从容之馀地，不似草书之兔起鹘落，稍纵即逝，苟非胸有成竹，往往势同画虎。后贤作楷，局促如辕下驹，不是算子，亦等脱墼，实由唐代方格眼子为厉阶。晋贤楷书，随字体本来之方圆大小长短肥瘦而写之，此真合乎辩证法所谓客观存在不随人意志为转移；但如能掌握其规律而运用之，又可以左右逢源者矣。他不必论，即如《黄庭经》，每遇重字，便尔变体，自首至尾，更无一字体式雷同，（"一字"之"一"或当为"两"耳。此意兄自得之，不须缬缕。）此又辩证法所谓于个别见一般、于一般见个别者也。每一浏览，反觉草书窘于绳墨。沦陷中困居北京，数曾临写，胜利以后，荒废至今，老病侵寻，深恨不复能修此胜业。

又来书谓拙草真得"伯英不真，而点画狼藉"之妙，奖誉过当，甚感惶惭，然而私心亦窃自喜。伯乐相马，相赏于牝牡骊黄之外；伯牙听琴，能辨于高山流水之音，非我鱼兄不能于拙草下如是评语也。不佞比来虽不认真习书，然于书法时时有悟入处，即如作草，每于断处行以楷法，此虽细节，然初学粗心，往往见不及此，即不佞病初愈时，亦尚千里万里。然则吾兄所谓"点画狼藉"者，至当不易，而又"得吾心之所同然"者矣。若夫伯英，岂敢，岂敢。

本答来问，纵笔至此，溢出题外。今赓前言，以竟此幅。"有乖入木之*衞*"，"*衞*"定是"術"；然以文义与文律求之，当是"微"，而非"術"。或是虔礼笔误，焉得起之于九泉而问之耶。"自*霒*通规"之"*霒*"，不佞旧只读作"阙"[①]，盖"朔"草作"*霩*"，则"阙"字左下之"屮"作"*屮*"自合法，至"欠"之为"*ㄅ*"，又不须说也。疲极，即奉鱼兄过眼。

> 顾随拜手　四月十二日上下午

晋唐诸贤于"氵"皆作"*丨*"，凡"*ㄩ*"则"言"或"彳"或"亻"之草也。惟"堇"之为"*茎*"，迄今尚不能晓其规律与其来源之所自，故平生草书，"谨"只作"*谨*"，不作"*谆*"。

（二）

玉言吾兄再鉴：

尊恙想早已大愈。闻医言，今春流感虽猖獗，但如无它症骈发，过三数日即可自已。此间高荫甫兄日昨亦染疾，自作烧迄大好亦只三日。服羚翘解毒丸三四圆，未经医看，便而霍然，可证医言之非谬。不佞栗栗自危，幸免于难，惟时时服A.P.C.及钙克斯等药，不敢大意也。清明已过，风雪肆虐，气温骤低，有如初

---

① "阙"，《书谱》本字当释作"阁"。

冬。虚度六十岁，如此春日尚是初遭，至希吾兄加意珍摄，万勿疏忽。

寿词自当遵嘱以大幅写之，（诚如来书所言，落去一字，刻已拟为"等"字矣。）惟体力衰败，何时能了此愿，心殊不敢必。草草涂鸦，大约十馀分钟即可交卷，然既无以副玉言，亦无以表老糟；若刻意求工，矜持之下又恐反成败阙，以是踌躇，不能下笔。

上周偶于夜间外出散步，竟又吃跌，幸是土地，不致大苦，然至今已十馀日，仍觉全身酸楚，四肢无力。适值此周院中停课学习《再论》，下周又有春假三日，可以安心休养，不幸中之幸也。

大作和《沁园春》自寿词①，不类平时笔致，大约调所限，韵所限，遂变质实为清空、晦涩为流利耳。但落韵极隐，不大似是和作。惟"人"字颇牵强，得无又用僻典乎？日昨正刚来，曾出以示之，渠读至此处，亦连连摇首，曰"不得，不得"。私意玉言平时为诗词，落笔之先早有许许多多古典字面跟踪而至，故而写成之后，内容为辞句所掩，不能透出。不过，如是云云，亦只是老糟之感性认识，不能作为定评，仍须兄自消息之也。

吾兄书法，比来大进，此次来札，虽小极时所作，仍有清峻之致，至可喜也，但转折处多不能参用篆法耳。（转折处用篆法，须使中锋，书成后不独浑厚，亦且宽绰。）此颂
健康

顾随顿首　四月十三日上午

① 即和顾随1957年4月2日所作《沁园春·玉言四十初度，正刚有词写以见示，因亦步韵为寿》。

六月十六日～十七日

（一）

上月来书，曾以石湖诗为问，冗忙中不能奉复，想在鉴中。又所问亦不能尽解，即所解，亦未敢断言必是，一得之愚，他山之助，其所不知，盖阙如也。

《合江亭》

"有如古盟主，勤王会诸侯"是此篇主题。自"毡裘"至"新亭囚"言：金人南下，宋室偏安，无人勤王，如齐桓、晋文之尊周攘夷，但在新亭作楚囚之对泣而已。毡裘，胡服，引申为胡人。新亭对泣，王导本曾以楚囚为喻。"齐晋勋"即指桓文之事业。"包茅求"，事见《左传》。葵丘之会，齐桓公曾责楚子以"尔贡包茅不入"也。"威文"似当作"桓文"。不用"桓"而用"威"者，避钦宗之讳（宋钦宗名桓）也。南宋人讳"桓"字，故诗文中不见此字。"桓"本有威武之义，故径以"威"代之。惟"童子羞"不得其解。如谓为王孙满，则是秦穆公事，不属齐桓、晋文二公。孟子曰："仲尼之徒无道桓文之事者。"下句是"羞"，然"仲尼之徒"，不得谓之"童子"。俟再考。

《与王夷仲检讨祀社》

"黑籍"似是"生死簿"之"死簿"。何出？不敢妄对。"德馨典神天"之"典"，或释作典型之典，则"典神天"等于说：为神天之典型。如训为典守之典，则"典神天"等于说：尽神天之职守。祈酌。若"苍烟根"则"石"之代词而已。石本有"云根"之称，石湖复以"苍烟"代云尔。"石"或当再引伸为"山下"之义。

《刺溃淖》

所问："掬指忙"、"科头"而"慢江神"，谁之故事？不佞亦茫然，只好曳帛。(顷看唐人笔记，是此"帛"字，不作"白"。)

"掬指忙"，可能用太白捞月事，毛诗"终朝采绿，不盈一匊"，"掬"有"捧"义。"科头慢江神"，依稀记得确有出处，此时竟想不起见于何书矣。

《提刑察院王丈挽词》

"韦经"，当即如来书所云"韦编"义，不能有别解。不曰"编"而曰"经"者，韵所局故。"念筑室"当是用"筑室道谋"义。言：王丈既殁，更无人可以咨询，此后大事，只有与行道之人谋之而已。是否？"闻过庭"，指王丈之子而言。意若曰：今兹之来，不复能闻王丈之训，只有于王丈子口中，能听到其转述当日过庭之训耳。至于"空来"两字，不过惋惜不克再亲闻王丈之训，不必拘泥也。

写毕重阅一过，不禁废然而叹。廿年古典文学教授，薄负时名，腹内空空，更无几卷书。平时鼻孔撩天，目中无人，徒见其不知量耳。日昨刚公来，曾出手书示之，凡不佞所不知，渠亦不能解决，但云若查书当能得之，顾又云比来事忙不能查书也。尚未与荫公共商，俟其稍暇，即与一谈，或能有获，未可知也。

今日是星期日，寓中除不佞夫妇外，舍胞妹自故乡赴济省继慈疾，日昨转津，第五女昨夜自京来省，长、四两女本在津，今早亦先后来寓，长女且携带两外孙，内子正张罗猪肉蔬菜作角子。刀砧声作，语笑喧哗，不佞乃来书斋中作此两页纸。密云不雨，臂腕痛楚，甚草草。

糟　六月十六日午

（二）

沁园春

五一节献词为津市广播电台作

灼灼金星，赫赫红旗，飘舞半空。况百家鸣后，云蒸霞蔚，众香国里，万紫千红。异派同归，江淮河汉，滚滚百川流向东。春深处，更光天化日，细雨和风。　道行天下为公。正文教昌明国运隆。看和平事业，光辉万丈，工人运动，丽日方中。玉带桥边，天安门上，泰岳峰头峙两松。齐肩立，是人民领袖，反帝英雄。

清平乐

诗人节①献词

荷衣琼珮。襟上浪浪泪。辛苦滋兰还树蕙。九死其犹未悔。　昆仑可是高丘。美人要眇宜修。千古无穷遗恨，大江日夜东流。

两章一长一短，皆急就篇，首章只"异派"十五字颇道着些

---

① 诗人节，即端午节。1957年端午节在6月2日。

甚么，馀皆不能佳。又重字太多，是大病也。

玉言吾兄下棒。

顾随呈稿　六月十六日下午

（三）

言兄座下：

四月中旬曾写得六页纸①，而尚未尽所欲言。忽有不速之客自远方来，即下榻书斋中，几及一月。年来写作，独处构思，久成惯习，有人在旁，总觉打搅，遂不能续写，又不愿草草寄出，阁置迄今。兹随函奉上，明日黄花，无足观矣。

又自四月杪迄六月初，鸣放之后，继以整风，虚名所累，猥以病躯，亦不免竿木随身。是之间又两次外出作古典文学报告，一次在本市话剧团②，一次在南开大学中文系，每次皆连续至三小时，兴奋之馀，疲惫随之，虽幸而不至于病，然精力尽矣。（为报刊且写得散文两篇，发言稿尚不算数。至于携策上堂，更是本分，此刻颇自诧老糟不糟也。）又以直性狭中，多所不堪，往往不免于呕气，心情遂亦难保愉快。彭泽有言，"人生实难"，亶其然乎？兹课事已于上周结束，所有会事亦决意谢绝，今日又无客至，乃得安心作此札。

吾兄体气比来何似？至以为念。连雨，不侫至苦，想吾兄或无大患耳。前次书云，时感疲劳，每午休不成，则午后不能工作，

---

① 即1957年4月12日～13日书。

② 顾随在话剧团所讲主题为陆游及其《钗头凤》词。1957年，天津人民艺术剧院首演《钗头凤》话剧，至今已成为久演不衰的经典剧目。

不佞亦正尔如然。又云夜间喜翻书，每至影响睡眠，此惯习必须改掉也。不佞为兄计，此后每日宜树立午睡定时制度，夜间即枕，不得过十时，上床前廿分钟不得看书及动笔写作。记得兄曾说过，甚得静坐之力，不识近中尚能坚持此工行否？不佞行年六十已过，体衰夫复何言，平时自念，所学即有小成就，已苦无力见之于著述；所学尚在半途者，复苦不能继续晋修；至于欲学而未能、望道而未之见者，只有浩叹。吾兄正在盛年，前程远大，千祈加意珍摄，以臻康强，勿蹈不佞之覆辙也。

今日自上午迄此刻，断续写得五页纸[①]，夜九时已过，势须阁笔，欲言万千，晤对犹恐言不尽，矧此笔札？敬颂
著祺

顾随顿首　六月十六日灯下

（四）

津市文艺界各协会于诗人节日举行文艺俱乐部（旧永安舞厅址也）开幕典礼，有朗诵、音乐、唱歌、曲艺诸节目。老画［家］[②]刘子久先生且对众挥毫，当场作画。不佞与荫公尔日亦曾出席参加朗诵，荫公诵《楚辞·涉江》一篇，不佞则选自廿年代起直至最近所自作诗词之有代表性者共六章而诵之。既毕，作协津分会秘书张学新同志忽谓不佞曰：何不出一选集？大庭广众之下，亦漫应之，不能详谈。荫公微闻其语，归来大加鼓动，且自

---

①此1957年6月16日所作书共五纸，右下方标有序号①—⑤，后之17日所写标为⑥。

②疑脱"家"字。

告奋勇（并约刚公合作）任抄写校对之劳。不佞固不能无动于衷，顾亦不甚热心。候虫时鸟，当其鸣时，必有其不能自已者在；时移世换，有何价值之可言？又不佞所为韵语，断自一九廿年代以后，词与曲多已汇印成小册，搜集搜选尚无困难，若夫古近体诗，随手写出，随手抛弃，所存者未必经意之作，所弃者未必无可取，整理大非易易矣。

今日天气仍未放晴，晨起独坐斋中，候点心不至，因草此纸。

老糟　十七日

六月二十五日

言兄如晤：

蒙下问石湖诗中"焦山"一词出处，且曰：此定是释家譬喻。非不佞不能为兄解困，不佞读释典至有限，记忆所及，读过诸经中并无与"焦山"有关之词句。昨检丁福保氏《佛学小辞典》，殊无朕兆。今早复检《翻译名义集》卷三《众山篇第廿九》，亦无所获。然则"焦山"或竟不出释典耳。释迦牟尼氏除为教主外，实兼哲人与诗人，故最善说理与夸张，以成其为善巧方便，顾一切推理与夫幻想，必有其唯物底现实基础：一者传统底民间信仰，二者客观底事物存在，佛陀虽大智，亦不能例外。天竺无火山，故佛书中亦无类此之词句。（或竟有之，而不佞不知，则又当别论也。）不佞如是说，只说明"焦山"之不出释典，不能为兄解困也。浅智所及，《尚书》有云："火炎昆冈，玉石俱焚。"得非石湖居士所谓"焦山"乎？然此能算作假设或臆测，离断论尚大远在，大远在。

此间已于上周停课举行考试，比以与右派分子作斗争，考试将中断一星期。学生情形，不知其详。至于教师，则每日开会，老糟虽不参加，然时时于荫公口中得少端倪，真所谓言之伤心，不愿以告，亦不必以告言兄。总之建国虽已八年，有许多人尚不知马列主义与社会主义是何等事物；或可断说，其所以不知，源出于不求知，乃至不愿知。不佞乃今乃益信毛主席所谓"思想改造乃长期工作"一语之千真万确；而主席所谓"旧知识分子或竟终生不能接受社会主义"，乃至当不移之论也。列宁说，旧社会制度消灭之后，旧意识残馀仍须存在一个相当时期。维彼哲人，从无戏论。

　　日昨《新港》编辑部专人来索稿，廿四小时内交出一篇题为《"妙"论》①（"妙"即是"谬"义）之散文，两千字，虽不多，然不佞如此赶任务，要是年来所未尝有。

六月廿五日写

　　①《"妙"论》，刊于《新港》1957年第7期。

八月四日

　　六月杪写得两页纸[1]，事务牵率，遂不能续写，以迄于今。年来自觉不独精力不济，智力亦复大减，每有任务，事先大费张罗，事后更觉疲惫，须一切放下方能恢复，否则心气怔忡，眠食不佳，于是痼疾发动，乃若怐怐不可终日矣。残年馀力，如何是好！反复筹画，更无善策。此种意绪，本不拟以语言兄，然言兄实可与言人，故终竟不能［不］[2]一掬肺腑耳。（孔子曰"不知老之将至"；佛家说"永不退转"；若是一个共产党员，则更是"鞠躬尽瘁，死而后已"。不佞作此等语言，适成其为老糟而已耳。自评。）顾平心而论，不佞今夏较之往岁为佳，校中运动场旧时步行一周即觉脚软，比来竟能绕行两周，尚觉馀勇可贾，此是佳兆，可以告慰。今日阴雨，独坐无俚，乃草此纸。久不作字，岂只劣不成书，亦且辞不达意。谅之。去月寄上院刊[3]，内有拙作，看后于意云何？玉言吾兄座下

顾随拜手　八月四日午

　　糟堂身上有两种习气最是要不得，一者票友气，二者隐士气。何者票友气？虽有一两出拿手底戏，虽有一两口独创之腔，却挑不得大梁，传不得弟子。不宁维是，亦且只好清音坐唱，上不得

---

① 即前之1957年6月25日书。

② 疑脱"不"字，据文意补入。

③ 天津师范学院院刊《教学与科学研究通讯》第10期、第11期连载顾随《朗诵了杜甫〈自京赴奉先县咏怀五百字〉以后写给中文系三年级同学的一封公开信》。今见有第10期封面题曰"言兄下喝。糟堂五七年六月"，其下则周汝昌所题"七月二十一日收到。汝昌谨记"。

台盘，有时荒腔走板，手脚无措。相识者揣情度理，付之一笑；严格要求者执法以绳，报之以通矣。何者隐士气？此则更下票友气一等。上焉者如许由，总不肯作日月出后不息底的[①]爝火；下焉者如阮籍，则以无事为荣。统斯二者，俱是无益于人，无济于事。假如人尽如此，人类有甚底前途，世界又将成为何等世界耶？（四日上午雨中）票友既如彼，隐士又如此，糟堂一身兼而有之，其不合于社会主义社会，将不待智者而后知。鲁迅先生所译法捷耶夫《毁灭》后记中曰："他（谓美谛克也）反对毒死病人，而并无更好的计谋，反对劫粮，而仍吃劫来的猪肉（因为肚子饿）。他以为别人都办得不对，但自己也无办法，也觉得自己不行，而别人却更不行，于是这不行的他，也就成为高尚，成为孤独了。"非法捷耶夫不能写《毁灭》，亦非鲁迅先生不能写此《后记》也。下午雨止而云不开，骨痛，益草草。糟，四日灯下。

对他人所作所为俱不满意，比其自家出马，所作所为举无以愈于他人，此尤隐士之大患，而不佞为甚。夫复何言，夫复何言！

---

① 疑衍"底"或"的"字。

八月十二日

数数奉手书，久久不曾作答，只是乏善可陈。年岁已薄桑榆，学识了不长进，告知故人，徒增不快，是以懒于动笔。此外则是忙，所谓忙，亦只在不佞则然耳，若在他人，固已不胜其清闲之至矣。政扬兄日前入都，想必走访，谈次定及不佞近况，此刻亦不须细说也。

右数行不知何时所写，大抵在照蕴兄入都之后耳。今日下午昼眠不成，起来茗饮。随手于乱书堆中抽出，颇出意外，三日前固曾遍觅而不得也。此间大雨过后，三数日来至有秋意。不识是季节转变，抑系受凉，周身酸楚无力，百事俱懒，推原其故，一则体格素来不健，二则年事确已高大。稼轩词曰："功成者退，觉团扇、便与人疏。"不佞大半生来有何功可言，然斟酌情势，恐亦不能不退，此系事实，政尔不须感慨。此上

玉言吾兄座下

顾随拜手　八月十二日

高荫甫兄上月返京，现大约正忙于开会。日昨有书来说，会后当往看，并拟借小泉八云英文文学讲义两册备参考。嘱先容，特相告。

舍妹于六月间自故里赴济南省家继慈病，月中来津，至今未归。放假后，小女辈往返京津道上，二宿舍顿觉喧嚣。久惯岑寂，至是颇以为苦。此刻尚有三小女及一外孙女在此，内子又抱病，此或亦精神不快之一因也。

九月二十七日

（一）

言兄座下：

　　适奉本月廿五日手札，所云久不通音问，系念无已时，殆彼此同之矣。知石湖诗注①已杀青，喜慰之极。兄比来精力意兴均何似？此后更拟修何种胜业？俱在念中。所喝院刊拙作句法不妥，容当细酌，此刻只依稀记得释子语录中有如是句法耳。三个月来，写得反右词近廿首，然急就篇居三之一，自亦不能满意。津市同志间或相传颂，则以其政治性，非必以其艺术性也。八月份《诗刊》曾刊登《木兰花慢》及《八声甘州》各一章②，似稍佳，顾通篇亦不能相称，不识兄曾见之否？近作《贺新凉》及《沁园春》，另纸录呈一看，并祈赐棒。馀不及一一抄奉，且亦无此必要耳。自夏徂秋，托庇粗健，尤可喜者，廿馀年来，内子每夏必病，今年亦幸而康强，非望外亦意外矣。附函寄上六月杪及八月初所作书共四纸③。明日黄花毕竟不同过眼烟云，兄以为尔不？红荽④兄刻印，厚重沉实，胎息汉钵，白文较朱文尤佳。所恨比不能作巨幅大字，急切无所用之耳。希转致谢意。草草，敬颂
秋祺

---

①《范成大诗选》，周汝昌选注，人民文学出版社1959年4月初版。

②《诗刊》1957年第8期发表顾随"反右词"二首：《木兰花慢》（纵江山易改）和《八声甘州·"三宝太监"》。

③即前之1957年6月25日、8月4日书。

④戈革（1922—2007），号红荽。

顾随拜手　九月廿七日午刻

　　师院上课须国庆后，然尚未得正式通知，此刻全院师生仍在搞反右派斗争也。

　　七、八、九三个月中，报刊编辑同志向不佞索稿几如催租，然而力之所及，义不容辞，惟有竭蹶从事，又不可以催租论也。职是之故，虽不出席会议，而书斋静坐，内心紧张，构思起稿，有时且影响眠食。久不函候，此亦一因。上月《人民文学》月刊编辑部曾专函索稿，月初录得十许首寄去，顷得复书云，须十一月份方能登出也。[①] 廿七日下午。

（二）

鹧鸪天

　　竟日炎炎火缴张。晚来一雨得微凉。月明乍觉楼台迥，风起时闻草树香。　　星淡远，露微茫。迢迢银汉亘天长。千家睡后云层里，何处飞机试夜航。

鹊桥仙

　　凿开高峡，探钻地下。整顿江山如画。浊流千载变清流，更天堑长桥飞驾。　　大田多稼，万间广厦。领导英明伟大。眼前超额已完成，第一个五年计划。

---

　　① 《人民文学》1957年11月号发表顾随"闻角词"两阕：《连理枝·拟煤矿工人于春节日给未婚妻信》《南乡子·北大荒》。

以入声韵去上，宋代大家已有之。糟识。

贺新郎

谁道农民苦。夜归来、灯前饭后，耶娘子女。共说丰收增产定，瓜果累累南圃。更放眼、油油禾黍。绽裂棉桃如雪片，算今年、产量超前古。休再说，去年度。　　一条幸福光明路。好江山、人民从此，当家作主。生活不如从前好，右派胡言乱语。东海汪洋天无际，甚虾鳅、敢共蛟龙舞。追小丑，莫回顾。

今日竟无催租人来，灯下抄此三首奉玉言兄，并希指疵。随，廿七日。

一九五九年

（六通）

九月四日

言兄座下：

月之一日得大札及新词，喜慰不可言，当晚得小词一章：

南乡子

蒜酪要推陈。一曲高歌倍有神。老我今宵应无寐，欢
欣。杨柳东风见俊人。　　不得怨衰身。是处郊原浩荡春。
人物江山超往古，芳芬。万紫千红日日新。

词不佳，聊记当时激动心情，令言兄知之。不佞暑假中几于
无日不有所述作，上月杪迄今等于以填词为业，（所得近卅首矣。）
客观需要，不能自已，所恨才尽体弱，劣作未称此大时代。年来
常常感到，词之为体，短小局促，与当前局势事业未能相当；和
其声以鸣国家之盛，古典韵文形式中，曲尚矣。顾业务与精力所
限，不暇及此，亦不能及此，时一念及，恨恨无极。今得言兄新
作，焉得不为之喜而不寐乎？另纸抄录一过，并遵嘱评改，未必
有当，谨供参考。书不能悉意，敬颂

秋祺

　　　　　　　　　　　　　　顾随拜手　九月四日午

大作如余叔岩先生演《定军山》《阳平关》《五截山》，俊爽有
馀而沉雄不足。内容方面未及八届八中全会，应再补入一章。

此札本拟昨日写就发出，而上下午乃至夜晚俱有客来，今日
体中尚觉不适也。吾衰益甚，即此可见。

九月十日

玉言上次来书，以拙书与默老相提并论，不佞期期以为不可。子贡之言曰"赐之墙也及肩"，又曰"夫子之墙数仞"，夫"及肩"讵可与"数仞"比高哉！（于此不说"仲尼，日月也，无得而逾焉"，亦不说"夫子之不可及也，犹天之不可阶而升也"。）默老论运笔曾说"有提，有按"，又曰"随按随提，随提随按"，不佞尝叹斯言抉千古之秘。但不佞窃谓：默师作字，按笔多于提笔，故行书上接千古，独步一时，而不善作草。旧尝于兼士先生处见其草书，不及行书远甚，则少用提笔之故也。顾其每一按笔，不独力透纸背，直是入木三分，使不佞从此加工，心摹手追，天假之年，或可几及，环境不许，终为空想而已。又默师体力雄厚，老而不衰，意之所及，手能写之，不佞羸疾为累，意中虽有会处，笔下仍有距离，得之于心而不能应之于手。平居每叹吾于默师，虽非仰弥高，要是钻弥坚，此非妄自菲薄，乃是言出由衷。玉言定能会吾此意耳。

大约有一年有半不曾用毛笔作如此大小之字，更大者更无论。前日阴雨竟日，夜间又出席一次小组会，两日以来，骨疼复作，一切放下，着意休息。今日下午独坐无俚，写此一页字，文辞之劣不必说，即笔画亦一无可观也。

述堂　九月十日

不佞作字有两大病：一者执笔，大指不能横直而是上仰，故字体每每左上角局促而右下角懈弛；二者布白，横竖平直尚作不到，无论疏处可使走马、密处不使透风已。

九月十二日～十三日

玉言吾兄史席：

九月十日得手教，颇以不佞不能作曲为讶，且举孟子"是不为"、"非不能"之言以相激厉，此自是言兄见爱之意，然实实有不能者在，非自画也。所谓不能，此有主客两因：客因即是客观环境要求不佞作为一个文学科学的研究工作者而不须成为词章家，特别是曲家；主因则以不佞精力衰惫，聪明减退，从事于曲，时时有举鼎绝膑之虞。此老实话，非谦辞。言兄阿好，或不之信耳。（十二日）即如此次改易大作，改"桑海生"一句为"佳禾万顷"，"嘉禾"作"佳禾"，已属荒谬，及见兄自定稿作"黄云万顷"，不禁击节叹赏。自念此乃四与二之比，不佞之于玉言，乃相差一半，又不禁自失矣。夫填词如选矿炼钢铁，工在收敛，不佞自觉颇能此术；谱曲如平地起楼台，工在开张，不佞于此，才不必说，先觉力不从心。此亦姑置之。最大关键乃在于不能参加实际生活、学习群众语言，缺此二者以云创作，遂成无根之木，无源之水，又不独谱曲一事为然已。然则述堂虽不欲为科学研究工作者，亦不可得矣。顾居今日而言科学研究，亦非易事也。草草，敬颂
著祺

顾随拜手　九月十三日午刻

来津后曾写成《南吕一枝花》一套，《大石调青杏子》一套，此外尚有小令三章，稿都不识弃置何所，未能寄呈一看。

下周当上课，故此页急于写就发出，遂益草草。

十二月八日

（一）

述堂近稿

减字木兰花

工人阶级。挽日回天无尽力。大会群英。献宝同时又取经。　　独行无伴。一朵花开春有限。结对成群。万紫千红浩荡春。

鹊桥仙

东风万里，沧波无际。海上群龙戏水。八方震地响春雷，看夭矫腾空飞起。　　冲天壮志，凌云豪气。用尽千方百计。相携跨进六零年，要胜利接连胜利。

农村水利颂短句四韵

农村新面貌，地上建天堂。引水翻山岭，拦河洗碱荒。天寒心更热，日短力加长。旱涝丰收定，千仓复万箱。

木兰花慢

农业部最近在郑州召开会议，决在两三年
内使黄河故道千八百万亩荒滩成为果园。
非总路线、大跃进、人民公社不能办此也。

大河常改道，最不忍，话从前。记背井离乡，抛妻弃子，颠沛流连。狂澜。溃堤决岸，坏一千馀万亩农田。风起黄沙蔽日，水来白浪滔天。　　荒滩。植树变林园。只要两三年。看地上芄葱，枝头繁茂，蝶乱蜂喧。连绵。数千里内，自郑州直达海东边。从此天长地久，教它锦簇花团。

西江月
病中见落叶有感作

试看回天转日，不消鬼使神差。人工人力有安排。海晏河清现在。　　败叶无风自落，寒梅斗雪犹开。烂下去与好起来。两个不同世界。（毛泽东同志曰："敌人一天天烂下去，我们一天天好起来。""下"与"起"在口语中，北人皆作平读。）

玉楼春

短松半尺栽盆内。卷石青苔生雅致。明窗净几布阳光，温室红炉春意味。　　长林老树无边际。霜干龙鳞拔地起。万牛回首栋梁材，屹立漫天风雪里。

右十一月间所作诗词六章，皆成于庭际徘徊、床上偃息之时，非经意之作也。今日偷闲休业，因手录一通。指腕撑拒，又笔不中书，字画劣甚。

鱼兄两政。

　　　　　　　　　　顾随　五九年十二月八日也

（二）

鱼兄座下：

"苏之自在处，辛偶能到之；辛之当行处，苏必不能到。"此语是否出于君家止庵《词辨》？兄记得，幸拨冗示知。年长善忘，学殖荒落，每一念及，为之短气。

上午写得近作两纸，体慵未出，不及投邮。傍晚茗饮，复作此数语。

入冬，玉体奚似？至念。

刚公时一相见，此公殆真健者，胜吾辈多矣。

草草。颂

冬祺

顾随　12.8

十二月十二日～十八日

（一）

鱼兄座下：

　　蒙抄示《论词杂著》，多谢！此书旧曾过眼，近顷乃并书名亦复忘之，学殖荒落，即此可见。来札虽曾致慨于衰态已成，然洋洋洒洒，写满三纸，气势兴致复俱旺盛，此非衰征也。大抵潜力内充，一遇外缘触磕，便如火之炽、泉之注，有其不能自己者矣。幸自宽解，勿事过虑。不佞非不知古物之可贵，乃至可爱，顾独不能爱之乃至宝之，此非心理的，乃是生理的。所以者何？爱是精力之消耗，有时性命以之，则又是牺牲。是之间与年长体衰、去日苦多之人，有其最大之矛盾与距离。复次，两物不能同时存在于同一空间，所爱亦然。不佞自计，平生多所爱好，兴趣广故，五十岁后，尤其大病后，体日弱，力日减，多所爱乃转而为多所舍，思以残年馀力集中于客观之所需要与自力之所能及。多爱多痛苦，多舍亦难堪，惟老鱼了述堂下怀耳。今岁二月起笺释毛主席诗词廿一首[①]，至十月乃写毕，此亦难云盛业，只可谓为了缘而已。（兄读主席诸作，当别有会心处，有暇幸写示数则，匦不逮、资印证也。）骨痛，姑止是。此颂
冬祺

　　　　　　　　　　顾随拜手　十二月十二日午刻

---

①此稿有油印《毛主席诗词笺释》讲义。

兄所点定拙词两句，皆不佞于心不安处。《鹊桥仙》一句之"用尽"曾作"想出"。《木兰花慢》一句曾作"坏千馀万亩好农田"，写寄广州某报刊[①]时即如此定稿。《木兰花慢》通首皆不佳，尽可不必理会。若《鹊桥仙》之一句，私意病不在于两字，而在于全句之只有概念而无形象，"用尽"、"想出"固不妥，即代拟之"献出"亦不能为全首添彩，势非抹去另拟不可。然而生活思想两俱贫乏，乃至无从着手，此亦不能以江郎才尽为藉口。兄以为尔不？

论故宫藏率更真迹，甚具眼，不佞当初却见不及此，不识尊意以《卜商读书》一帖为何如？或亦与其他法帖一概而论之耶？（写至此有学生来访问，虽非催租人，要是打断思路，不能连写下去矣。）

阅劣稿乃至气愤，不可，不可，切忌，切忌。有一西哲曾言，气愤乃是因为别人的愚蠢而加于自身的惩罚。（此尚是旧观点，若依马克思哲学，当别有说。十八日灯下）此语至有味，愿鱼兄长记勿忘也。比为此间南大中文系校看传奇选注释，忽发觉明清传奇家不独曲文了无奇特，有时甚至字句欠亨。[②]幸尚能自制，否则非发神经病不可也。书此发一笑。随，十三日午。

解放后故宫曾出版法书大观，内大令及鲁公各一帖，皆赝品。东坡致陈季常二札内一札极佳，为苏书之冠，三年〔前〕[③]曾临一纸寄兄看者也。率更书两帖，一即《卜商读书》，又一为《张翰思

---

①即《羊城晚报》。1959年11月26日，《木兰花慢》（大河常改道）一首刊于该报"花地"副刊。

②今见《中国文学史明清部分作品选注》一册，封面署"南开大学、天津师大中文系合编"，1960年印刷。册中所收明清传奇有汤显祖《还魂记》、李玉《清忠谱》《一捧雪》《占花魁》、洪升《长生殿》、孔尚任《桃花扇》诸作中的部分曲文。

③疑脱"前"字。

鲈》，兄曾见之否？诚悬一短札，察察数字，字大可二三寸，则真迹也。签是默师写，细筋入骨，宋人不能及也。

北伐前默师寓居即在无量大人胡同，门牌号数久已忘记，但记是靠近东口路北一门而已。十八日灯下。

近顷又得长句四韵慢词一章，写寄一看。

迎新长句为人民公社作

三百六十有五日，壁上新历从头翻。舜尧人物超千古，龙虎风云又一年。大漠治沙围锦带，平川无雨出甘泉。人民公社威风大，不是回天是胜天。

木兰花慢

旧时庄稼汉，问甚日，得欢欣。算三百多天，无情现实，何限悲辛。柴门一年尽处，贴春联漫写吉祥文。爆竹一声除旧，桃符万户更新。　　如今水旱斗龙神。胜利属人民。看公社家家，粮棉似海，牲畜成群。飞奔上天有路，（谓共产主义是天堂，人民公社是桥梁。）保一年春胜一年春。出色舜尧人物，得时龙虎风云。

"尧舜"或改"风流"，"龙虎"或改"际会"。

却改不得，或当改换头"神"字韵一句耳。十八日灯下。

一周来天气沉阴而既不成雨，又不下雪，中有两日大雾漫天，痼疾发动，至不可耐，欹枕拥衾，信口吟哦，得诗词各一章，亦由此间报刊催索，非尽由于排闷自怡也。若其不佳，则固然已。唯鱼兄下喝。古贝人述堂录稿，十三日灯下。

儿时听先大父^①论文有云："扬之高华，按之沉实"，至今不知此语出处，然时时不能去心，以为大家合作，莫不如是。若此拙作二章，既禁不起扬，又搁不住按，昭明有言："无是可也。"

记得曾代购笔墨等物，又曾托戈公代治印，此刻不悉俱在手下否？或当令小女往取，以何时趋高斋为宜，希示。述堂，十八日。

（二）

鱼兄再鉴：

日前写得三页纸，加封后搁置案头，至今尚未发寄。原意三纸外意所未尽者或随时续写，或随手加注与眉批，而业务所牵，精力所限，三纸外更不曾增益片纸只字也。此刻忽复忆及暑中高荫甫兄以此间教师人手缺乏，有意邀吾兄前来任务，但终以手续困难，未曾进行。兄能脱离出版社否？此是最大前提，此一关如过不去，其馀俱无从说起矣。有暇希示知为荷。草草不尽。

随再拜　十八日灯下

今日傍午落雪，入夜仍霏霏不已，气象报告说可持续至明午，此津门入冬第一场喜雪也。惟又说雪后有五级风，此则可厌矣，病体畏风如畏虎也。贝人又及，同日。

明年夏是述堂与山妻结缡四十年纪念，又不佞教龄亦整整四十年。马齿加长，事业无成，惟愚夫妇白首齐眉，可自慰且慰诸友好耳。十八日灯下，雪夜。

①顾随祖父天祥，《清河县志》卷十一有传，谓其"精于制义，尤长韵语"。

十二月三十一日

岁暮又谱得小词四章，写寄一看。

浪淘沙

南宋周晋仙《浪淘沙》曾云："一事最奇
君听取，明日新年。"细思之，年年有个
"明日新年"，此有何奇？若夫当代英雄
成千上万，纷纷提前完成计划，跨进一九
六零，新年反而姗姗来迟，此乃亘古未有
之奇耳。

风雪搅成团。莫道严寒。花开不是一枝妍。姹紫嫣红
齐放了，万万千千。　　快马又加鞭。捷报频传。完成计
划早提前。一九六零来得慢，明日新年。

西江月

为建明公社作

寄语右倾分子，何妨前去瞧瞧。人间天国假如糟。试
问怎么才好。　　眼下农村四亿，当年驴腿三条。有谁再
敢笑鸡毛。先笑不如后笑。

《谁说鸡毛不能上天》见《中国农村的社会主义高潮》。
苏联谚语：谁笑得最后，谁笑得最好。

临江仙

读《人民日报》社论《猪为六畜之首》

六畜旧时排次，惟猪最不称强。敬陪末座脸无光。上头鸡犬在，更上马牛羊。　　今日重排席位，首先推让猪王。积肥打得满仓粮。浑身都是宝，不但肉生香。

小桃红

灾年丰收颂

群力培田垄。加意勤浇种。水旱虫风，自然灾害，纵然严重。把老天抗得也低头，把瘟神葬送。　　高唱丰收颂。云际鸣丹凤（指农民诗人）。一派谰言，说糟说早，痴人说梦。只人民公社稳如山，任撼摇不动。

右凡为小令四章，《西江月》稍可看，馀皆非称物逮意之作。最近一期《文艺报》载，苏联爱伦堡氏之谈话中有云：有许多人虽然写诗技巧很高，却忽视诗的特性，他们用诗来描绘那些本来可以用散文描绘得更好的东西。私意颇不谓然。爱氏所谓诗之特性不知何所指，至于所云散文所描绘诗不能为力，此适足证明爱氏之非诗人而已。散文所描绘者，诗举能描绘之；若夫好诗所描绘者，虽好的散文亦当敛手退避三舍。惜乎拙词不足语此。五九年除日。

一九六〇年

（三通）

一月七日

射鱼兄如晤：

　　年前两奉手札，得悉种切。以须与荫甫兄面谈后方能作具体答复，故迟迟未报，谅之。荫公忙甚，虽同在一校一系，而往往一二周未能睹面，前日渠以事到小斋，始克详谈。此间需人甚殷，吾兄如能来，极为欢迎。（来后在英语系或中文系任教，或两系兼任尚未决，此大细事，在兄俱不成问题，但视客观需要而定耳。）荫公是系主任，心情尤其迫切，言辞之间，大有恨不得文旌即日东指之意。惟按现下手续办事，须此间党组织与人事科与出版社组织与人事科联系，始能定局，个人意愿与私人交谊只起得辅导作用而已。想来荫公此刻正在作此工作，吾兄且稍安毋躁。在新中国大建设处处感到人手不足之时，岂有怀才如我鱼兄而能被忘却？即有意高蹈避世，党与人民亦决不许可。今早又得五日来书，所云僵局与生活成问题，真虑之过也。草草，俟再见荫甫后详告一切。此颂

日祺

顾随拜手　一月七日午

　　昨日下午到系作学术报告，自开会至散会前后共五个小时，今日疲甚，作书草草，职是之故。又及，同日。

　　不佞寓马场道师大本校宿舍，而中文系则在六里台旧中日中学校址，[①] 往返颇感不便。

---

① 天津师范学院于1958年改名天津师范大学，中文系则于1959年秋从八里台校区迁至六里台校区。

一月十一日～十八日

言兄座下：

日昨匆匆作得一纸书，附年前所录小词三章，想已寄达。三数日来仍未晤及荫公，不悉事态进展已到何种程度。本可以稍迟作书，而今日星期，独坐无俚，头目昏昏，又不克读书作文，因取退笔写此一札。没要紧语，说也说不尽，不说亦无关系，不如不说之为妙，图得两家清静，相安无事。（写到此忽有客来，遂阁笔，元月十一日午）

忽忽一周始终未晤及荫甫，时有琐事，加以雪后发动痼疾，此纸遂未续写。昨日上午荫兄拨冗到寒斋来，详谈一小时。关于言兄来津事，此间党政领导经荫公联系，已作出肯定之规定，（此亦可谓急转直下也。）下一步棋便是师大与京社人事科直接函商。惟荫公与不佞此刻反有顾虑：吾兄到此教书，每周五六节课（初步规定），决能胜任愉快，惟系内系外各种大会小会，（此却不能以时数计算，年来会多，当在意中。）以身体健康条件之故，能否一一参加？如其不能，殊多不便。京社比来又有何种情况？希速示知为盼。匆匆，此颂

日祺

顾随拜手　一月十八日上午

教员宿舍在马场道，而中文系则在六里台，校车只有四班，往为早七时半、下午一时半；返为中午十二时、下午六时，亦不甚方便也。

　　此间已停课考试，荫公说不佞可安心休息，静待二月八日上下学期课。若荫公则仍然忙得不可开交。

一月二十一日～二十二日

(一)

玉言道兄座下：

　　今日上午奉到十九日手札，备悉种切。年来不曾睹面相逢，不意兄乃为病累至此，审如来书所言，则来此任课恐与玉体至不相宜。此间每周星五下午（四小时）与星六竟日（共八小时）为政治学习时间，师生举须参加。此外每日下午多数无课，以便召开业务（或劳动）会议，有时夜间亦开会。至于时数之比例，则以不佞去岁亦在半休状态中，并未参加，所以无从说起。然兄根据以上所说，想亦可约略得之矣。中文系去秋始移六里台上课，（其他各系仍留马场道本校。）刻正大兴土木，预备三年后全部迁往，与天津大学、南开大学衡宇相望，并列卫津路上。若然，则三年之内势须卫持现状，利用校车或公共汽车或其它交通工具仆仆于马场道、六里台之间也。兄之重听乃较不佞为剧，此与开会诚属不宜，遵嘱当告语荫父，暂缓进行。今日大风，筋楚益甚，姑止是。敬颂

冬祺

　　　　　　　　　　　顾随拜手　元月廿一日午刻

(二)

得玉言来书慨然有作

　　万里江山入画图，群星北拱绕雄都。试看六亿舜尧

在，那得八方风雨殊。蟠屈苍松饶古意，玄黄病马畏长途。邓林馀迹寄身后，不似移山抵死愚。

迎春

光芒万丈接朝晖，六亿人民心似葵。得水蛟龙非泛泛，因风杨柳更依依。三山压顶成已事，五岳低头看此时。遍地花开真火炽，映天十丈树红旗。

玉楼春

许多厂矿提前完成头十天计划（《人民日报》新闻标题）志喜。

革新革命（谓技术革新与技术革命）风云起。到处提高生产率。十天计划早完成，向党鸣锣来报喜。 六十年代刚开始。万里扶摇鹏展翅。开门日日满堂红，一串红时红到底。（上海各工厂凡各工序均衡跃进，谓之一串红。）

近作韵语凡三章，大寒中写寄玉言一看。

　　　　古贝述堂未是草　元月廿二日晨兴

《迎春》七律与此《玉楼春》词，皆非不佞极为"意称物，文逮意"之作，然皆足以为不佞之代表，才力、学力、格调、气韵，只能达到此种限度无论已，最要者是能表现不佞于诗词两种不同韵文形式之用心致力处也。言兄谓然乎？不然乎？

来书劝不佞多事休息，勿运文思，玉言爱我哉！又上次手札中谓，不佞五七言诗胜于长短句，此则知我者之言，此中甘苦不足为外人道也。至讶不佞多为词而不为诗，则视我过高、期我太殷矣。窃尝谓：诗之为体，一者浑厚，二者摇曳；又昭明赞陶公诗"抑扬爽朗，跌荡昭彰"，凡此皆词所不能及，亦缘此故，为词较易于为诗。不佞才短力弱，加之年长气衰，故复舍难就易。复次，词之旋律，古人当家已安排妥贴，随手取用，步趋规矩，无事更张。若夫诗之写来，泠泠悦耳，大弦春温，小弦廉折，是非具师旷之聪、操伯牙之琴者不能办，述堂何足以语此。以上尚是就学古而言，至于今用，则古近体诗又远弗如词。老舍同志曾说：现代语词入诗，便有打油气，吾常叹为知言。词则庶乎可免此患。解放前，不佞上堂，每谓写新意境，诗不如词，词不如曲，但会意者无多耳。顾曲之难于词，较诗更甚，去岁曾奉一书，略露此意，兹不再三。指腕僵直，书不能尽意，如何，如何！古贝述堂，廿二日午。

或谓此论或有当于五七古，若近体自当不尔。私意不然，近体若只依常规，格调往往失之卑下。晚唐诗每有此弊，崔颢之《黄鹤楼》、太白之《凤凰台》《听蜀僧弹琴》、孟浩然之《岘山亭》、白傅之《草》以及老杜诸作，超绝处皆在于拗字拗句也。又如每字之音色、音量，以及字与字、句与句间组成之旋律、平仄、格律，可以发挥作用，顾又有超出乎平仄格律者。不佞出乎口，入乎耳，有时能自得之，然感性尚未升为理性，至于今，仍不能言之也。古贝述堂，同日下午。

此页①除开端数语外，所言皆上次未竟之没要紧语也。又及。

---

① 起自"来书劝不佞多事休息"。

初版后记

　　父亲执教一生，育人无数，桃李天下，而汝昌先生却是其中极为特殊的一位。他"登堂"不过有数的三四次——汝昌先生就读于燕京大学西语系时选修国文系顾随老师的课，为时不久（一九四一年十二月），燕京大学即被日本侵略者强行封闭；"入室"的机会亦属难得——自燕大被封至父亲去世，师弟子多数时间分处两地，即或同在京城也有内外城之隔，交流亦多凭书翰往还。一九九〇年纪念父亲忌辰三十周年之际，汝昌先生在讲话及撰文中，不无骄傲而欣慰地宣称："我是与先生'通讯受业'历史最久的一个特例。"（《怀念先师顾随先生——在顾随先生逝世三十周年纪念会上的报告》）这些信札，除了师弟子间生活、内心的倾吐、诗词的唱和与推敲，更多的篇幅是老师把自己的学问、文章借书信这一载体，向弟子作生动传神的传授，再与弟子进行深层的探讨。故此，汝昌先生说："其多年的积学覃思之未宣者，却以此际的兴会与灵感所至，给我的信札竟然多次'变成'了整篇的论学研文说艺的长篇论文……其文章与字迹之美，使我加倍地爱不释手。这些'书札'论文，所涉之层面至为深广，可说是先生为文治学的成熟期的一大迸发的结晶……"（同上）关于这批贵逾珍宝的学术和文化财富，汝昌先生在此前此后论及老师的文章及谈话中，几乎没有一次不提及。

改革开放之初，我去拜见汝昌先生，他珍重地将几件老师寄给他的手稿、抄稿等亲手交付给我（如《佛典翻译文学》《说辛词〈贺新郎·赋水仙〉》等，均已收入父亲的《文集》和《全集》），而师弟子间往来的书信，却以种种原因一时不知下落。因此，二〇〇〇年十二月河北教育出版社出版的《顾随全集》中，书札虽独占一册，却无一通致弟子周汝昌，留下一个不小的遗憾。

时至二〇〇一年春，汝昌先生终于搜寻到一部分老师当年寄去的书札（起自一九四二年春，迄于一九五四年），复印件经张恩苣先生（父亲任教辅仁大学时的弟子）转交给我。汝昌先生同时还写有几句简短的附言："目濒盲，数次努力，亦无法整理，请之京代劳。"回首前此十年，汝昌先生即口头向我交代过这项"任务"：那是一九九〇年九月二日召开纪念父亲逝世三十周年大会的时候，我与张恩苣先生（大会筹备者、主持者）同去接汝昌先生参加大会的途中，汝昌先生说：老师的那些信件，虽然丢失了不少，但还能有一部分，工作繁忙，目力不济，将来整理这些信件的事，"非之京莫属"。（其时我已有为《文集》整理《驼庵诗话》的经历。）十年过去了，汝昌先生的目力更加不济，他老人家写在便笺上的"目濒盲"等寥寥十七字，个个虽都有铜钱大小，仍有多处字画重叠，需细细辨认，而我从中读出的是汝昌先生珍重的委托，掂出的是其中不同寻常的分量。

作为女儿，怀着思念父亲的亲情；作为后学，面对长年学者的重托；作为一个中国古代文学教师，肩着传承文化的责任。对这些书札，我已经记不清捧读了多少次，渐渐认全了书札上父亲那一手漂亮而规范的草书，渐渐理清了书札的前后时间顺序，又依据所知的情况逐篇做了编年和注释。整理工作一直是在严肃而温暖的情感氛围中进行，而我又时时感受着心底一种莫名的不能安宁的悸动。到二〇〇八年，河北教育出版社筹划出版这一册书信集，我的初步整理稿距印制成书还差得很远，这时，有了林涛学棣的合作。他同样无数次地捧读，逐字地辨认，思考、补充和订正编年和注释，还做了大量的打字、核校、拍照、编排等工作，有了他的努力，才使这项"任务"不至延宕多时。

二〇〇八年五月底，我和林涛一起去北京拜见汝昌先生，向他老人家"汇报工作"，并且带去了汝昌先生一九九〇年纪念父亲忌辰三十周年报告的"节录稿"，准备作为本书的"代序"，请汝昌先生印可。在书籍文稿高高堆叠、室内光线稍显昏暗的书房里，汝昌先生借助高倍助听器亲近地与我们交谈，高兴地肯定我们的工作。尤其使我们兴奋、感动得不能自已的是，已经年逾九旬的老学者，面带欣慰与欢快地对我们说："为这本书写一篇序是我义不容辞的事，我自己写不了字了，我口述，由伦玲记录，这可能没有我手写得好，但我一定要'写'出来，你们只要告诉我给我多少时间就行！"不久，我们就收到了汝昌先生的序文。这对于我们真是分外之想，而对阅读到这册书札的读者来说，无疑是一份意外之喜！

然而，这还仅仅是幸运的开始。谁说"福不双至"？就在书稿编校工作已近尾声之时，二〇〇九年春季，伦玲女士忽然打来电话，听筒里传来她兴奋的语音："告诉你一个好消息！"——原来是她和汝昌先生又找到一些信函，数量还不少。不几日，我们收到了这第二批信函的复印件，有数十通之多，三万馀字，与前一批信函时间上恰相衔接。有了整理前一批书信的经验，这一次工作进展得很快。林涛在编订核校时，再次逐字对照复印件和整理稿，在初步编年的基础上，析解其中的悬疑，订正其中的疏误。整理稿复经伦玲女士过目，提出了几条非常有价值的修改建议。我们有一个共同的心愿，就是要努力使这册书出版后不留下什么遗憾。

人真是永远没有知足的时候。当整部书稿编订完成之时，我又心生妄想：如果当年师弟子间书翰的去来往复，两相对应，编订在一起，那该是怎样一部令人读之"如行山阴道上"的书啊！然而，这是妄想，早已没有了成为现实的可能。

其实，当年弟子的封封来函，父亲本是全部收存着的，放在书房大书桌右侧下方的小柜橱里，这连我那粗识文字的母亲都知道。一次，母亲和我拉家常时曾"打趣"父亲："给你爸爸来信的净是一个叫'什么鱼'、'鱼什么'的。这个'鱼'的信，都收在那小柜门里！"（汝昌先生给老师写信常署名"射鱼"或"射鱼邨人"）说得父亲也笑了。父亲过世之后，母亲住进父亲的书房，一切书籍、文稿，连书桌上的玻璃板、砚台、笔墨都原封未动。一九六六年狂飙突起，"造反派"以"扫四旧"之名，行搜寻"反动学术权威顾随"罪证之实，对我家梳发篦头式地查抄了两天，连一张写有毛笔字的纸片都没留下。最后，什么"罪证"都没有发现，而大批文稿、来札却由此灰飞烟灭，杳无踪迹。念及此，不由地更感佩汝昌先生七十年来对老师信函的苦心珍存，真是难能中之难能，可贵中之可贵！而这册《顾随致周汝昌书》的出版，除了是对父亲最好的告慰与纪念，也顺遂了汝昌先生那一怀思念恩师、回报恩师的心意。

如今，书稿即将付梓，借后记的版面，零零散散写了如上一些心里的话；至于书中厚重的历史、人文、学术内涵，读者自能心领神会，正不须拙笔之喋喋。限于水平与资料，信函的编年以至文字的辨识、断句、分段，容或有误，恳切盼望读者不吝补正。

顾之京

二〇一〇年一月末草成

跋

在这册《顾随致周汝昌书信集》即将付梓之际，简要地向读者介绍一下这批书信的来龙去脉和出版情况。

顾随与周汝昌两位先生的通讯，始自一九四二年初燕京大学被封之后，迄于一九六〇年初顾随先生捐馆之前。与通常的信息交流不同，二位先生的通讯，始终贯穿着对于诗词和学术的探讨，而且愈到后来愈加频繁而深入。可以想见，那当是一个非常可观的规模。然而，周先生寄给顾先生的书信，早已毁于"文革"；顾先生寄给周先生的邮件，也远非我们今天见到的这些。旧有昔日弟子欲为老师出版文集，曾向周汝昌先生征集论文手稿，而那部分文稿，也因随后到来的浩劫而不知所踪。留在周先生手里的书信、手稿，虽然逃过劫难，却在几次搬迁过程中部分遗失，用周先生自己形象的说法："搬三回家，等于着一把火！"

二〇〇〇年十二月，四卷本《顾随全集》出版前，我们并未见到顾先生给周先生的那些信，所以《全集》虽然专有"书信日记"一卷，却没有一通致周先生。也就是在《全集》出版后不久，在周先生和他的女儿周伦玲的努力下，终于找到一九四二到一九五四年间顾先生的一批书信。

二〇〇二年，《长城》杂志以《顾随书札辑佚——致周汝昌》为题，首次选登了写于一九五三年的十通书信。

二〇〇七年，河北教育出版社策划出版《顾随致周汝昌书》，我就是在这个时候有幸参与了进一步的整理工作。二〇〇八年五月，我同之京老师进京去请周先生赐序，先生欣然应允，并在不到一个月的时间内把序写好，经由伦玲老师发给我们。更令我们喜出望外的是，二〇〇九年春，伦玲老师寄来了新找到的又一批信函的复印件，有数十通，三万馀字，时间跨度正在前一批之后的一九五四至一九六〇年间。二〇一〇年三月，《顾随致周汝昌书》出版面世。不过，这也只是告一段落，七年之后，还有下一个惊喜。

二〇一七年是顾随先生诞辰一百二十周年，河北大学文学院举办了隆重的纪念活动。伦玲老师应邀来到保定，并且带来了顾随先生的第三批手札，计有近三十通，两万来字。遗憾的是，这批书信，没有来得及收入二〇一四年初版、二〇一七年二印的十卷本《顾随全集》。

去年，我们与中华书局李世文先生商定，整理出版《顾随致周汝昌书》的增订本。初衷之一，把目前辑到的书信和相关文稿尽可能地汇集一处，进行一个较完整的呈现；其二，对一些相对私人化的信息作必要的注释，以便读者更好地理解文字的内容；其三，借机也把此前整理过程中文字和编年上的讹误加以修正。至于整理的质量，虽然我们尽了很大努力，但问题固所难免，在此不求读者见谅，惟盼有以教之。

当然，本书所收仍不是现存书信的全部。确知有一批手札即在某私人手中，据伦玲老师说，那第三批手札就是其中的一部分。此外还有多少，如今流到哪里，状况如何，则更不得而知，只能期待后续再有惊喜了。

庚子腊月赵林涛于集羡斋